KB251807

변재화 판타지 장편 소설

환생판타지

카인

5

환생 판타지 카인 5

변재화 판타지 장편 소설

초판 1쇄 찍은 날 § 2002년 5월 21일
초판 1쇄 펴낸 날 § 2002년 5월 30일

지은이 § 변재화
펴낸이 § 서경석

편집장 § 문혜영
편집책임 § 장상수
편집 § 박영주 · 김희정 · 권민정 · 이종민
마케팅 § 정필 · 강양원 · 김규진 · 안진원

펴낸곳 § 도서출판 청어람
등록번호 § 제1081-1-89호
등록일자 § 1999. 5. 31
어람번호 § 제1-0246호

주소 § 경기도 부천시 원미구 심곡1동 350-1 남성B/D 3F (우) 420-011
전화 § 032-656-4452 팩스 § 032-656-4453
http://www.chungeoram.com
E-mail § eoram99@chollian.net

ⓒ 변재화, 2001

값 7,500원

ISBN 89-5505-241-3 (SET)
ISBN 89-5505-375-4 04810

※ 파본은 본사나 구입하신 서점에서 교환하여 드립니다.
※ 저자와 협의하여 인지를 붙이지 않습니다.

변재화 판타지 장편 소설

환생판타지

카인

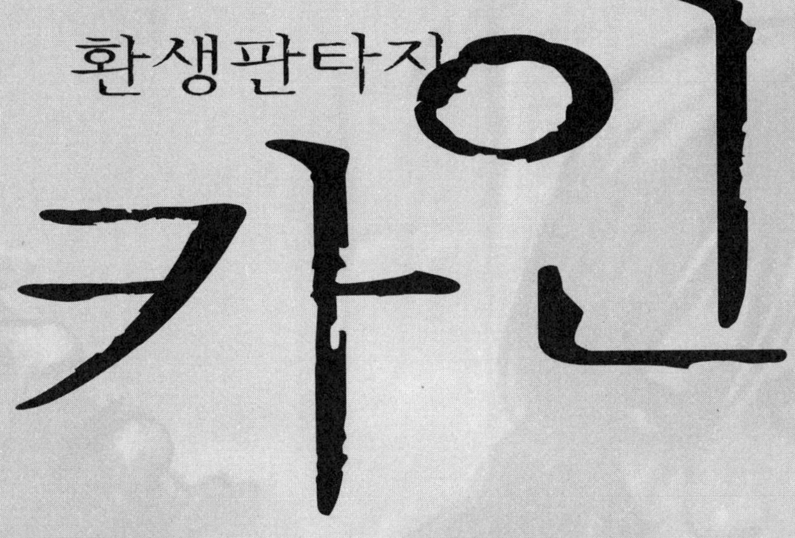

Vol. **5**

파국의 씨앗(上)

도서출판 처어람

목

차

제16장

신계는 지금 회의 중?

1

神界는 지금 회의 중?

나의 이름은 아위트 길루안이다. 데드미안 왕국의 고고학자로 고대의 신이 다스렸다는 환상의 제국이자 천여 년 전에 멸망한 라이크란 제국의 흔적을 조사하고 있다.

이 제국에 대해 조사한 지도 햇수로 30년. 내 나이도 어느새 예순을 넘겼다. 그동안 많은 학자들이 높이 평가하는 제국이 남긴 흔적은 대륙 곳곳에서 발견되었다. 나는 그곳에서 발견된 수많은 유물들을 재구성하고 그 평가를 새로이 하고 있다.

제국의 상징성을 더하기 위해 신의 제국이라고 불리웠던 대국 라이크란이라 알려져 있지만 나는 제국이 진정 신의 이름으로 세워지고 다스려졌다는 확신을 가지게 하는 흔적을 발견했다. 그 흔적은…(중략)…… 했다.

그리고 이 대륙에서 볼 수 없는 특이한 양식의 신전을 찾아냈다. 제

국은 멸망했지만 그곳에 살고 있던 토착민들이 믿는 하나의 신은 아직
도 건재했다. 신전에 모셔진 돌로 깎인 사람 형상의 석상이 그것이었
다. 그 석상의 벽면에는 깨알 같은 크기의 난생처음 보는 문자가 있었
다.

제국의 후손이라 알려졌고 대륙 내에서는 볼 수 없는 흑발의 토착민
들에게 글의 뜻을 아느냐고 물어봤지만 그들조차 알 수 없다고 했다.

다만 그들 중 마을의 가장 나이가 많은 장로는 벽면에 새겨져 있는
글귀의 가장 앞부분 두 글자를 가리키며 알려주었다.

"우리의 신일세. 이 땅에 오기 전, 오래전에 우리가 살던 땅을 지켜
주신 신이시네. 우리의 선조께서도 그리 말하셨고 우리도 그렇게 믿고
있네."

이 대륙의 일곱 주신이 아닌 그들만의 신.

그 말을 마치고 입을 다무는 노인에게 조금 더 설명을 듣길 원했지
만 더 이상 할 말이 없다며 그 노인은 돌아섰다.

나는 학자로서의 책임감으로 그들이 믿는다는 신의 이름을 지금 여
기에 기록한다.

'桓雄.'

무척이나 독특한 문자요 발음이다.

대체 무슨 뜻일까? 그리고 제국이 멸망했음에도 천여 년 동안 흩어
지지 않은 흑발 일족들의 결집력은 어디에서 나오는 걸까? 혹시 그들
이 믿는다는 이 밝혀지지 않은 신 때문이 아닐까?

나는 그러한 의문을 품은 채 오늘도 이 글귀를 해독하기 위해 제국

의 흔적을 뒤지고 있다.

—아위트 길루온의 여행 일기 中

*　　　*　　　*

　　대륙 아틸란타에는 수많은 영웅들이 있었다. 그중에서도 단연 첫 순위로 꼽는 이는 이계인이라고 알려진 가이칸 제국의 창시자 아르미안 진 엘 가이칸이며, 다음으로는 대륙 서력 2011년 4월 대륙을 떠들썩하게 만들었던 광룡 세카온을 죽여 드래곤 슬레이어로 이름을 떨친 천민 출신의 전사 슈드온, 현자이며 정확하기 이를 데 없는 예언가로 세간의 존경을 받았던 귀족 출신 신관인 레스틴, 드워프의 왕이며 대륙의 3대 신검을 만든 장인으로 이름이 드높은 호른, 또 출현한 시기를 정확히 알 수 없는 하이엘프였으나 다크 프리스트로 피의 엘프라 불렸던 라미안, 마지막으로 바로 대륙을 통일하여 라이크란 제국을 건국하고 완성시킨 카이스 진 엘 가이칸을 들 수 있다.

　　이 여섯 영웅들 중 내가 감히 피력하고자 하는 이는 바로 가이칸 제국의 황제였으며 라이크란 대국을 완성시킨 카이스 진 엘 가이칸에 관한 것이다.

카이스 진 엘 가이칸.

　　가이칸 제국의 제18대 황제이며 전 황제였던 그레이엄 진 엘 가이칸의 네 번째 황자로 태어나 스물한 살의 나이에 제위에 올랐다. 그는 가이칸 제국 역사상 가장 막강한 황권을 구사했으며 가장 훌륭한 성군이라 칭해지는 동시에 피의 정복자라 불리웠다.

　그가 황제로 등극한 뒤로 대륙은 큰 혼란기를 맞이했다. 남으로는 사막 왕국과의 전쟁 분위기가 고조되고 약소국이었던 로드 왕국과 크리아디아 공국은 제국에 속국화되었다. 당시 황제였던 카이스(일부는 카인이라고도 칭한다)는 가히 천재적이라고밖에 할 수 없는 전략으로 정복 전쟁을 추진해 대륙 전체를 경악으로 몰아갔다.

　천여 년 간 큰 전쟁 없이 평화가 유지되던 대륙에 본격적인 전쟁이 발발한 것은 대륙 서력 5240년, 제국력 3144년의 일이었다. 이계인 출신이었던 태대황제 아르미안 진 엘 가이칸의 이름을 앞세워 추진된 정복 전쟁이었다. 상당히 흥미로운 것은 라이크란 제국의 사서(史書)에 그를 태대황제의 부활이라 우상시한 글귀가 남아 있다는 점이다.

　하지만 진실과는 거리가 멀다고 판단된다. 특히 부활의 문구가 그것인데, 한낱 사람에 불과한 그가 천 년을 뛰어넘어 부활한다는 허무맹랑한 사건을 다루고 있다. 저자는 이 사실을 통해 그 사건이 그를 우상화시키기 위해 지어진 문구라고 확신한다.

　또 하나의 흥미로운 사실은 피의 황제라 불리울 정도로 냉혹했던 황제가 꽤나 로맨티스트였다는 점이다. 황자 시절 수많은 여인들과의 구설수에 오를 만큼 여색을 밝혔던 그였지만 황후를 맞이한 반년 뒤부터 무슨 이유에선지 당시 총애를 받던 후궁 이르디아 드 호안과의 관계를 정리했고―일부에서는 죽였다고도 한다―갑작스럽게 발병한 정신병으로 황제에게 심한 위해를 끼쳐 당시 황제파 귀족들과 종친들에 의해 폐위당한 제1황후를 무척 아꼈다고 한다.

　제1황후였던 로위나 드 리보아가 정신 이상으로 폐위되고 난 직후

일 년 동안 정계에 모습을 드러내지 않았던 그는 흑발의 황자이며 정윤(正尹)이었던 쥬다(일부에서는 '단' 이라고 불렸다고 한다) 진 엘 가이칸을 생산한 푼트 국 무녀 출신인 '미유' 를 제2황후로 맞이하였다. 그러나 폐위되었던 로위나 드 리보아 전 황후를 잊지 못해 후궁의 신분으로 곁에 두어 황녀를 얻었다.

이후 그녀의 병을 고치기 위해 보여준 그의 부단한 노력은 지금도 인구에 회자되는 이야깃거리이기도 하다. 당시 제국과 사이가 좋지 않았던 법황에게 삼 일 밤낮으로 무릎을 꿇고 빌었고, 제국의 황제에게는 금기시된 신관 복장으로 제례를 지내 신성 치료를 받게 한 일화는 유명하다. 그 밖에도 두 황후와 황제에 얽힌 많은 일화가 있다.

이런 그의 이면에는 급작스럽게 서거한 로위나 황후의 죽음에 황제가 관련되어 있다고도 하여 그의 로맨티스트 적 면모를 가리기도 한다.

여기서 주목할 사건이 있다. 제2황후를 맞이하기까지 정계에서 모습을 드러내 보이지 않던 일 년 간, 황제에게는 기록에 남지 않은 어떤 일이 벌어졌음을 당시 대륙의 역사를 고찰하다 보면서 알게 되는데…

(중략)…….

2

神는 지금 회의 중?

창조 서력 XXX년.

빛의 영역에 속한 신의 땅이라 불려지는 천계 '로웨시온'.

태양조차 불필요할 만큼 눈부신 빛의 세계이며 평화스러워 보이는 천계에도 묘한 긴장감이 감도는 곳이 있었다. 변하지 않는 녹음과 은은한 휘광으로 뒤덮힌 채 우뚝 서 있는 신전, 그곳에서도 중심에 위치한 거궁 '결정의 장'이 그곳이었다.

천계의 크고 작은 일을 해결해 온 논의의 방으로, 주신 오딘을 비롯해 일곱 대신급만이 출입할 수 있는 거궁이었다.

안에는 빛의 성스러움을 닮은 희디흰 순백의 아름다움을 가진 선남선녀가 모여 있었다. 한자리에 모이는 것조차 극히 드문 일곱 대신(大神)들이었다.

주신 오딘을 제외한 여섯 명의 신들은 무슨 이유에선지 인상이 심하게 일그러져 있었다. 온화함과 부드러운 미소를 미덕으로 삼는 빛의 신들의 험악하기 그지없는 표정이 한 사내를 한숨짓게 했다.

붉게 타오르는 태양 빛과 태양의 강렬함이 담긴 금빛 눈동자를 가진 태양신 오딘이 좌중을 훑으며 물었다.

"모두 할 말이 있다면 해보시오."

그 말에 진녹빛 머리칼과 조금 악동스러운 눈매를 가진 미녀가 짜증이 난다는 듯 언성을 높였다.

"저 숲의 여신 펠리아는 중립을 택했다고 몇 번이고 말씀드렸습니다. 주신 오딘께서도 중립이시죠. 대체 몇 번이나 더 말해야 하냔 말입니다!"

펠리아가 씩씩거리며 씹어 내뱉듯이 말하자 그 옆에 앉아 있던 백금발을 늘어뜨린 여인이 곤란하다는 듯 조용조용한 음성으로 대답했다.

"나 달의 여신 세리오네 또한 중립을 택했습니다. 그렇게 죽일 듯이 노려보지 마세요, 펠리아."

"맞소. 나 전쟁의 여신 아레나 또한 이미 오래전부터 중립을 원해왔으니 세리오네, 그대의 살기를 받을 이유가 없다고 생각하오만……."

"나 역시."

"동감이오."

달의 여신 세리오네부터 전쟁의 여신 아레나, 펠리아의 오라버니인 바람의 신 펠리스, 술의 신 바카스, 지혜의 신 헤르메스, 그리고 그의 아우이며 마법의 신인 헤르니온이 바톤을 넘겨받듯 차례차례 말하는데 일곱 주신들 모두 당연하다는 듯 중립을 말했다.

하지만 시원시원한 답변과는 달리 그들의 표정은 그야말로 뭐 씹은 듯 일그러져 있었다. 특히 이 상황을 조장한 숲의 여신 펠리아의 표정이 압권이었다. 얼굴을 시뻘겋게 붉히며 인내의 한계를 시험하는 듯 이까지 바득바득 갈았고 손톱을 세워 앞에 놓인 탁자를 북북 긁어댔다. 그녀의 험악한 눈초리와 으스러져라 쥐어진 주먹을 보고 모두 주춤 몸을 뒤로 빼내야 했다.

"그런데 대체 왜 또 모이라고 한 거예욧!"

"그, 그거야 고신(古神)들 때문이죠."

"그건 나도 알아욧! 좀 다른 일로 부를 순 없어요? 고물들 때문에 왜 내가… 바빠 죽겠는데 망할 작자들 때문에 이곳까지 와야 하느냐구욧! 이젠 지긋지긋해욧! 왜 우리가 그것들 뒤치다꺼리를 해야 하냐구요. 난 바빠요. 그렇지 않아도 곧 하계의 봄이에요. 숲의 탄생 시기가 가까웠다고요. 숲에서 나는 나무를 관리해야 되고 새로 태어날 엘프들에게 일일이 축복해 줘야 하는데, 내가 왜 그 망할 고물들을 챙겨야 하는 거죠? 난 무조건 중립이에욧! 반대하는 신들 다 나와욧! 내가 소멸시켜 버리고 말 거야앗!"

"펠리아야, 진정해라……."

"오라버닌 닥쳐욧!"

절규하듯 비명을 지르는 그녀의 모습에 오딘도 허헛 헛웃음을 흘릴 수밖에 없었다.

"타락해서 쫓겨난 고물들 주제에 뭘 더 바라느냔 말이야아아아아! 아으으으으윽~"

"하… 하… 하… 그것도 그럴 테지만… 좀 흥분을 가라앉히고 들어 주세요, 펠리아. 제가 알아본 바로는 '그들' 이 또 일을 시작했다고 하니……."

"뭐, 뭐욧? 그 망할 것들까지?! 내가 못살아! 차라리 죽여 버릴 거얏!

그렇지 않아도 골치 아파 죽겠는데. 그것들이 왜에에~ 아아악! 오디이이인! 여보오옷! 나 그것들 죽이고 말 거얏! 허락해요, 허락하란 말이야아아아아~!"

"하… 하… 하… 펠리아, 그럴 수 없다는 걸 당신도 알면서 왜 그러시오. 질서가……."

"빨리 허락해욧! 질서고 뭐고 난 그 딴 거 몰라욧! @$·@&·&($@$·%@$·%@·N 같은 ## !·%*&($*()*)*&%$#@~ 새끼들 다 죽여 버리고 말겠어욧! 카악! 말할수록 성질나네. 크아아악!"

쿠웅! 쩌억!

차마 여신의 입에서 나왔다고 볼 수 없는 험악한 욕설꾸러미가 풀림과 동시에 앞에 놓인 대리석 탁자는 단 한 번 내려친 주먹에 쪼개져 그 자리에 모여 있던 신들 모두 식은땀을 흘려야 했다. 펠리아는 숲의 여신으로 평소에는 온화하다는 평판을 받지만 꼭지가 돌면 누구보다 과격해진다는 걸 모르는 신족은 없었다.

특히 그녀의 남편이자 주신인 오딘은 너무나도 잘 알았다.

"여보, 진정해요. 그렇게 흥분한다고 해결될 일이 아니잖소."

"난 진정 못해욧, 오딘! 당신이라면 흥분 안 하겠어욧!"

쾅! 쩌어억!

방금 두 조각난 대리석을 발로 찍으며 히스테릭하게 고함을 지르는 그녀에게 진정하라는 요구는 그야말로 불가능에 가까워 보였다.

오딘은 하늘까지 치켜 올라간 그녀의 눈꼬리를 보며 전율과 함께 등줄기에 한줄기 식은땀을 흘렸다. 그는 주변의 대신들에게 도움을 청해 보고자 좌중을 훑었지만 모두 모른 척 시선을 피할 뿐이었다. 오딘은 엄청난 식은땀을 주룩주룩 흘리며 그녀에게로 시선을 돌렸다.

어떻게든 말려볼 생각이었지만 안하무인으로 발작하고 있는 그녀의 모습에 오히려 주춤 물러설 수밖에 없었다. 그렇지만 그런 태도가 펠리아의 눈에 거슬렸다.

"이건 우리 신족들의 존속 여부가 달려 있는 거라고욧! 그렇지 않아도 그 망할 고물들이 저지른 일을 수습하기에도 골치 아픈데, 그 망할 자식들이 또 뭔 짓을 벌인다는 거냔 말이냐! 아아~ 아아아아악~ 짜증나아아!"

펠리아는 감정이 격해졌는지 눈이 시뻘겋게 변한 채 오딘의 멱살을 잡아 뜯었다. 그리하고도 부글부글 끓는 속을 도저히 참을 수가 없었던지 분노의 일격을 날렸다. 상대는 바로 그녀에게 멱살을 잡혀 있던 오딘에게였다.

"크에에엑!"

작렬하는 그녀의 주먹에 오딘의 안색이 파랗게 질리면서 도망치려 했지만 그녀의 강한 어퍼컷이 그의 오른쪽 볼에 작렬하자 비명과 함께 나자빠졌다.

대신들은 오딘의 불행에 조의를 표하며 지그시 고개를 돌렸다.

퍼어어억!

"뜨어어억~"

가장 실용적으로 사용되는 강렬한 효과음과 뒤잇듯 터져 나온 비명은 오딘의 아픔에 겨운 처절한 절규였다. 또한 그 속에는 삶의 회한이 담겨 있었다.

"당장 그 쉑끼들을 잡아서 이렇게~ 이렇게 이렇게~ 만들어서 그 나아앙~!"

"크아아아악~ 여보오오오~ 펠리아아~ 난 당신 남편이야… 살려줘어어어~ 크아악! 헤르미스~ 헤르니온~ 살려줘… 페, 펠리스으으으~ 동생 좀 말려~ 나 죽어, 제바아아아아아알~!"

한순간 머리가 새하얗게 비어버릴 정도의 강렬한 어퍼컷에 오딘은 도움을 바라는 마음으로 처절한 비명을 질렀으나 도움의 손길은 없었다.

"배신자드으으으을~!"

아무리 소리를 질러도 도와줄 낌새는 조금도 없었다. 아니, 도와주고 싶어도 펠리아의 서슬 퍼런 기세에 질려 버렸다는 것이 옳을 것이다. 몇몇 여신들 중에서 가장 연약해 보이는 여신의 숨겨진 면모를 보았으니 얼마나 충격적이랴.

그런 상황에서 오딘은 이성을 잃은 펠리아의 주먹에 철저하게 무너지기 시작했으니…….

털썩!

적절한 효과음과 함께 오딘은 바닥에 쓰러졌다. 마치 비련의 주인공처럼 오딘의 두 눈에서는 물줄기가 흘러내리고 있었다. 매끈한 외모를 자랑하던 그의 얼굴이 다양각색의 알록달록함으로 물들어 차마 보기가 민망스러울 정도였다.

아아~ 이것이 열혈 여신을 부인으로 둔 죄라면 죄인 것인가!

그렇게 잠시의 시간이 흐르자 달의 여신 세리오네가 바닥에 주저앉은 채 서럽게 눈물을 뽑고 있는 오딘을 치유해 주었고 바람의 신 펠리스가 그의 곁으로 다가가 달래주었다.

"나도 많이 당했어. 힘내! 우린 자랑스런 남신(男神)이야! 연약한 여신에게 맞았다고 운다면 그건 남신이 아니야!"

펠리스는 오딘의 마음을 백 번 이해한다는 듯 동병상련(同病相憐)의 심정이라는 것이 이런 것이다라는 것을 절실히 보여주고 있었다.

아직도 뒤에서 불 뿜는 드래곤을 연상시키는 행동을 하고 있는 펠리스를 바라보며 부르르 몸을 떠는 남신들과 여신들은 다시금 몸을 사리고 있었다.

그리고 얼마 후, 어색함 뒤에 다시 회의가 시작되는데…….

"크흑! 회의를 다시 재개하겠소. 으흐흑… 의견을 말씀해 주시오."

치유술 덕에 몸은 정상으로 돌아왔지만 오딘의 정신 상태는 걸레가 되어버린 지 오래였다.

비참함에 고개를 숙이며 의견을 묻는 그의 모습에 6대신(大神)들은 무척이나 미안해하는 시선을 보내지만 사태가 사태이니만큼 곧 표정을 굳혔다.

백금발의 여인 세리오네가 입을 열었다.

"우선 저 달의 여신 세리오네가 여러분들에게 먼저 말씀드리죠. 오딘님의 말씀대로 우리가 모인 건 고신(古神)들 때문이죠. 소멸을 눈앞에 둔 멍청하기 짝이 없는 타락자들이 또 사고를 쳤어요. 아시다시피 고신과 '그들' 간에는 질기디질긴 끈이 이어져 있죠. 천 년 전에도 그러했고, 또 무슨 짓을 하려는지 도저히 알 까닭이 없습니다."

"우리가 원하는 바와는 다르게 돌아가고 있다는 거 나도 알고 있소."

바람의 신 펠리스는 뭔가가 마음에 들지 않는다는 듯 인상을 찌푸렸다.

"우리가 속한 세계의 법칙에 어긋난 존재들이니… 도대체 뭘 바라는지 알 수가 없다는 것이 우리에게는 가장 큰 문제요."

그의 말에 다른 신들도 동감을 표했다. 타락한 주신들을 쫓아내고 신계의 최고위신의 자리에 올라 강인한 힘과 관조자의 권리를 얻은 그들이었음에도 도저히 이해할 수 없는 일이 벌어지고 있었다. 심각해지는 분위기에 오딘도 전염이 된 듯 훌쩍이던 얼굴은 어디로 가고 무척이나 진중한 태도로 침묵했다.

"그들의 목적은 천계나 마계가 아니라 인간계일 겁니다."

"정확하게 말한다면 인간계의 중심이라고 할 수 있는 천 년의 제도(帝都:황제가 사는 도읍)이겠지요."

정열적인 붉은 머리칼을 가볍게 위로 쓸어 올리며 중얼거리듯 내뱉는 전쟁의 여신 아레나의 말에 평범한 갈색 머리칼이 무척이나 잘 어울리는 지혜의 신 헤르미스가 차분한 어투로 동조했다.

그들 모두 예상했다는 표정이지만 극도로 불쾌해했다.

"천 년 전에도 그러하더니 이번에도 또 그곳이란 말입니까?"

회의 시간 내내 유일하게 아무 말 없이 있던 마법의 신 헤르미온이 조금 짜증이 난다는 듯 중얼거리자 다른 신들도 속이 부글부글 끓는다는 듯 인상을 팍 구기며 고개를 끄덕였다. 바카스는 그들의 모습에 고개를 잘래잘래 젓다가 입가에 가득 미소를 짓는데…….

"%&*$·*(@$#!"

침묵의 극치로 치닫고 있던 회의실 내의 분위기 속에서 누군가의 신어가 들려오자 잠시 고민에 빠져 있던 신들의 시선이 쏠렸다. 그 시선을 즐기듯 바카스의 입가에는 매력적인 미소가 걸렸다. 사실 술의 신이라고 하면 배불뚝이에 통통한 볼이 벌겋게 달아오른 주정뱅이 신의 모습을 생각하기 십상이지만 외모로 따진다면 신들 중 가장 아름다운 이가 바카스였다.

바카스는 술의 신이며 동시에 유희와 쾌락을 관장하는 신이다. 슬픔

과 고통보다는 기쁨을 주는 것을 진심으로 기꺼워하는 신, 심각한 순간
마다 유쾌함으로 분위기를 살리는 신이 바로 그인 것이다. 이 상황에
서 가만히 있는다면 그는 술의 신이라는 이름을 내놓아야 할 터였다.

바카스는 신력을 재배열하며 수 초 후에 자신이 소환시킨 항아리를
바닥에 '통!' 하니 내려놓았다. 항아리 안에서 풀풀 새어 나오는 삭은
과일의 향기가 기분 좋게 주변을 가득 메우는 것만으로도 무엇인지는
충분히 예상할 수 있었다.

"여러분, 마셔요."

그것은 바로 그 이름도 유명한 술이었던 것이다.

갑작스런 그의 행동에 심각한 포즈를 취하던 신들은 이런 심각한 순
간에 술을 꺼내 든 그를 의아해하며 주시했고 바카스는 입가에 한가득
미소를 배어 물며 말했다.

"심각해지면 안 되죠. 후후후… 웃으면 복이 온답니다. 그냥 웃을
수 없다면 유그드라실에서 직접 딴 생명과로 제가 직접 담근 오백 년
산 술을 마시세요. 달콤함과 목으로 넘어가는 향취가 정말 끝내준답니
다. 자, 그렇게 뻘쭘히 계시지 말고 마시자구요."

그의 말에 신들은 벙쪄 있었다. 회의 시간 내내 유일하게 희희낙락
하고 있던 바카스였다. 그런 그를 지켜보는 다른 이들의 표정은 그야
말로 딱딱하게 굳어 있었다.

도대체가… 어떻게 저렇게 웃을 수 있다는 건가, 이 상황에서!

아무리 얼굴에 철판을 간 신족이라고 해도 이런 상황에서 술을 꺼내
음주를 운운하는 그의 행각에 기막혀 할 수밖에 없었다. 하지만 바카
스는 한심스럽다는 듯 주시하는 신들의 시선에 아랑곳하지 않았다. 그
저 이 자리에 모인 신의 수대로 소환한 글라스에 달콤한 향을 풍기는

술을 가득 채워 돌렸다.

"자, 여러분, 마시자구요. 원샷~ 그렇게 표정을 찡그리고 있으면 보기에 별로 안 좋다구요. 자자, 펠리스도 콧김만 내뿜고 있지 말고 모두들 스마일 스마일 하자구요."

즐거움을 부여하는 본분에 충실한 바카스는 싱글벙글 웃으며 연신 술을 권했다. 거침없이 장난스러운 그의 모습에 신들은 피식 웃고 말았다. 뭐라고 할까, 그의 넉살에 모두 두 손 두 발 다 들었다는 의미의 웃음이라고나 할까? 그들이 어쩌겠는가. 그는 자신의 의무에 충실한 것인데…….

남이 고민하면 가장 먼저 달려가서 그 고민을 나누고 웃음을 주는 신이 바로 술의 신 바카스가 아닌가. 존재의 의미를 실현하는 그를 마냥 탓할 수도 없고… 미워할 수 없는 존재가 아닌가.

오딘은 웃지도 울지도 못하는 상황에서 길게 심호흡을 하더니 씨익 웃으며 그가 건넨 글라스 안에 담긴 술을 쭈욱 들이켰다.

열혈 부인에게 구타당한 서러움 때문인지는 모르지만 한 번쯤은 바카스가 고민 많은 인족들을 위해 만들었다는 술에 취해보는 것도 괜찮지 않겠는가 싶기도 했다. 어차피 신족들은 술에 취하지도 못했다.

과감하게 술을 입 안으로 털어 넣는 오딘의 모습에 바카스는 회심의 미소를 띠며 '오옷, 멋쟁이 오딘~', '꺄악~ 옵빠(?) 멋있어' 등등 참으로 해괴한 소리로 한순간 지고한 정신력을 자랑하던 신들에게 적지 않은 정신적 데미지를 안겨주었다. 그 데미지는 그들에게 휴우증, 그러니까 끝 모를 갈증을 선사했고 그 갈증 해소를 위해 자연스럽게 술을 입 안에 털어넣게 했다.

거기다가 뒤에서 불 뿜는 드래곤의 전형을 보여주고 있던 여신 펠리아마저 어떻게 꼬드겼는지 술잔을 들었다.

그들의 목젖이 오르락내리락하는 모습을 빠짐없이 보고 술을 삼켰다는 것을 확인한 바카스의 눈빛은 기대로 반짝거렸다. 그 눈빛은 심혈을 기울여 만든 작품을 통해 호평을 기대하는 장인의 기대 심리와도 같은 것이다.

"아……."

"핫!"

"으음……."

그들의 입에서 연달아 터져 나온 탄성과 그에게 몰려드는 시선에 바카스는 '나이스~'를 속으로 외치며 입꼬리를 말아 올려 히죽히죽 웃었다.

'세상에, 이런 감미로움이라니… 혀끝을 싸아하게 감싸는 첫맛과 뒷맛이 남지 않는 순간적인 달콤함, 그리고 목구멍을 타고 넘어가는 그 순간 몸 안으로 퍼져 나가는 이 청량함이라니…….'

마치 온몸 구석구석에 낀 때를 말끔히 씻어 내리고 있는 듯한 감각에 그들은 탄성을 내지를 수밖에 없었다. 세상에 이런 맛이 있다니…

"무흐… 자자, 마시자구요. 원샷, 원샷~"

입만 뻐끔거리며 미각의 감격 속에서 헤어나지 못하는 그들의 모습에 무척 만족스럽다는 듯 바카스는 그들의 빈 잔에 연신 술을 채우며 호탕하게 웃었다.

"마, 맛있어. 세상에 바카스, 이거 어떻게 만든 거죠?"

"지, 지… 지금까지 먹어온 것 중 최고의 맛이야. 맙소사! 절로 감탄이 터져 나오게 만드는군. 이게 대체 뭐지?"

그나마 이렇게 평가를 내놓은 신들은 극소수였다. 모두 바카스가 준

술맛의 황홀경에 빠져 헤어나지 못하고 있었으니까.

"훗, 제가 만든 최고의 역작이죠. 유그드라실 생명과의 즙에다가 제가 특별히 정수한 성수, 거기다가 인계에서 나는 특상품의 꿀과 특상 포도. 훗훗, 차마 밝힐 수는 없습니다만 특별히 제조한 특수액을 첨가해 오백 년 간 삭힌 거랍니다. 원래 연회장에서 선보일 예정이었지만 분위기를 전환시키려면 이것만큼 좋은 게 없겠더라구요. 어때요? 만족 스럽습니까?"

'나 잘했지~' 하는 표정의 바카스와 '잘했어. 역시 넌 대단한 놈, 아니, 신이야' 하는 표정의 신들.

어쨌든 조금 무거워진 분위기는 다시 화기애애해졌다.

"하하하, 이렇게 모두가 얼빠진 표정을 보는 건 정말 오랜만인 것 같네요. 자자, 더 마시세요. 원샷~"

술 하나로 가라앉은 분위기를 살리는 데 성공한 바카스는 살짝 입꼬리를 말아 올리며 빠르게 비워지는 술잔을 채워갔다. 그리고는 채워진 술잔을 비우기 바쁜 신들의 모습에 연신 히쭉히쭉 웃어댔다.

자신의 역할은 확실히 한 것이기에 바카스는 아주~우 기뻤다. 비록 몰래 마시려고 꿍쳐 둔 술이 바닥나 버린 것이 좀 아쉽긴 했지만 말이다.

그리고 꽤나 귀엽다고 봐줄 만한 모습들이 아닌가. 자신의 앞에 놓인 술잔을 사수하듯 품 안에 끼고는 한꺼번에 마시기 아쉬운 듯 조금씩 혀로 축이듯 마시고 있는 신들의 모습이 말이다.

항상 체면 때문에 진지한 자세로 굳어 있기 마련인 그들이 자신의 술 하나에 미소가 걸리고 몸의 긴장을 푸는 모습을 보는 것은 바카스에게 있어서 큰 기쁨이었다. 특히 펠리아가 폭주할 때를 제외하면 철저한 진지 모드를 취하던 오딘이 뺨을 발그스름하게 붉히며 술을 홀짝 홀짝 먹는 모습이 어디 보기 쉬운 광경인가.

바카스가 내준 술 동이 하나를 남김없이 싹싹 비운 신들은 만족스런 미소를 머금으며 잠시간의 행복감에 젖었다가 급속히 표정이 냉각되었다.

'이, 이러고 있을 때가 아닌데…' 하는 생각에 주신 격인 오딘은 상황 전환이 필요하다고 생각했는지 위엄 모드를 취했다. 하지만 이미 망가진 이미지를 어찌 회복하리오. 스스로도 그렇게 생각하는지 잠시 헛기침을 몇 번하더니 진지한 태도로 좌중의 신들에게 형식적인 말을 던졌다.

"시간이 없으니 의견을 말해 보시오."

하지만 모두 쉬이 입이 열리지 않는 모양인지 머뭇거리기만 했다. 그들은 망설이고 있었다. 이 자리에 있는 모든 신들은 그들이 내릴 결정을 망설이고 있는 것이다.

하지만 그들의 망설임을 비웃는 듯 냉정한 목소리로 입을 연 이가 있었으니… 바로 숲의 여신 펠리아였다.

"우리가 이렇게 주저하고 있을 때가 아닐 텐데요? 우린 신족의 일원 중 유일하게 '신'의 이름을 쓸 수 있게 허락받은 몸입니다. 전 차원의 만물을 창조하신 차원신을 맞이하여 직접 지임받았습니다. 그러니 그 이름값을 해야 하지 않겠습니까? 인족이 가지는 알량한 정의심 따위나 의리를 생각할 거라면 당장 그만두라고 권하겠습니다."

"그래서 어쩌자는 겁니까? 의견을 말해 보시죠."

"좀 과격한 방법이긴 하지만 우리에게 중요한 건 우리의 세계입니다. 그 남자를 이 세계에서 강제 추방하는 방법도 수단의 일종이 될 수 있겠군요."

순간 신들은 얼굴을 찡그렸다.

"그건 너무한 것 아닙니까? 아무리 우리 세계가 중요하다지만 그는 우리가 이 자리에 오르게 하는 데 지대한 도움을 주었고 우리 세계를 비옥하게 만들었소. 우리가 하지 않았던 많은 것을 해주었는데 그 은혜를……."

"은혜든 뭐든 우리가 상관할 바가 아니에요. '그'가 바라는 건 그 남자예요. 어차피 우리 세계인도 아닌데 그냥 줘버리고 차원의 문 모두를 봉쇄해 버리면 그만이에요. 힘이 없는 자의 반항은 화를 부를 뿐입니다. 모두 중립을 원하지 않았습니까? 그런데 뭘 망설이는 거죠?"

펠리아는 입술을 지그시 깨물었다.

"게다가 우린 '그'의 요청이긴 했지만 금기를 범한 신인마저 풀어줬습니다. 우리가 의도한 상황은 아니지만 우리 역시 그 남자가 필요했으니까요. 어차피 그녀도 '그'로부터 도망을 칠 수는 없을 테니 몇 번 인간계를 전전하다가 이 신계로 돌아올 겁니다. 우린 그때 그 남자를 넘겨받고 '그'와 협상을 하는 거죠. 우리 세계가 여전히 존재하려면 한시라도 빨리 그 남자를 '그'에게 넘겨주고 이 세계로 통하는 문을 닫아버려야 제일 안전할 겁니다. 더 이상 우리 세계에서의 혼란을 원하지 않는다면 한시라도 빨리 그 남자를 추방시켜야 마땅하죠. 왜요? 왜 대답이 없으시죠? 제 말에 불만이 있으십니까? 그럼 어디 다른 분들은 방법이 있나요? 저보다 좋은 방법이 있다면 한번 말해 보시죠."

오딘은 아내의 과격한 언사에 한숨을 푹 내쉬며 그녀의 어깨 위에 손을 올려 아래로 눌렀다. 좀 진정하라는 제스처였다.

"나는 그녀의 말에 찬성이오. 그녀의 말대로 우리에게 중요한 건 우

리 세계이니 '그' 와 이 세계가 연관되는 걸 피해야 하지 않겠소? 이 의
견에 반대하는 이가 있다면 다른 좋은 의견과 함께 말해 보시오."

　신들은 침묵했다. 그리고 마치 약속이라도 한 것처럼 신들은 한 명
의 신에게 시선이 몰렸다. 시선의 종착지는 바로 신중한 성품으로 지
혜를 주관하는 헤르미스였다.

　펠리아의 의견에 찬성하고 싶어하지 않은 이들이 혹시 그라면 좋은
의견을 내지 않을까 싶어 쳐다보았지만 헤르미스라고 딱히 좋은 방법
이 있는 것도 아니었다.

　아무리 자신들이 이 세계 신족의 대표자이고 '신' 이라고 불리는 종
족이라고 하더라도 불안전한 것은 어쩔 수 없는 것이 아닌가.

　헤르미스는 그의 아우인 헤르미온을 슬쩍 바라보았다. 펠리아의 의
견이 무척 마음에 들지 않아 다른 의견이 있는지를 알아보기 위해 바
라본 것이지만 마법의 신 헤르미온 역시 한숨을 내쉬며 시선을 피해
버렸다.

　헤르미스는 한숨을 푹 내쉬며 입을 열었다.

　"아무래도 저는 지혜의 신이라는 명호를 내놔야 할 것 같습니다. 스
스로도 지혜롭다고 자부해 왔는데 좋은 생각이 없군요. 미안합니다,
여러분. 나 지혜의 신 헤르미스, 펠리아의 의견에 적극… 은 아니지만
그 방법뿐이라 하니 찬성하겠소."

　"나 마법의 신 헤르미온 역시 동조하오."

　"후우~ 결국 이렇게 되는 거군요. 달의 여신인 저 세리오네 의견에
동참합니다."

　"만장일치인가? 후우, 그렇다면 바람의 신 나 펠리스 역시 내 누이
의 의견에 동참하오."

일곱 신과 여신들은 기계적인 음성으로 하나의 결론에 동참했다. 마지막으로 바카스의 대답이 없자 자연스럽게 그에게 시선이 쏠렸다.

희희낙락하며 술잔을 들이키던 바카스는 자신에게 쏠린 그들의 시선에도 아랑곳하지 않고 오히려 당당하게 술을 목에 털어넣으며 말했다.

"아아, 저만 대답을 안 했군요. 훗, 추방이라… 전 찬성도 반대도 못 하겠습니다. 아무리 제가 무책임에 술만 밝히는 신이라고 하지만 양심은 있거든요. 훗훗."

3

그는 지금 회의 중?

"……."

바카스의 돌연한 말에 곧 결론이 날 듯했던 회의가 술렁였고 펠리아의 눈썹은 살짝 치켜떠졌다.

"어째서죠, 바카스? 찬성도 반대도 아니라고 말씀하시지만 제가 보기에는 반대하시는 듯싶은데… 이유를 밝혀주세요."

"음? 아아… 그렇게 되나요?"

"어차피 이계인은 이 세계에서 쓸모없어요. 법칙에 어긋난 혼란만 가중시킬 뿐인 존재들이에요. 그 따위 쓸데없는 것에 신경 쓸 여유가 어디 있죠? 그들이 깨버린 법칙의 혼돈 때문에 고생하고 있는 건 우리들이라구요. 정말 할 수만 있다면 모조리 색출해서 그 세계로 내쫓아야 하는 것이 아닌가요, 바카스? 그들의 존재가 우리의 완벽함에 흠집을 내고 있습니다. 어차피 불완전한 이계 나부랭이들에게 왜 우리가 신경을 써줘야 하죠?"

바카스의 눈썹이 한순간 꿈틀거렸다. 무척이나 마음에 들지 않는 말을 들은 듯 살짝 굳어진 그의 표정에는 미소가 사라져 있었다.

"그렇게 쉽게 된다면 다행이겠죠."

그의 말에 한순간 회의장 내는 술렁였다. 그런 그들의 모습에 바카스는 처음으로 비웃듯 입술을 말아 올렸다.

"하지만 전 절대 반대할 수밖에 없겠더군요. 뭐, 여기서 반대하는 건 저뿐일 줄 압니다만… 이런 말 해봤자 받아들이지 않을 것은 당연하겠지만, 굳이 이유를 따진다면 이곳에 계신 분들은 알고 계시는 저의 출신적 이유 때문이겠죠. 안 그렇습니까, 여러분?"

"출신이 어쨌다는 건… 아, 이런… 망할……!"

한순간 신들은 표정이 하얗게 질렸다. 잊고 있었다는 듯 희미한 낭패감마저 띠고 있었다.

"하도 오래되어 잊고 있었는데 방금 펠리아께서 일깨워 주시는군요. 전 이 세계에 '쓸모없는' 존재인 이계인이 아닙니까? 이 정도면 제가 반대할 만한 이유가 충분히 될 것 같은데요. 아니, 절대 반대할 수밖에 없는 이유가 되겠네요. 아무리 책임감없이 살아온 저라지만 그럴 수는 없지 않겠습니까. 하하하."

바카스의 돌연한 말에 그다지 좋지 않은 표정으로 추방 건에 대하여 찬성했던 대신들의 표정은 그야말로 뭐 씹은 듯 일그러졌다.

그리고 그들의 그런 낭패감 어린 시선을 즐기듯 바카스는 감았던 눈을 느릿하게 뜨고는 좌중의 신들을 눈으로 훑었다. 방금 전까지 가득했던 장난기는 모두 사라지고 묘하게 차가운 청은빛 눈동자가 드러나면서 희미한 불쾌감과 살의를 담은 시선이 펠리아에게 쏟아졌다. 펠리아는 흠칫 몸을 떨었다. 처음 보는 그의 진지한 표정이었고 분노 어린 시선이었다.

바카스가 소리없이 의자에서 일어서자 오딘은 급히 입을 열려 했지만 그의 냉엄한 시선을 보는 순간 입을 뗄 수가 없었다.

"그 추방 건에 저 또한 포함되어 있겠지요?"

"펠리아가 진심으로 한 말은 아닐 거요. 우선 진정하시오."

바카스의 드물게 거친 음성에 오딘이 다급히 나섰다. 하지만 바카스는 오딘의 말을 무시해 버리곤 그녀를 직시하며 준엄한 어조로 질타했다.

"어차피 내 의견은 받아들이지도 않을 것이 아닙니까? 그럴 거라면 할 말은 다 해야겠군요. 추방? 홍! 추방? 감히 나의 왕에게 말이오? 아직 철없는 잘나신 여신이여, 당신은 아직 어려요. 그대의 말대로 이계인을 그리 쉽게 추방시킬 수 있다고 보십니까? 당신이 말하는 그 남자의 안배로 이곳에 넘어온 이계인의 수가 얼마나 될 거라고 보십니까. 타락해 우리의 손에, 아니, 그 남자의 손에 쫓겨갔던 고신이 자신이 완벽해지기 위해 막았던 그 문을 열어 이제는 완벽하게 개방되어 있답니다. 지금 이 세계 어스 계는 타 차원계 '지구'와 얽혀 있어 수백 년 단위로 몇 명씩 넘어와 뿌리를 박고 있죠. 당신이 말하는 쓸모없는 그 남자의 안배로 말입니다. 숲의 귀족인 엘프, 드래곤, 인족, 드물게는 드워프 족과 천사, 마족, 그리고 신족인 저. 모두 다 일족의 정점에 위치해 있습니다. 과연 신족의 허약해 빠진 힘으로 그들을 내쫓을 수 있다고 보십니까? 이계인 출신의 고룡급 드래곤만 해도 몇 마리나 되는 줄 아십니까? 그들은 신족의 힘에 호락호락 당해줄 만큼 약하지 않은데 그 수조차 헤아려지지 않고 있는 존재들을 과연 그대의 힘만으로 추방하는 것이 가능할 거라고 봅니까, 어리석은 여신이여?"

처음에는 평온한 어투로 시작했던 그는 말할수록 성질이 나는지 드물게 흥분되고 거친 외침이 되어 낭패감과 함께 모멸감 어린 표정을 짓고 있는 펠리아를 질타했다.

여기에 있는 신들 중 나이가 가장 어린 탓으로 이 자리에 있는 신들에게 항상 보살핌만 받아왔던 그녀로서는 존재 이후 처음으로 들어보는 질타였을 것이다. 평소에 실없이 웃기만 해 은근히 무시해 오던 바카스였기에 질타에 따른 모멸감은 더했다. 그 증거로 그녀는 온몸을 바들바들 떨며 앙칼진 음성으로 소리쳤다.

"함부로 이계인에 대해 운운하며 말한 점 우선 사과하죠! 하지만 그들의 존재가 우리의 완벽함에 해가 되는 건 매한가지 아닌가요?"

"완벽, 완벽! 당신이 말하는 그 완벽함이 과연 존재하리라고 봅니까? 스스로 완벽하다고 자부했던 고신들이 어찌 되었습니까? 자신의 오만함에 빠져 타락하는 바람에 고작 하급 신이었던 우리들에게 내쫓겼지요. 완벽이란 말은 우리를 만드시고 이 드넓은 차원을 완성시키신 주시자에게나 해당되는 말이랍니다. 멍청하게도 고신은 그런 완벽함을 자신들이 추구하려 했기에 오만해졌고 이기적으로 변해갔던 겁니다. 우린 불완전하기에 이렇듯 멀쩡하게 신족의 대표자로 있을 수 있는 겁니다. 아시겠습니까! 모른다면 조용히 입 닥치고 있으십시오. 전 다른 신들처럼 그렇게 얌전하지 않습니다. 당신이 말하는 쓸모없는 이계인이니까요! 하지만 완벽함을 추구한다면서 타 종족을 괄시하지는 않았습니다."

"뭐, 뭣!"

노골적인 비아냥거림을 터뜨리는 바카스의 말에 한순간 펠리아는 자제력을 잃고 자리에서 벌떡 일어나 싸늘한 눈빛으로 노려보았다. 하지만 바카스는 코웃음도 치지 않은 채 경멸의 눈빛으로 그녀를 가차없이 쏘아보며 날카로운 질타를 계속했다.

"펠리아, 아직 모르시는가 본데 예전의 고신들이 타 종족들과 융합되지 못하고 외면당했던 이유는 바로 당신이 말하는 그 완벽함을 추구했기 때문입니다. 자신들만이 완벽하다고 착각하고 이 세계의 주인이 자신들인 양 오만함으로 그들을 대했기에 그들이 오랫동안 철저하게 세뇌시킨 인족을 제외하고는 그 어느 종족도 그들을 따르지 않았던 겁니다. 아직도 우리 신족들이 타 종족들에게 욕을 먹는 건 자신의 주관만을 가지고 타 종족들을 판단하고 관여하려 들기 때문입니다. 아시겠습니까!"

그의 질타는 표면적으로 펠리아를 향하고 있었지만 다른 대신들에게 하고픈 말이기도 했다.

바카스는 문득 말이 딴 데로 새었다는 것을 의식하고는 조용히 한숨을 내쉬었다. 그리고는 다시 싱글벙글 웃기 시작했다.

"이런, 우훗! 분위기가 장난이 아니군요. 술의 신인 제가 이런 분위기를 유도하다니. 흑… 책임감 부족이에요. 어쨌든 전 반대입니다. 그리고 제 의견은 어차피 헛.소.리.라고 생각하십시오. 어차피 전 이.계.인.이니까요. 그리고 우리가 다른 고신들처럼 타락하지 않고 있는 건 그가 우리에게 선사한 불완전함 때문입니다. 당신이 말하는 완벽함은 파멸로 가는 지름길이지요. 그리고 그 파멸로 가는 길을 가로막는 존재가 이계인이구요. 뭣도 모르면 입 닥치고 가만히 계십시오. 그리고 이 세계는 이계인들이 '꿈' 을 꾸기에 유지될 수 있다는 것을 잊지 마십시오. 그리고 그 '꿈' 을 주관하는 것이 당신이 추방하려고 하는 '그 남자' 라는 사실을 말입니다, 철없는 숲의 여신이시여."

펠리아는 얼굴을 확 붉혔고 뭐라 말하려고 했지만 어느새 그녀의 옆에 다가온 오딘과 펠리스의 조용히 있으라는 눈빛에 이를 부득 갈며 입을 다물 수밖에 없었다.

오딘은 물론 좌중의 신들은 또 그녀가 폭주할까 조마조마했지만 의미심장한 미소를 머금은 채 싱글거리는 바카스에게는 해당되지 않는 듯 시종일관 태연한 자세였다.

"예의 추방 건에 대해 반대하는 걸 봐서는 개인적으로 생각해 둔 다른 방법이라도 있다는 건가?"

"아니오, 한낱 신족의 대표자인 제가 어찌 '그분' 과 대항해 살아남을 수 있겠습니까? 그저 꽁지 빠지게 도망이나 쳐야죠. 전 여기 계시는 어떤 분들보다 약하니까요. 전 오래 살고 싶거든요."

"겸손이 지나치군. 신계의 절반을 날려 버릴 수 있는 신력의 소유자인 그대가 아닌가."

"오옷, 천만에 말씀입니다. 절 너무 높이 평가해 주시는군요, 주신 오딘이시여."

예의 희희낙락한 미소였지만 묘한 살의가 띠어져 있다는 것을 모르는 신은 없었다. 바카스는 본디 하급 천사로 시작했지만 능력 면에서는 신족과 대등했을 뿐더러 법칙에서 자유로워 신족은 물론 마족조차 포용할 수 있는 카리스마를 가지고 있었다. 게다가 그 힘의 강대함은 삼계를 손꼽아 다섯 손가락 안에 들 정도였다. 신계에서는 유한의 생명들에게 유희를 주고 연회 때 즐겨 마실 술을 빚는 한가로운 생활을 하지만 그의 힘은 신력과 마력을 고루 가져 그 힘을 탐낸 마계에서 그에게 마왕의 칭호조차 주었을 정도였다.

그 힘이 증명된 것은 4,500년 전의 일이었다. 한 어린 신족이 삼계의 균형을 유지하는 생명수 유그드라실의 가지 일부를 부러뜨려 상처를 입힘으로써 사건은 벌어졌다.

본디 차원은 혼돈, 카오스의 세계였다. 그것을 나누고 형상을 만드는 것은 차원의 주시자였다. 하지만 형상을 만들어도 혼돈이 그것을 자신의 일부로 여기고 집어삼키기 일쑤여서 형상을 지키기 위해서 '세계'라는 막을 만들어 혼돈의 힘으로부터 보호하게 했다.

그리고 그 막을 유지하는 것이 유그드라실이었다. 가지 하나하나에 막대한 양의 카오스 적 힘을 막고 효과적으로 세계를 지키게끔 주술의 형태를 띤 존재였다. 그런데 하필이면 부러진 가지가 가장 중요한 삼계의 경계를 유지하는 곳이라 보호벽은 점차적으로 약해져 갔고 차원의 주시자께서 이 땅을 유지시키기 위해 봉인해 뒀던 혼돈의 힘이 흐트러진 경계를 통해 새어 나와 필멸(必滅)의 길로 향하게 되었다. 특히 삼계 중 유그드라실에 가까웠던 신계는 거의 개작살날 위기였다.

혼돈의 위기를 극복할 가장 좋은 방법은 유그드라실을 회복시키는 것이었지만 이미 나무는 카오스의 중심으로 폭풍의 눈이 되어 있었다. 거친 혼돈의 풍랑을 헤치고 그곳까지 가는 건 대신이라도 불가능했다.

아무리 빛으로 몸을 감싼다고 하더라도 빛 또한 혼돈의 일부였다. 빛마저 자신의 것으로 인식한 혼돈이 그것을 흡수해 버리기 때문에 도착하기도 전에 영혼조차 남기지 못하고 소멸될 것이 뻔했다.

그것은 어둠 역시 마찬가지였다. 서로 발만 동동 구르고 있을 때 술의 신 바카스가 나섰다.

당시 하급 천사였던 그는 다가오는 혼돈 앞에서 좌절해 있는 신족에게서 유그드라실을 회복시킬 치유수(治癒水)를 빼앗듯이 잡아채고는 당시 고신들은 물론 신계에 와 있던 마신과 마왕들을 향해 히죽 웃어 보이곤 혼돈의 풍랑 속으로 유유히 들어가 버린 것이다.

그때 그 자리에 있던 신족과 미족들은 하급 천사가 괜한 객기로 나섰다가 먼저 소멸된다고 비웃음과 함께 혀를 찼었다. 그러나 그런 심정은 혼돈이 거대한 울음을 토하며 바카스를 덮치는 순간에 사라졌다.

엄청난 굉음을 토해내며 이 세계의 존재들을 공포로 초대하던 혼돈이 한순간 주춤거렸던 것이다. 그 주춤거림에 희희낙락하던 바카스의 몸에서 희미한 오로라가 번졌고, 그 오로라가 점차적으로 강해지며 혼돈과 거의 맞먹을 정도로 강맹해졌다.

혼돈과 그의 오로라는 심한 스파크를 튀기며 용호상박의 기세로 다투었다. 그러나 바카스가 곧 힘을 방출하며 손을 휘휘 내젓자 길을 내주기라도 하듯 검은 기류가 쫘악 갈라졌던 것이다.

"쯧쯧, 지금 난 너랑 놀아줄 시간이 없단 말이야."

바카스는 그 한마디만을 남긴 채 누구도 행하지 못한 혼돈 속으로 유유히 들어가 흐트러져 가던 유그드라실을 회복시켰고, 뒤이어 유그드라실의 자아체와 함께 경계를 다시 원상 복구시켜 버렸다.

그리고 예의 희희낙락한 미소와 함께 나타나자 당시 고신들은 물론 미족들조차 턱이 빠져라 입을 벌리며 놀라게 되었고, 바카스는 손수 그들의 입을 다물려 주기까지 했다.

그 이후 그의 힘은 신계 제일로 인정받았다.

펠리스가 말한 신계의 절반을 날려 버린 건은 바로 고신들과의 전투에서의 일이었다. 그때 그들은 대부분이 하급 신이었고 고신의 절반에도 미치지 못하는 힘을 가졌다. 그런 고신과의 전투에서 가장 큰 역할을 한 이 역시 바카스였다. 처음에는 그들 사이의 전투에 중립을 표명

했지만 그의 아내이자 하급 수신이었던 휘리나가 고신들 중 가장 강했으며 잔인했던 발키리에게 범해지고 소멸해 버린 순간 바카스는 그들에게 합류했다. 복수를 위해서였다.

사랑하는 아내를 잃은 사람치고는 지독하게 평온한 신색이었던 그는 단 일 합으로 그들을 속썩이던 고신들의 결계를 날려 버렸다. 그리고는 무표정한 얼굴로 고신들의 거처로 산책하듯 유유히 걸어 들어가 발키리를 갈기갈기 찢어 죽여 버렸다.

현 주신이며 과거 쿠데타의 리더 격이었던 오딘과 바람의 신 펠리스는 알고 있었다. 다른 신들은 고신들 주위에 진을 치고 있던 천사들을 처분하는 데 바빠 보지 못했지만 바카스가 지독한 살의에 휩싸여 신계와 마계를 통틀어 마왕급들조차 상대하기 꺼렸던 발키리를 힘없는 어린아이처럼 찢어 죽이고 다섯 명의 고신들을 단 일 합으로 날려 버린 것을 말이다.

싸움에서는 이겼지만 고신들의 힘을 어찌할 수 없어 발을 동동 굴리고 있을 때, 그 고민을 해결하고 그들의 힘을 완전 봉인한 것 역시 바카스의 힘이었다.

지금이야 오딘 역시 고신들과 맞상대해도 뒤처지지 않을 거라 자부하지만 바카스의 힘은 자신보다 월등히 강할 것이다.

그런 바카스인만큼 펠리아의 철없는 말에 상당히 불쾌했을 것이 틀림없었다. 바카스는 무엇보다 쓸모없다는 말에 민감했다. 아마 신이 되기 전의 과거의 기억 때문일 수도 있지만 그 일에 대해 입을 굳게 다물고 있었다.

바카스는 더 이상 이런 곳에 있고 싶지 않은지 자리에서 일어났다.

"이거 저 때문에 분위기가 영 안 좋아졌네요. 뭐, 당신들의 일에 관여할 생각 따윈 없습니다. 추방이라… 하하하하, 한번 잘해보십시오. 전 이만 가렵니다. 갑자기 오랜만에 깨어나신 왕의 모습이 보고 싶군요. 한동안 신계에 전 없을 겁니다. 그동안 여러분들끼리 알아서 북 치고 장구 치고 잘해보십시오. 전 신경 끌 테니 말입니다. 하지만 이것만큼은 기억해 두셨으면 좋겠군요, 펠리아. 가식된 아름다움과 완벽함은 오래가지 못하는 법이랍니다.”

“자, 잠깐, 바카스. 진정하고 끝까지 말을 들으시게.”

오딘의 만류에도 불구하고 끝도 없이 이어진 신계의 찬란한 아름다움을 음미하듯 바라보던 바카스의 몸이 흐릿해져 갔다. 오딘과 다른 신들은 당황하여 그를 붙잡으려 했지만 그들을 비웃듯 그의 모습은 점차 사라져 갔다.

“신은 완벽하지 못하답니다. 그걸 잊지 마시길, 나의 오랜 친우들이여…….”

완전히 그 모습이 사라지기 직전 굳게 닫혀 있던 입술이 열리며 내뱉은 말은 ‘결정의 장’을 한동안 맴돌았다.

제 17 장

운명은…

뭔가 축축하다.

우웅… 뭐냐…

한참 단잠을 자는데… 누가 내 잠을 깨우는 것이야.

우씨…….

"조금 더 자려무나… 아가… 자고 일어나면 모든 것이 끝나 있을 테니까."

일어나려고 하는데 내 귓가를 자극하는 이 목소리는…

무척 고아한 음성이었다.

마음이 편안해지고 막 깨려던 잠이 다시 쏟아지는 것도 같은데…

우음… 모르겠다…….

조금 더… 잘래… 조금 만 더…….

1

운명은…

지금 그는 최악의 인연과 만났다.

은빛, 은빛, 은빛! 빌어먹을 정도로 은빛의 광휘를 흩뿌리는 여인……

유논은 이를 바득바득 갈았다.

죽지 않았다는 건가?

"망할 계집 같으니! 죽지 않고 잘도 살아 있었군 그래."

방금 전부터 계속된 여인의 행각에 분노가 치솟았지만 참을 수밖에 없었다. 아직도 자신을 옥죄고 있는 사슬의 위력만으로도 여인의 힘은 충분히 예측 가능하니까. 젠장, 누가 다크 로드의 왕인 내가 저런 연약해 보이는 여인에게 꼼짝도 못한다는 걸 믿을까.

"이건 수치다."

강함을 우선시하고 자부심을 가졌던 그로서는 가장 짜증나고 비참하기만 한 현실이었다. 그는 빛을 사방에 뿌리면서 모호한 미소를 지으며 다가오는 여인의 모습에 움찔 몸을 떨다가 싸늘한 눈초리로 직시했다.

원독 어린 그의 시선에 미르는 숨죽여 웃음을 흘렸다. 그 웃음이 묘하게 뒤틀렸다고 느낀 건 착각이었을까.

쿠쿠쿠쿵!

반사적인 경계인가. 그의 몸속에 품어두고 있던 흑기가 조금씩 몸에서 뿜어져 나오며 주위를 압박했다.

진에게서 우선 떼어놓아야 했다. 하지만 조금의 틈도 없었다. 유논은 역대 마신 중 최강의 힘을 가졌다는 자신이 겉으로 보기에는 연약해 보이는 저 여인에게 조금도 다가갈 수 없는 것에 화가 났다. 그는 최강의 전투 종족인 마족, 그들 중에서도 최강의 힘을 자랑하는 다크 스피릿의 왕이다.

자신이 공격한다고 해도 저 여인에게 통할 거라는 생각은 조금도 하지 않았지만 시도는 해봐야 덜 억울할 것이 아닌가. 게다가 유논은 전투 종족이었다. 아무리 불리한 상황이더라도 뒤로 물러나는 것은 전투 종족으로서는 가장 큰 수치였다. 죽을지언정 싸우다가 죽어야 했다. 이렇게 불리한 경우는 난생처음 겪는 것이지만 전투를 포기할 만큼 나약하지는 않았다.

유논은 차갑디차가운 눈동자로 여인을 응시하면서 입으로는 스펠을 외우기 시작했다.

"염옥의 깊은 곳에 존재하는 암흑의 불꽃이여, 내 손끝에 머물러 내 앞의 적을 불사를 힘을… 다크 블레스터!"

다크 블레스터.

마계의 사왕(四王) 중 적왕 플뤼튼의 힘을 빌려 사용하며 화마족이라면 기본적으로 사용하는 흑마법이다. 그 힘은 다른 마족의 시점에서 본다면 허약해 빠진 하급 마족이 자신의 속성에 속한 왕의 힘을 빌려 사용하는 것이다. 사왕들의 주군 격이자 마신(魔神)급의 유논에게는 그런 힘을 사용한다는 것은 수치스러운 일이었다. 하지만 어쩔 수 없는 것이 그의 힘은 대부분 봉인당해 있었다. 바로 눈앞의 저 은발 여인에게 말이다. 조금의 틈이라도 만들기 위해선 어쩔 수 없는 일이었다.

약한 녀석의 힘을 빌린다는 것에 자존심이 상하긴 했지만 결정을 내린 이상 유논의 행동은 재빨랐고 망설임이 없었다.

콰오오오오오—

지옥의 폭염을 담은 화염이 거대한 굉음을 일으키며 순식간에 여인을 덮쳤다.

진이 누워 있는 침대가 너무 가까이 있는 것이 우려되긴 했지만 저 괴물 같은 여인이 막으려고 힘을 쓸 테니 문제는 없었다. 그보다는 방어하다 보면 조금이라도 빈틈이 생길 것이고 그 틈을 노려 진을 빼오면 된다는 아주 단순한 계산으로 시도된 것이다.

그런데…….

"빌어먹을!"

전혀 통하지 않았다. 자신이 쏟아 부은 화염이 그녀를 덮치기 무섭게 소멸되어 버렸다. 힘을 몽땅 쏟아 부은 것이라 조금의 틈은 생겨날 거라고 생각했는데 말 그대로 힘이 사그라들어 버렸으니 틈을 노리고 자시고 할 건덕지도 없어진 것이다.

게다가 방금 내뿜은 폭염으로 상당히 소란스러웠을 텐데도 시녀는 커녕 호위 기사들조차 들어오지 않는 걸 보니 바깥으로 소리가 새어

나가지 않도록 결계를 쳐둔 모양이었다.

변함없이 빈틈없는 여자!

분명 그때 죽었다고 확신했건만 저렇게 멀쩡히 살아 있는 꼴을 보니 복장이 뒤집어진다.

유논은 유유히 공격을 막아내고 자신을 직시하는 저 오만한 여인을 보며 이를 부득 갈았다.

"끈질기기도 하군. 난 분명 네가 죽은 걸 확인했는데… 미르, 망할 계집. 자, 잠깐! 안 돼, 사라지지 마. '진'은… 그 녀석은 아무것도 모른단 말이야!"

유논은 조금씩 그녀의 신형이 흐려지자 급히 제지하려 했다. 그녀는 입가에 모호한 미소를 띤 채 진을 품에 안고는 서서히 흐려지고 있었다.

그녀가 이곳에 결계를 치기 전에 유논도 진의 보호 차원에서 온 힘을 쥐어짜다시피 해서 결계를 펼쳐 놓았지만 지금에 와서는 소용없었다.

"망할!"

마족의 결계를, 거의 대부분의 힘이 봉인되었다고는 하지만 상급 마족이라도 쉽게 빠져나갈 수 없다고 자부했던 자신의 결계가 무력하게 힘을 잃어가는 모습을 보는 것이 기분 좋을 리 없었다.

그것도 자신의 반려를 저기 있는 기분 나쁜 여자의 손에 넘겨줄 생각을 하니 피가 거꾸로 돌 지경이었다.

핏발 선 붉은 눈으로 쏘아보는 유논을 그녀는 여유로운 미소로 받아넘기며 조용히 속삭이듯 말했다.

"…으로… 저와 이 아이를 찾아오시길……."

"이 망할! 안 돼! 사라지지 마!"

묘하게 매혹적인 눈웃음을 남긴 여인은 진을 품에 안은 채 연기처럼 사라져 갔다.

유논은 다급히 제지하려 했지만 이미 모습을 감춰 버린 지금에는 무의미할 뿐이었다. 그리고 '진'의 기운이 그의 감지권 역 안에서 완전히 사라지자 유논의 분노에 찬 일갈이 터져 나왔다.

"크와아아아아아아—!"

쿠쿠쿠쿠쿵!

그의 일갈로 대지가 크게 떨렸다. 그 떨림은 황궁을 강타하는 굉음으로 이어졌고 복도를 오가던 시종과 시녀는 물론 진지한 논의를 거듭하던 대신들과 귀족들을 놀라게 했다. 평소와는 다른 엄청난 강도의 소란에 크게 놀란 그들은 어디에서 시작된 소란인지를 경험으로 알고 있었기에 신속하게 황제의 처소로 들이닥쳤다.

그리고 그들이 본 광경은… 시커먼 화염에 삼켜지고 있는 황제의 처소였다.

자욱하게 복도를 메우던 매캐한 연기로 인해 몰려든 대신들은 적지 않은 양의 눈물을 쏟아야 했다. 하지만 그런 사소한 것에 신경 쓸 틈이 대신들에게는 없었다.

완전히 엉망이 되어 타오르고 있는 황제의 처소라니…….

"이, 이게 무슨 일인가… 메르델, 애스턴 경?"

"저, 저희들도 잘 모르겠습니다. 갑작스런 화염에 놀라 들어왔으나 어찌 된 영문인지 전혀 알 수가 없습니다, 후작."

"황제 폐하께서는…….."

"모, 모릅니다. 그건 저희들이 묻고 싶은 말이란 말입니다! 대체 폐하는 어디에 계시냔 말입니다.”

“으… 으윽… 이, 이보게, 이것부터 놓고 말하… 크윽!”

“폐하를 찾아야합니다, 폐하! 으윽… 주구우우운!”

“빌어먹을! 폐하를 찾아내란 말입니다!”

불길이 피어 오르는 순간 가장 먼저 방으로 들이닥쳤던 루이스와 노엘도 사정을 모르기는 매한가지였다. 그들이 아는 것이라고는 갑자기 ‘찌잉—’ 하는 맑은 옥음이 밖에 있던 자신들을 덮치더니 곧 폭발하듯 타오른 화염과 무슨 이유에선지 발광하는 유논의 모습이 전부였다.

그들은 대신들이 황제의 행방을 묻자 도리어 멱살을 틀어쥔 채 찾아내라고 살기를 풀풀 풍기며 흔들어댔다. 그 통에 소란으로 몰려왔던 몇몇 무신들은 그들을 진정시키느라 고생해야 했다.

당황한 것은 대신들이었지만 우선 사정을 알아야 했기에 다시 되물으려는 순간 방 안의 공기를 갈갈이 찢는 유논의 표효가 터져 나와 그들은 다시 한 번 숨을 죽일 수밖에 없었다.

“치욕이다! 수치란 말이다, 수치! 우아아아아~!”

뇌리 속에 각인되듯 처절하게 울리는 그것. 약한 생물이 본능적으로 느끼는 강자에 대한 끝없는 죽음에의 공포.

그들은 내면 깊숙한 곳에서 깨어나는 본능으로 인해 그 자리에 주저앉았다.

“크와아~ 미르! 빌어먹을 계집! 끝까지 날 방해하는 거냐아~ 죽어 버리겠어~ 찢어발겨 버리겠어!”

약육강식의 절대 법칙으로 인해 강한 힘을 가질수록 높아질 수밖에 없는 마족 특유의 오만한 자존심이었다. 그에 상처를 입은 유논의 표정은 암흑의 지배자다운 냉엄함과 존재감, 마신으로서의 강대함을 유감없이 드러내 보이고 있었다.

끝없는 본신의 공포와 두려움이라는 두 가지 이름으로…….

딱딱딱! 따딱!

한겨울의 매서운 추위에 노출된 듯 방에 발을 디뎠던 귀족들은 파랗게 질린 채 절로 이를 부딪쳤다.

그 모습을 유논이 발견했다. 유논은 거칠게 숨을 몰아쉬며 쏟아내었던 흑기를 천천히 갈무리했다. 그는 방 안에 들어온 제국 대신들의 파랗게 질린 모습에 싸늘한 조소와 비웃음을 담아내며 씹어 내뱉듯이 중얼거렸다.

"그냥 죽여 버릴 것을… 약속만 아니었다면 이 나라 따위 없애 버리는 것이 나았을 텐데… 그랬다면 그 계집도 찾아오지 않을 것을… 으드득!"

흠칫!

파룬 이하 제국의 대신들은 정신이 번쩍 들었다. 태대황제가 천 년간의 카르마의 굴레를 끝내고 새로이 눈을 뜬 시점에서도 들어본 적이 없었던 태황제 유논 데스티니의 본심이었다.

싸늘하게 식은 보랏빛 눈동자에 담긴 강한 분노가 와 닿는 순간 제국의 녹(祿)을 먹는다는 소위 일급 대신들은 흠칫 몸을 굳혀야 했다.

그런 모습에 유논은 또다시 코웃음을 쳤다. 황제와 있을 때와는 확연히 다른 냉랭한 표정이었다. 항상 소년 같던 천진한 분위기는 사라져 버린 지 오래였다. 유논은 차가운 눈빛으로 그들을 냉정하게 훑어 내리다가 어느 순간 시선을 멈추었다. 그의 시선이 닿은 곳에 있던 이는 그나마 평정을 유지하고 있는 한 장년인이었다.

오십이 넘었지만 귀족적인 여린 얼굴 선과 학자적인 분위기는 사십

대라고 해도 믿을 정도로 젊어 보였다. 온화해 보이는 얼굴 안에 은근히 감춰두고 있는 날카로운 눈매는 검객을 연상시켜 문관의 유약함과 무관의 강인한 이미지를 동시에 가지고 있었다. 바로 지만트 파룬으로 잠시간의 근신에 들어간 리보아 공작을 대신해 정사를 대리하는 파룬가의 주인이었다.

유논의 차가운 시선이 잠시 지나쳐 간 것만으로도 심장이 멎을 듯한 충격을 받았던 대신들은 그의 시선이 파룬에게 머물자 한편으로 염려스러워하면서도 한편으로는 다행스러워하는 표정을 내비쳤다.

그들의 이중적인 모습을 놓치지 않은 유논은 코웃음도 치지 않았다. 오히려 마주하는 이들의 가슴을 철렁 내려앉게 만드는 지독한 눈초리로 다시 한 번 그들을 훑어 내렸을 뿐이었다.

파룬은 자신에게 모인 그의 냉정한 시선에 가슴이 철렁 내려앉았지만 지금 이곳의 책임자는 자신이었다. 또 자신을 도울 황제도 보이지 않으니 그로서는 최대한 그의 비위를 맞춰줘야 하는 것이다. 목숨을 조금이라도 더 유지하고 싶다면 말이다.

“무슨… 일이십니까, 태황제 폐하. 그리고… 화, 황제… 폐… 하께서는 어디에 계시옵니까.”

하지만 저절로 떨리는 어투는 어찌할 수 없었다. 항상 표정이 굳어진 채 변화가 거의 없었던 파룬의 표정이 흐트러지며 어조가 떨리고 있다는 것만으로도 큰 이슈 감이었지만 이곳에 모여 있는 대신들이 그런 것에 신경 쓸 틈은 없었다.

최우선으로 생각하는 황제의 행방 문제에 이르자 그들의 표정이 다시 비장해졌다. 이런 소란에도 불구하고 모습을 보이지 않고 있는 자신들의 군주는 어디에 있단 말인가?

"폐하는 어디에 계십니까… 유논님?"

차분해지려 노력하는 듯했지만 희미한 떨림이 배어 있는 파룬의 질문이었다.

유논은 앞으로 내려온 머리칼을 거칠게 쓸어 올리며 낮은 욕설과 함께 중얼거리듯 내뱉었다.

"황제는 여기에 없다."

"그게 무슨……?"

의아하다는 듯 되묻는 파룬에게 유논은 이를 악문다.

"황제는 여기에 없다고 했다."

짧은 몇 마디에 모든 힘을 쥐어 짜내는 듯 유논의 목소리에 거친 숨소리가 섞여 있었다.

그리고는 무언가에 절망한 듯 고함을 내질렀다.

"그녀가 살아 있단 말이다! 그녀가 데려가 버렸다구! 나의 왕을! 나의 반려를 데려가 버렸단 말이다! 빌어먹을!"

그 말이 다였다. 다음부터는 알아들을 수 없는 마계의 언어로 뭐라뭐라 떠드는데 도저히 알아들을 수가 없었는 데다 조금씩 몸이 사라지고 있었다. 당황한 대신들이 그를 잡고자 했지만 유논의 신형은 그들의 다급한 외침을 비웃기라도 하듯 소리없이 사라졌다. 당황하는 황국의 각료들을 뒤로하고 황제와 유논은 제국에서 그렇게 실종되어 버린 것이다.

제국력 3144년 12월 어느 날, 화창한 오후에 벌어진 일이었다.

2

우뚝으…

공간은 넓고 컸다. 그리고 고요했다.

촛불 하나 없이 존재하는 것은 오로지 어둠뿐, 산 자에게 안락을 안겨주는 평안한 어둠이 아닌 산 자의 공포를 자아내는 불안한 어둠이 둘러싸인 공간이었다.

똑… 똑… 똑…….

공간은 동굴인 듯 보였다. 오랜 세월이 흐르면서 생겨난 기기묘묘한 석류들을 타고 흘러내리는 물방울이 동굴의 존재를 알리고 있었다.

어둠 속에 가려져 보이지는 않지만 무척이나 단순한 내부의 동굴 속에 기이한 그림자가 얼핏 비쳤다.

보글보글.

한순간 물 표면 위로 올라오는 기포 소리가 들려왔다. 깊이 있는 호수에 있는 것 같은 맑고 깊은 물의 향기가 동굴 안에 가득 차 있는 듯한 그런 느낌이 들었다.

그때 컴컴한 동굴 사이의 깨어진 틈에서 빛이 새어 나와 중력의 법칙을 거스르며 떠오른 진한 암청색 물빛 덩어리를 비췄다. 비현실적인 신의 영역처럼 기묘한 이질감을 띤 채 떠오른 물이었다. 그리고 짙디 짙은 물의 향기가 거부감이 들지 않는 태고의 평온함을 뿌렸다.

보그르르… 보글.

고요한 공간 속에서 들릴 듯 말 듯한 작은 기포 소리가 울렸다. 동굴의 흐릿한 어둠 속에서 한 존재가 호수 속에서 눈을 감은 채 잠이 들어 있었다.

그리고 진한 암청색을 띤 반공(半空)의 호수 옆을 어느 순간부터인가 무표정한 얼굴의 인영이 지키고 서 있었다.

어둠 속에 오만하게 자리하며 흐드러지게 펼쳐진 은빛 머리카락과 굴곡있는 몸의 형태로 보아서는 여성인 듯했다.

물속에 동화되듯 존재하는 인영을 바라보던 그녀의 손이 움직였다. 그녀의 섬세한 손이 반공 위에 떠올려진 물속으로 거침없이 파고들어 갔다.

그녀는 손끝에 닿는 체온에 한줄기 미소를 떠올렸다. 마치 자신의 손으로 이렇듯 만질 수 있게 되길 기다렸다는 듯 어둠 속에 흐릿하게 비추어지는 여인의 표정에는 기쁨과 약간의 서글픔이 담겨 있었다.

―그래, 결국은 네가 '그릇' 이 되었구나…….

어둠 속에서 고고한 빛을 드러낸 여인의 눈가에는 흐릿한 물기가 고여 있었다. 마치 자신의 무력함을 탓하듯 그녀의 입술은 파르르 떨리고 있었다.

그녀는 손끝으로 물속 인간의 얼굴을 살짝 쓸었다. 물의 저항이 느꺼졌지만 그녀는 아랑곳하지 않았다.

"후후."

그녀는 나직하게 웃었다. 손끝에 느껴지는 머리카락의 감촉을 느끼는 것일까. 묘하게 즐거움이 담겨 있었다.

─그래도 닮은 점은 있구나. 무척이나 매끄러운 이 감촉. 그와 같아. 사랑하는 나의 남자. 어리석을 정도로 날 아꼈던 그 남자. 너는 그가 내게 남긴 흔적이란다.

은은한 빛 속에 드러난 서글픈 녹빛 눈동자는 뭔가를 떠올린 듯 지그시 감겨졌다.

─그러니… 너만큼은 지켜줄 거란다. 네가 나를 필요로 하지 않을 테지만… 그래도 너만큼은… 지켜주고 싶단다, 사랑하는 내 아들아…….

눈가에 고여 있던 눈물이 또르르 여인의 뺨을 타고 흘렀다. 그리고 그녀의 물기 젖은 눈매가 휘어지며 빙긋 웃는다.

─ 그러니 어서 깨어나려무나… 그 '꿈' 에서 모든 것을 보고 깨어나거라.

보그르르… 보글… 보글…….

그녀의 말에 대꾸라도 하듯 일정하게 올라오던 기포가 한순간 거칠어지다가 다시 사그라들었다. 여인은 그런 반응이 즐겁다는 듯 배시시 웃으며 다시 한 번 인영의 뺨을 손으로 쓸어내리곤 등을 돌려 기나긴 터널처럼 길게 이어진 빛의 줄기로 걸음을 옮겼다. 작은 소음조차 없는, 일견 걷는 듯 보이지만 보통 사람들은 따르기조차 힘든 빠른 걸음이었다.

얼마 흐르지 않은 시간 뒤, 눈부신 빛이 여인에게 쏟아져 내렸다. 찬연한 은빛의 가닥을 쓸어 올리는 바람을 음미하면서 잠시 감겼던 여인의 눈이 고요히 떠졌다.

새로이 열린 시야에 비추어진 것은 하늘을 범할 듯 높이 솟았고 흰 머리처럼 희디흰 설벽이 정상을 뒤덮고 있는 산이었다.

그녀가 빠져나온 동굴 밖은 발 디딜 만한 곳이 다섯 발자국 될까 말까 한 극소한 공간이었다.

휘이잉!

천 길 벼랑 밑에서 하늘로 치솟아 올라오는 바람을 느끼며 그녀는 묘한 미소를 머금었다. 자연의 바람이 아닌 인공적인 바람이었다. 곧 그녀가 초대한 이가 도착할 징후였다.

그녀는 벼랑 밑으로 보이는 드넓은 숲을 바라보며 묘한 미소를 머금었다.

그때 동굴 안의 허공에 떠 있던 암청색의 호수가 살짝 떨렸다. 물속에 잠겨 있던 인영의 몸 일부분이 아주 미세하게 떨리고 있었다.

동굴 밖으로 나간 여인이 보지 못한 미소가 지어졌다. 평온하고 깊어 보이는 그 미소와 함께 인영의 눈이 아주 잠시 열렸다가 서서히 닫혔다. 잔잔히 퍼져 나가는 파문처럼 인영의 검은 눈동자는 어둠에 동화되듯 사그라지고 있었다.

＊　　　＊　　　＊

뭔가 소란스러웠다.

시끌시끌… 아니, 이건 좀 과한 표현이고 내 위에서 몇 명이 속닥거리고 있다는 느낌? 크지는 않지만 사람의 신경을 거스르기에는 충분한 소음이었다.

깜빡깜빡.

아아… 눈이 뜨여졌다. 아니, 원래부터 떠 있었던가?

근데 왜 이런 시커먼쓰한 공간에 내가 있는 거샤? 이제 이런 공간도 지겹다.

의식을 차리자마자 당혹감과 괴리감을 줄이기 위한 적응의 일련적 과정으로써 주위를 살폈다. 하지만 이 몽환적인 분위기와 순수한 어둠 속에서 철저한 '마성(魔性)'을 띤 모습은 나에게 불안감과 경계심을 안겨주기에 충분했다.

특히 내 앞에 나타난 세 사람의 모습을 보아서는 더욱 그러했다.

〈일어났냐?〉

냉정과 무심이 적절히 결합된 목소리였다.

나는 긴장으로 말라 버린 입술을 혀로 축였다. 어둠 속에서 희미하게 비추어진 인영의 모습을 확인한 순간 나는 대답할 생각도 없이 입을 쩌억 벌린 채로 굳었다.

〈아직 정신을 못 차렸네. 야, 막내! 갈겨라.〉

〈뭐, 그러죠.〉

빠악!

우웃, 이 육중한 타격음은!

"뜨억."

읍쓥… 아, 아프다… 뭐가 날 때렸어.

나는 쏘옥 눈물을 빼며 아픔에 신음했다. 나의 불행은 그들의 행복인 듯 겔겔겔 웃는 세 넘들… 사악하기 이를 데 없어.

"왜 때려, 이 망할 넘들아! 우씨."

〈어쭈, 또 개기냐? 셋째야.〉

〈네.〉

빠아아악!

웁쓰… 아프다…….

겉으로는 비리해 보이는 넘들이 왜 이리 손이 매워.

좀 미안해하는 표정으로 나를 응시하는 지적이고 차분한 남자와 냉
엄한 인상의 남자는 무척이나 꼴깝을 떤다는 눈빛으로 나를 쳐다봤
다.

〈뭘 꼬라봐. 어린 넘이 누굴 야리긴 야려? 고마 주글라고.〉

〈형님, 인상이 원체 더러워서 그런 거예요.〉

〈막내, 넌 닥쳐!〉

〈형이나 닥쳐요. 시끄러워 죽겠는데.〉

맞아맞아. 골이 쟁쟁 울릴 정도니… 무섭다야. 갑자기 나타난 삼인
방은 서로 시끌벅쩍 떠들어댔다. 그러나 삼인방 중 한 사람은 그들의
다툼을 뒤에서 잠자코 지켜보고만 있었다.

하아… 그러니까…….

"전생의 자아가 몽땅 여기에 모여 있었군 그래."

〈맞아. 눈치 채고 있었을 테지만 어쨌든 하이루~〉

〈반갑군요.〉

저들은… 하하… 내 전생의 모습들이었다. 내 몸에 섞이지 않고 또
흡수되는 것을 거부하고 있던 과거의 잔상들. 나는 잠시 한숨을 토해
냈다.

그리고 잠시 침묵하고 있던 한 남자, 그러니까 내 최초의 '전생'의

자아 또한 입을 열었다.

〈반갑다, 나를 담은 '그릇' 이 된 이계의 소년. 나에 대해 알 거라 믿고 설명은 하지 않겠다.〉

"네, 알고 있습니다."

〈그렇다면 더 이상 나에게 말을 높일 필요는 없다. 나는 너의 전생이며 너는 나의 현재로 존재하는 자이다.〉

"저의 이름은 '장수' 입니다. 위대한 당신과는 다른 일개 사람일 뿐이지요."

나와 그가 대화를 나누는 동안 두 남자는 침묵했다. 마치 정해진 수순처럼 뒤로 한 걸음 물러나 바라보기만 할 뿐이었다.

〈나를 원망하는가, 소년.〉

"솔직히 말하면 그렇습니다."

〈……. 〉

"저에게 이런 일을 모두 떠넘겨 버린 당신을 저주합니다, 위대한 '한' 이시여!"

〈그렇군.〉

조금이라도 죄책감을 갖기를 바라는 마음으로 소리친 것이었지만 상대는 얼핏 듣기에도 무심한, 아니, 마치 관심도 없다는 듯한 태도였다.

망할! 저 여유만만! 짜증스러울 정도로 모든 것에 초연한 태도의 저 작자. 나의 전생 중 가장 마음에 들지 않는 자아체 환웅(桓雄)! 빌어먹을 정도로 저주스러운 하늘의 이단아!

그는 관심있는 것이 있을까 싶을 정도로 모든 것에 무심한 남자다. 할 수만 있다면 머리부터 발끝까지 자근자근 밟아서 으깬 다음에…….

으드득.

나는 순간 스팀이 팍팍 올라 화가 났지만 참을 인(忍) 자 세 번이면 살인도 면한다는 말을 가슴 깊이 새기고 있는 바른 건아로서 참았다. 하지만 나를 보며 묘하게 서글픈 미소를 짓고 있는 그를 보는 순간 열이 뻗쳐 버렸다.

"정말 얼마나 당신과 만날 날을 고대했는 줄 아십니까! 하하하! 당신이란 존재가 대체 무엇이길래 내 인생을 이렇게 송두리째 쥐어잡고 흔들 수가 있는지 궁금했습니다. 한번 말해 보시죠. 이 후손이 가엾게 여겨지신다면 말입니다. 아니, 가엾으시겠지요. 하긴 그렇지 않고서야 누구도 당신에게 말하지 않았을 저주를 입에 올리고도 이렇듯 멀쩡할 수 없지 않겠습니까. 어차피 당신께서 정한 운명대로 휘둘리다 죽어버릴 그릇의 자아가 아닙니까. 안 그렇습니까? 당장 당신에게 실체만 있었다면, 비록 당신이 나의 전생이었다고 하더라도 벌써 찢어 죽이고도 남았을 것입니다, 위대하고 존귀하옵신 한이시여!"

나는 그에 대한 살의를 숨기지 않았다. 그도 양심이 있다면 할 말이 없을 거다. 암, 없어야 하고말고. 변명이라도 할 자격이 있었던가.

어차피 원망스럽고 증오스러운 전생의 기억이 내게 흡수되어질 것이라면 모두 퍼부어주리랏! 나는 그렇게 맘을 먹고 이를 빠득 갈았다.

그리고 나는 홱 시선을 돌려 뒤에서 엉거주춤한 자세로 서 있는 두 넘들도 찌릿 째렸다.

"당신들도 만찬가지야. 당신들도 원망스러울 텐데 하고 싶은 말 따위는 다 해버리라고. 그래야 덜 억울해. 난, 난 말이지, 이런 억울한 심정으로 저 작자랑 상종 못해!"

우씨! 그런데 그렇게 많이 소리 지른 것도 아닌데 왜 이렇게 열이 뻗치느냔 말이다.

크아아악! 열받아! 스팀이 팍팍 오른단 말이야. 스트레스는 만병의 근원이란 말이야!

나는 어느 순간 머리를 쥐어뜯으며 지랄발광을 떨고 있었다.

그리고 그넘들은 슬슬 조금씩 뒤로 후진하고 있었다. 한마디로 도망치고 있었다는 말이다.

망할! 얼굴에는 한가득 '저놈 미친놈이다' 라는 표정을 가득가득 지으면서 말이다!

쌰! 조것들이!

"어딜 도망가! 결판을 내자구! 도망가지 말라니까, 망할 넘들앗!"

그러면서도 슬금슬금 도망가는 넘들을 향해 절규하고 있었다.

억울해… 억울하다구우우우…….

"아악~"

그런데… '슈웅' 하는 공기의 파동음과 함께 내 뒤통수를 가격하는 이 타격음은?

〈이 쉐이! 조용히 안 할래!〉

따악!

또다. 또 맞았어. 내 귀한 뒤통수가아아아~

많고 많은 뇌 세포가 다량으로 돌연사(?)하는 사태가 또다시 벌어지고 만 것이다.

오옷, 이건 이 초특급 천재인 나를 시기하는 어떤 넘의 농간이…….

퍼억!

〈웃기는 잡소리 하고 자빠졌다. 초특급 천재 좋아한다. 시끄럽게 하지 말고 닥치고 있엇!〉

아, 아프다… 흑흑.

나는 한 손으로 뒤통수를 부여잡고는 나에게 이런 무례한 짓거리를 감행한 개~쉑에게 시선을 휙 돌리며 소리쳤다.

"비 오는 날에 먼지 나도록 두드려 패고 또 십 년 동안 잘근잘근 밟아 60년대 재래식 똥간에 처박아 씹어 먹… 지는 못하고 하여튼 빠져 죽일 놈아! 왜 때렷! 네가 내 전생이면 다냐! 왜 꼽냐? 왜? 나 같은 넘이 니 후생이라서 열받았냐? 그럼 니 생에서 다 끝장내지 왜 나에게 넘겨? 이게 무슨 바톤 게임이냐! 억울한 건 나란 말이야. 당신네들이 마무리하지 못한 덕에 나만… 나만 왜 그런 고생을 해야 하는데… 차라리 날 죽여랏!"

〈이 썩은 넘이… 너, 미쳤냐? 어디서 개겨, 개기긴!〉

"그래, 나 미쳤다, 이 쉑아! 난 억울해. 허엉! 내가 왜 저따위 전생을 둬서 이딴 고생을 해야 하느냐구우. 우엥~ 아직 난 꽃다운 스물이란 말이야. 흑흑."

〈꼴깝은… 사내자식이 질질 짜기는 왜 짜. 그리고 말이야 계산은 바로 해야지, 카이스는 21살이었어. 아니, 이제 스물둘이구먼. 어디서 나이를 속여? 청소년 보호법에 저촉돼, 임마.〉

"흑흑… 그 딴 거 몰라. 닥쳐 줘. 비 오는 날…(방금 전 말 재생)~ 죽일 넘아. 어헝~"

〈저 쉐이! 죽여 버린닷! 안 그칠래!〉

흑흑. 그동안 쌓여온 분노를 삭여야 하는 황새의 이 맘을 뱁새가 어찌 알리오. 흑흑.

근데 이 자식이… 멱살을 왜 잡아? 또 왜 흔들어. 나는 인형이 아니라굿! 숨 막혀, 흔들지 마!

뜨악! 누가 저 미친놈 좀 말려. 오랜만의 멘트이긴 하지만 나는 연약

한 몸이라구우우~

〈형님, 참아요오~〉

욧! 누가 나의 염원을 들었는지 그놈을 덥석 잡아 말리고 있다. 오옷, 고마워라. 고마운 마음에 누군가 살펴보니… 막내라고 했던 나의 마지막 전생이자 최근에 죽어 나와 영혼 체인지가 돼버린 남자 카이스진 엘 가이칸이었다. 우리들 중 유일하게 녹색 눈을 가진 흑발의 청년이었다.

〈그 아이는 우리 후생이고 그릇이라구요. 잘못해서 깨지기라도 하면 어쩌려구 그래욧! 참아요.〉

〈못 참아! 그릇이고 뭐고 난 몰럿!〉

으윽! 좀, 참으… 윽! 한, 그렇게 멀뚱히 구경만 하고 계시지 말고 좀 잡아요. 사고 치면 일난다구요. 하안, 빨리요오~〉

〈싫다.〉

〈또 왜요! 지금 급하니까… 으윽, 형님, 좀 참으라니까욧! 한! 그렇게 가만 서 있지 말구 좀 도와줘요오오!〉

〈싫어. 싸움 구경보다 재미있는 게 어딨다고 그걸 말려? 놔둬.〉

〈너무 무책임해요, 하안.〉

나도 동감. 근데 저놈 어째 나랑 성격이 비슷하군.

〈난 원래 무책임하잖아. 핫핫!〉

〈하안!〉

〈놔아! 저 자식 죽여 버릴 터어어어~!〉

힘이 딸리는 모양인지 도움을 청했지만 쌈 구경 하겠다고 뒤로 몸을 빼는 그에게 잔뜩 골이 났던 모양이다. 몸이 울릴 정도로 고함을 지르는 녀석의 모습에 나는 약간 귀엽다는 느낌을 받으며 피식 웃었다. 한 역시 나와 비슷한 감정인지 피식피식 웃으며 내 목을 잡고 흔드는 그 넘의 겨드랑이에 착착 손을 감아 당겨 떼놓았다.

그리고는 다시 그를 바라보는데 그 눈빛이 마치 '난 내 할 일을 다 했어. 이젠 됐지?' 라고 말하는 것 같았다.

나의 연약하기 짝이 없는 목을 쥐어잡고 흔들던 가증스럽고도 무식하기 짝이 없던 그넘에게 나는 화사하게 웃어주며 속을 팍팍 긁어주었다.

"전 장난칠 시간이 없습니다. 빨리 볼일을 말해 주십시오."

〈본인이 그렇다면. 누가 먼저 할 거지?〉

〈우선 나부터. 자애로우신 형님은 양보해 주겠지.〉

〈형님, 말이 필요없습니다. 밟아버리세요.〉

〈이 자쉭! 형한테 개기냐?〉

〈조용히 해라. 나부터 할 거다.〉

〈췌~ 그러시구랴.〉

날 앞에 두고 팔자 좋게 싸우고 있는 세 사람들. 왠지 묘하게 한심스러워지는 남자들이다, 나의 전생들은. 조금이라도 진지해질 수 없는 건가. 상당히 짜증이 났다. 정말 할 수만 있다면 머리끝부터 발끝까지 자근자근 밟아주고 사시미로 몸을 다섯 등분으로 나눠서 갈비는 갈비대로 떼서 후추를 뿌려 구워 먹어버릴까 보다.

너무 장난스러운 그들의 태도에 나는 순간 울컥했지만 감정적으로 나가면 손해 보는 것은 나였다. 어차피 본질의 한 가지에 불과한 내가 뿌리를 거부할 수는 없는 일이니까.

한동안 그들은 서로 언성을 높이며 차례를 정하는 듯하더니 한 남자가 다가왔다.

나는 인상을 구겼다. 그는 내가 자신을 싫어하고 있다는 것을 잘 아는 듯 입가에 쓴웃음을 짓고 있었다. 하지만 그는 그런 감정을 애써 감추며 가슴에 손을 얹은 채 고개를 숙였다. 후생이며 현재의 주인인 나에 대한 예우인 듯했다. 전생의 그가, 내가 가장 꺼려온 남자가 나에게 고개를 숙인다.

〈나의 이름은 '한'. 정식 이름은 환웅(桓雄). 환천(桓天)의 아들. 하늘의 이단자로서 후생에게 기억을 인도하기 위해 지금까지 기다렸다.〉

그가 내게 다가와 내 손을 잡았다. 자아의 파편이라고 믿을 수 없을 만큼 따뜻한 체온을 간직한 손이었다.

"웃."

그 묘하게 감동적인 따뜻함에 나는 나도 모르게 낮은 탄성을 내질렀고 그런 내 모습에 그는 피식 웃음 짓는 듯 보였다.

불쾌했지만 그것을 따지기도 전에 날 덮어온 빛무리에 나는 나직한 신음을 내뱉을 수밖에 없었다. 수많은 빛으로 원형을 이루며 점차적으로 나의 의식을 자극하는 그 무언가의 의식, 그리고 그 의식을 인식하기 무섭게 보여진 것은 크고 넓은 광대한 대지(大地)였다.

드넓은 평야를 달리는 수많은 야생마들과 구속되지 않고 더없이 자유로움을 품은 인영들이 함께 노닐고 있었다. 불안감이나 초조함이라고는 찾아볼 수 없는 여유로움과 강인함을 간직한 형상들이었다. 활 쏘는 민족임을 나타내는 왼쪽 여밈의 의복이 무척이나 눈에 익었다.

이곳은 모든 것이 풍족하고 넘쳐 나는 은총의 땅. 하늘에게 외면당했지만 외면당한 하늘과 가장 가까운 이의 땅이며 하늘의 아드님에게 사랑받은 민족의 영광된 땅이었다.

나는 미소 지었다.

아아, 여기는 요동이야. 내가 그들에게 안배한 땅.

광명천지(光明天地) 하늘의 민족들.

한민족들의 땅이다.

그들을 바라보는 나의 시선은 부드러웠다. 놀랍다기보다는 오히려
저들의 모습이 너무도 당연하다고 느껴졌다.

그들은 나의 모습이 보이는 듯 나에게 손을 흔들었다.

어서 오소서, 우리의 천왕(天王)이시여.

닛사금(이사금:임금)의 증거로 행복하나이다.

내 눈이 부드럽게 만곡선을 그렸다.

노니는구나. 나의 자손들이 노니는구나.

자유롭게 떠돌며 하나로 묶여 대지에 우뚝 서 있구나.

즐거우냐.

행복하느냐.

나는 너희들의 미소를 보며 웃고 너희들의 눈물을 보고 울며

너희들이 노할 때 함께 진노하니라.

나는 너희들의 정신의 아비이며 어미이니,

널리 사람을 이롭게 하며 살고 있느냐.

내가 사랑한 인족의 자손들아.

나는 어느새인가 그들과 동화되어 있었다.

"우훗!"

목덜미를 간질이는 감각이 있었다.

"아아."

어디선가 내게 다가온 각각의 화려함을 자랑하는 환수와 성수들이 주위 허공을 노닐고 있었다. 맑고 투명한 두 눈에 한가득 장난기를 담으며 나와 함께 덩실덩실 춤을 춘다.

너무나도 오래된 꿈이었건만 나는 지금 이 상황이 꿈이라는 사실을 잊었다. 지금의 나는 수천 년 전 전생의 자아 '한'.

내 백성들의 행복과 미소에 만족하며 모든 것이 충만했던 그때의 '한' 이다. 절망을 모르던 시절의 나인 것이다.

그리고 이곳은 내가 잊고 있던 마음의 고향이다.

나의 고향. 많은 세월이 지나면서 그들에게 짓밟히고 묻혀야 했던 실제의 세계. 잊혀진 하늘의 제1세대 자손들이 하늘을 우러르며 그 힘을 떨쳤던 '아사달' 이다.

가고 싶어도 갈 수 없었던, 사라지고 은폐되어진 '신의 왕국'.

어떤 변동도 없이 풍요롭게 그들과 살을 부비며 살고 있었다.

꿈.

그래, 이것은 꿈이다.

지독하게 현실감있는 꿈.

나는 드넓은 초원 가득한 풀밭에 발을 디뎠다.

바스락.

듣기 좋은 풀소리.

그리운 흙 냄새가 내 콧속으로 들어와 나의 마음을 안정시켰다. 그가운데 느껴지는 기묘한 감격에 빠져 있는 내 앞에 '그' 가 나타났다. 깨어나 있는 의식이 마주했던 '한' 이 나를 바라보고 있었다.

아직은 흐릿한 인영. 내가 아직 완벽하게 그의 존재를 인식하고 있지 못하기 때문에 '존재할 수 없는' 전생의 자아는 시간이 흘러 내가 인식되어짐에 따라 점차적으로 선명해져 가면서 다시 몸을 보게 되었다.

"흡……."

붉은… 보기만 해도 비릿한 향취가 후각을 찌르는 지독한 피로 범벅이 된 채 서 있건만 그의 표정은 그야말로 초연해 보이기까지 했다.

나의 표정은 굳었다. 피를 두른 채 서 있는 그의 모습에 속이 메스꺼워졌다. 온몸의 혈관이란 혈관은 모두 터져 버린 듯 연신 흘러내리는 피와 회 떠진 듯 갈기갈기 찢겨져 너덜너덜해진 몸의 살점과 근육들은 내 얼굴을 굳히게 하기에 충분했다. 그의 모습은 마치 엄청난 공기 압력으로 터져 나간 듯했다.

순간 수많은 이들의 음성이 내 귓가를 때렸다.

"그마안―"

"미친 짓입니다. 그만두십시오! 환웅, 아니, 한이시여!"

"저것을 이용할 셈이십니까? 저희들은 당신의 희생은 필요없습니다. 그저 당신 곁에 있겠습니다. 부디… 아악! 제발… 하아아안!"

"당신 자신이 제물이 되실 셈이십니까!"

"제어할 수 없습니다! 그 힘은… 당신을… 당신을… 아아, 안 돼… 안 돼에에에!"

그들은 모두 나를 향해 절규하고 있었다.

"아아악! 크아아아!"

그런 그들의 절규와 함께 터진 것은 나의 비명이었다. 처절한 혼의 비명. 혼이 떠나지 못하고 육신의 고통을 고스란히 받고 있는 '나'의 비명. 한의 비명이다.

흡.

나는 거칠게 숨을 들이켰다. 자꾸만 연상되는 그것.

핏덩이… 차갑게 식어가던 내 몸의 고통.

혼조차 바스러져 버릴 듯한 극한의 고통.

온몸이 부들부들 떨렸다.

뭐, 뭐야? 이건, 대체?!

기억이다, 이건. 과거의 나 스스로가 묻힌 나의 피다.

나는 떨리는 손으로 가슴을 끌어안았다. 과거의 '나'는… 죽었다. 구름 위에서 차마 오르지 못한 하늘을 보며 눈을 감았다.

온몸의 피와 살점을 혼돈의 대가로 사용하고 '한'은… 나는 죽었다.

결코 해서는 안 되는 이단(異端)의 길을 걸었기 때문인가. 누구보다 높은 자리에 있던 이의 모습이라고는, 차마 눈 뜨고 볼 수 없는 핏빛 형상이 되어 죽었다.

보, 보고 싶지 않아. 더 이상 보고 싶지 않아!

"크으."

〈나는 '한'. 하늘의 이단자. 너의 전생. 너는 나의 후생. 오랜 세월 한의 민족이 외면해 온 세계의 역사를 너의 눈으로 보아야 한다.〉

소름이 돋을 만큼 냉엄한 그였다.

날더러 저것을 보라고? 나의 몸이 갈갈이 찢겨지고 혈관이 터져 피범벅이 된 내 몸을 보라고? 날더러? 난… 강하지 못해. 전생의 비참함을 목도하고도 담담할 만큼 나는… 강하지 못하다고!

머리 속이 백지가 된 듯 아무것도 생각할 수 없었다.

온몸이 마비된 듯 들을 수도 움직일 수도 아무것도 할 수 없었다. 그저 악몽을 꿀 뿐이었다.

나를 둘러싼 수많은 사람들의 품속에서 나는 죽었다. 그리고 수많은 세월이 흘렀다.

나는 하늘로 돌아가지 못하는 이단아였다. 억겁의 세월 동안 이승을 떠돌 뿐 하늘로 가는 것이 허락되지 않은 하늘의 이단아였다.

공포 때문인지 내면에서부터 올라오는 근원을 알 수 없는 동정심과 비참함에 저도 모르게 굵은 눈물을 뚝뚝 흘리고 있었다.

이 고통은 누구를 위한 고통이지? 내 몸을 갈기갈기 찢어 모든 것을 재생성하고 불완전한 땅을 완벽하게끔 만들어내게 한 이유는 대체 무엇이지? 내가 왜 이런 고통을 당해야 하는 거지?

나는 몸을 떨어댔다. 그리고 그런 나와는 상관없이 유수와도 같은 시간이 흘러가고 있었다. 시간이 흐르는 것을 반증하듯 대지의 모습이 변화하고 있는 것이 보였다.

각각의 상징물을 든 채 벌판에 서 있는 수만의 군대는 주나라와 환국(桓國)의 군대였다. 환인 전신을 기점으로 발전해 오던 고국(高國) 한국이 세월이 흐름에 따라 지배자들의 사치와 권력 남용으로 인해 나라가 어지러워졌다. 그 시점에서 헌원가는 주변 제후국을 끌어들여 반란을 획책하였고 승승장구해 온 결과가 지금의 상황이었다.

그것을 인식한 순간 나의 표정은 굳어졌다. 그리고 그런 나의 모습에 그는 서쪽에 위치한 군대를 가리키며 냉소를 지었다.

〈저것은 헌원의 군대다. 스스로 황제라 칭하는 무왕 헌원의 반란.

한낱 제후국의 지배자였던 자이나 나라가 어지러운 틈을 타 군대를 일
으켜 나의 나라를 휘저은 역.도. 화하족의 시조이며 우리 일족에게 있
어서는 치욕스럽고 증오스러운 존재이지. 그리고 나의 제국을 무너뜨
리고자 했던 아버지의 위세를 업어 오만방자함으로 나의 민족을 대대
로 핍박하게 될 존재다.〉

"화하족."

나는 방금 전의 고통 따위는 말끔히 잊은 채 이를 바득 갈았다. 그의
의식을 받아들인 지금 내 머리 속에 민족사에서 가장 치욕스러운 일족
의 이름이 강하게 부각되고 있었다. 평화스러웠던 제국을 무너뜨리고
영광되고 드높았던 역사를 왜곡시킨 나의 아버지 환천(桓天)의 개들!

그렇다면 이 전쟁은……

"탁록벌 전투."

치우의 군대에 연전연패하여 쫓겨 내려가던 헌원과 화하족이 최후
로 벌였던 탁록벌 전투였다.

내 아버지의 명으로 서왕모의 측근이 개입하여 패배해 버린 전투였
다. 그리고 그 전투를 기점으로 환국(桓國)은 무너지고 중국사에서는
은이라는 이름조차 기록에 남겨지지 않아 없었던 나라로 치부되어졌
다.

〈그리고 이 모든 것은 내가 그들을 사랑하여 이단이 되었다는 이유
로 나의 아버지 천존에게 철저하게 외면당하고 버림받은 결과다. 내가
사라지고부터 나의 민족이 겪기 시작한 피폐한 역사의 시작이었다.〉

열받는다. 왜 한민족이 이렇게 유린당해야 하지? 왜 당신에게 미움
을 받아야 하는 거지? 우리 탓이 아니야. 왜 우리냐구!

나는 울컥 솟아나는 눈물을 애써 참아내며 묵묵히 무너져 가는 제국

의 잔재를 지켜보고 있었다. 보고 있기만 해도 가슴이 아프고 분통 터지는 일이었다. 시작은 화려했으나 그 끝은 비참한 제국의 흔적들은 나에게 있어서 슬픔이요, 분노였기 때문이다. 그렇게 비분강개하는 나였지만 더 이상 영상은 이어지지 않았다.

이것이 끝이라고 보기에는 뭔가가 찜찜했다. 그리고 나의 이런 찜찜함을 풀어주려는 듯 그가 입을 열었다.

여전히 피 칠한 모습을 유지한 채였기에 약간 질리긴 했지만 나는 침착하게 감정을 숨겼다.

〈너도 보았듯이 나의 왕국은 완전 와해되어, 민족은 있지만 그것을 묶어줄 구심점이 없다. 자유롭게 노닐고 있던 영지에서 쫓겨나 좁은 반도로 내쫓겼지. 이 반도도 우리 영토 중 하나였지만 너무도 좁았고 내가 그들에게 준 정기를 감당하기에는 힘들었지. 차라리 요동이었다면 그렇게 넋 놓고 정기를 빼앗겨 빈 껍데기만 남아버리지는 않았을 테지. 서로를 위하기보다는 짓밟고 올라서려는 욕심으로 망가져 가는 환국의 후손들만 남았지. 그들을 보다 못한 나는 아버지와 싸웠다. 이단이었고 정신밖에 남지 않았지만 나는 천존의 아들이었고 아버지를 배알할 한 번의 권리는 남아 있었으니까. 그래서 아버지를 찾아갔다. 하늘을 버리고 땅의 민족을 선택한 자로서.〉

그리고 한은 다시 뭔가를 회상하는 듯 눈을 감았다.

내 머리 속에는 다시금 어떤 영상이 생생하게 떠올랐다. 온몸으로 생생하게 느껴졌던 방금 전과는 다르게 이번의 영상은 오로지 머리 속에만 떠오르는 이미지일 뿐으로 스케일이 작았다.

"당신은 너무 이기적이십니다, 아버지."

　흑발의 유약한 학자풍 얼굴에 깨끗한 백의를 걸친 한 남자가 원망과 허탈감을 가득 담은 시선으로 한 존재를 주시하며 말하고 있었다. 뭔가에 지친 듯 자괴감마저 느껴지는 모습이었다.

　"꼭 이렇게까지 하서야 했습니까? 제가 그들을 택한 것이 죄란 말씀이십니까?"

　〈잘 아는구나.〉

　"저는 제 감정에 충실했을 뿐입니다. 자유로움을 사랑한 것이 죄란 말씀이십니까? 묶이고 구속되어진 신보다는 인간이길 추구한 것이 죄란 말씀이십니까?"

　〈네가 하늘을 버리고 땅으로 내려간 것이 실수다.〉

　"전 인간이길 원했을 뿐입니다. 외롭고 고독하게 영생을 사느니 짧은 인간의 삶을 원했습니다. 전 실수 따윈 하지 않았어요. 아버지야말로 어리석으신 겁니다."

　〈그럴지도 모르지. 하지만 나는 천존이다. 너는 지상의 미개한 것들에게 '지식'을 전수한 것이 죄였고 모든 질서를 어지럽히고 혼란을 가져다 준 것이 죄이다. 어차피 환인족(桓人族)도 너라는 천계의 존재가 개입된 순간부터 행하는 모든 것이 큰 재앙으로 탈바꿈되었으니 필히 멸해야 할 것이 자명하지 않겠느냐. 나는 의무에 충실할 뿐이다.〉

　"그들은 선했습니다. 모든 것을 사랑할 줄 알았습니다. 그런데 당신이 망쳤습니다. 그들을 타락시켰단 말입니다!"

　〈그들은 널 버릴 것이다. 질서를 위해 내가 그리 만들 것이니.〉

　"망할! 이대로… 이대로 당하지 않아요! 당신이 키운 사냥개들 따위에게 저들이 유린당하게 내버려 두지 않을 겁니다!"

　〈어디 한번 마음껏 날뛰어보거라, 사랑하는 나의 아들아. 하지만 결

과는 같다. 그 민족은 사라질 것이다. 나의 이름으로. 혼란의 근원은
그 혼조차 사멸되리라.〉

　그것으로 아버지와 나의 대화는 끊어지고 나는 하늘을 다시 뛰쳐나
왔다.

　거의 만 하루 동안의, 그러니까 하계의 시간으로는 백 년을 꼬박 그
와 싸우고 난 ‘나’는 그곳을 뛰쳐나왔지만 막상 갈 곳이 없어 막막했
다. 이대로 두고 보지 않겠다고 큰소리는 쳤지만 이단의 존재인 나는
그 누구에게도 도움을 청할 수 없었다.

　단 한 존재, 차원의 주시자를 제외하고는. 하지만 육신이 없고 오로
지 정신만이 남은 나에게는 그를 부를 힘조차 없었다. 그를 부르는 순
간 그분의 절대적이고도 막강한 힘의 파동을 이기지 못하고 소멸할 것
이 틀림없었으니까.

　나는 우울해져 사방을 돌아다녔다. 예전의 맑았던 공기는 어디로 가
고 매캐한 매연과 우중충한 하늘만이 남은 그곳. 과거의 영광됨의 흔
적 따위는 모조리 사라져 버린 세계였다.

　내 온몸에서 힘이란 힘은 다 빠져나갔다.

　아무것도 남아 있지 않았다. 내가 기억하는 영달의 땅은, 내가 선택
한 신의 민족은, 나를 자랑스럽게 만들었던 그들의 모습은… 사라지고
없었다.

　‘아사달’은, 나의 왕국은… 사라져 버렸다. 완벽하게.

3

운명은…

기억은 멈췄다.

나는 그와 시선을 마주했고 동시에 가는 숨을 몰아쉬었다. 그리고 내 머리 속에 남은 기억을 떠올리며 입술을 깨물었다. 한은 쓰디쓴 자조의 빛을 띠며 멍하게 서 있는 나를 보았다. 굳이 숨기지 않는 슬픔, 원망, 그리움의 감정을 담은 시선을 보고 있노라니 왠지 모를 기묘한 떨림이 있었다.

〈나는 과거 나의 왕국을 돌아보며 절망했다. 왜! 왜! 왜! 저런 꼬락서니로 한심하기 그지없이 주저앉아 자신에게 잠재된 능력조차 버린 채 무력하게 주저앉아 있는 걸까? 엉뚱한 생각도 들었다. 저들이 저렇게 된 것이 혹 내 탓인가? 나만 아니었다면 저렇게까지 되지 않았던 거냐고… 말해 봐! 넌 나의 혈족이다. 나의 피를 이은 자라면 어디 한번 말해 봐라. 나의 아버지를 거스르고 이단이 되어가면서 선택한 민족이

어째서 저런 꼴로 있느냐 말이다. 난 너희들에게 모든 것을 걸었다. 나는 사람이길 원했고 또한 내가 선택한 선한 일족인 너희들 배달족에게 목숨을 걸었다. 그런데 어떻게 저렇게 돼버린 거지? 나에게 잊지 말라고 한 건 너희들이 아니냐? 그런데 어째서 너희들이 날 잊어버린 거지? 왜지? 나의 아버지의 농간이라고 말하고자 하느냐! 화가 난다. 난 정신만 남았지만 너희들 곁에 머무르면서 아버지에게 유린당하지 않게 온 힘을 다해 지켰다. 아버지가 정한 천기(天機)를 거스르며 너희들이 멸해짐을 막기 위해 수없이 노력했다. 너희들이 조금이라도 노력했다면… 저 드넓은 요동으로 돌아갔을 것이고 또한 내 아버지의 장난질에 농락당하지 않았을 것이다.〉

핏줄의 당김이라고나 할까. 그의 슬픔이 나의 슬픔처럼 느껴지고 그의 눈물이 나의 눈물처럼 느껴졌다. 나는 어떤 말도 할 수 없었다. 그저 아직 끝나지 않은 그의 말을 경청할 뿐이었다.

〈나는, 나는… 모든 것을 잃었다. 남은 건 잊혀진 존재의 고통뿐이었지.〉

나를 바라보는 한의 두 눈에 지독한 원망과 슬픔이 가득 찼다. 그의 목소리에 깃든 허무와 슬픔은 나에게까지도 절절하게 느껴졌다. 이런 감정이야말로 그와 내가 하나의 생으로 묶여진 존재라는 것을 말해 주는 것일까.

머리 속 영상이 멈추어지는 것과 동시에 나는 우울한 표정으로 침묵에 빠진 '한'을 보았다. 아직 설명이 끝나지 않았음을 직감적으로 느끼고 있는 탓에 그를 주시하고 있었다.

이런 마음이 들게 하는 과거라면 길게 끌기보단 그냥 한꺼번에 보는 게 나았다. 이런 씁쓸함을 계속해서 느끼는 건 비참해지기만 할 뿐이다.

〈나는… 잊혀지는 것이 이토록 고통스러울 줄 몰랐다. 내가 이룩한 모든 것을 부숴 버린 아버지도 원망스러웠지만 아버지의 손길에 반항 조차 하지 못하고 내가 이룩한 모든 것을 빼앗긴 채 무너져 버린 것에 원망하는 마음도 들었다. 내 신상에 침을 뱉고 욕보이는 나의 후손들의 모습도 보기 싫었다. 나는 모든 것을 버리고 그들을 선택했건만 그들은 나를 잊고 나를 향해 악의를 표한다는 사실에 살심마저 느낀 적도 있었다.〉

억양없는 말투와 무표정해져 가는 그의 모습은 마치 나와 같았다.

더럽다. 기분이… 더럽다. 화.가. 난.단. 말.이.다.

나는 조금씩 굳어지는 표정을 펴기 위해 노력하며 침착하게 그의 입을 주시했다.

그의 말은 계속되었다.

〈변해 버린 그들을 보며 나는 고함을 질렀다. 들리지도 않을 절규를 토해냈지. 왜 저들이 그런 모습으로 내 앞에 서 있는 것이냐고. 왜 그런 비참한 몰골로 변해 나에게 이렇게 큰 절망을 안겨주느냐고. 하늘을 진동시키고 드넓은 요동을 달렸던 힘찬 기상과 바른 정신, 올곧은 태도로 수많은 타 민족들의 존경을 받았던 나의 민족은 어디로 가버린 것인가? 해동성국(海東盛國). 동쪽에 해 뜨는 나라. 조용한 아침의 나라라 불리며 숭앙받던 나의 민족들은 어디로 가고 그런 비참한 모습으로 주저앉아 있느냐고 말이다. 어차피 들리지도 않을 메아리였지만.〉

자신이 사랑했던, 변하지 않을 거라 생각했던 민족의 변절이었다. 맑고 고요한 자연과도 같았던 환인국 백성들의 모습이 떠올라 그는 더욱더 후손들의 모습에 실망하고 절망하고 있었을 것이다.

나였다면… 도저히 견디지 못했을 고통을 당해가면서도 믿었을 테니.

그의 말은 계속되었다.

〈하다못해 자신의 민족에 대한 자긍심 정도는 가졌다면, 조금이라도 과거의 영광을 기억하고 있었다면 이렇게까지 절망스럽지 않았으련만……. 어차피 잊혀질 것을 각오했었다. 나의 아버지가 나에 대한 사실을 제대로 놓아둘 리가 없었으니까. 배덕자의 기억을 가진 이성체들은 혼돈을 불러일으키며 천존의 질서를 어지럽히게 되는 필연적인 천적이 되는 것이 숙명이니까. 차원의 주시자의 이름으로 천존이 짜둔 운명을 거스를 수 있는 자격을 가지게 되었으니 필연적으로 그 민족을 말살하는 것이 당연했으리라. 그리고 그 민족을 말살하는 데 가장 껄끄러운 것이 나란 존재였으니 나의 아버지가 그들에게 적의를 갖는 것은 당연했다. 필연적인 수순처럼 내가 준 '신념'의 환국(桓國)이 멸망하고 난 뒤 화하족이 조작하고 왜곡시킨 지식을 차근차근 배달민족에게 세뇌시켜 나의 존재를 지우고 어렵게 이룩한 나라와 문화를 멸망시키고 지금의 모습으로 바꾸어놓았다. 나란 존재를 기억하고 있다는 것만으로도 혼돈을 가져오니 나의 아버지는 나란 존재 자체를 흐리게 했다. 한민족은 문명을 잃어버렸다. 그리고 그 문명의 존재가 거의 사라지게 만든 뒤 마지막으로 나의 왕국을 무너뜨리고 나의 존재를 '없애버렸다'. 투명한 마음을 가졌다는 것은 그만큼 더럽히기도 쉽다는 말이었으니… 그들 기억 속의 날 지우기는 쉬웠을 것이다.〉

그런 수모를 당하고도 아직 포기를 못하다니 당신도 참 독한 사람이라고 나는 말해 주고 싶었다. 하지만 내 입은 아교라도 달라붙은 듯 굳게 다물려져 있었다. 그의 말이 끝나길 기다려 주기라도 해야 한다는 듯 시선을 마주한 채 서 있었다.

〈완전한 민족의 멸망을 위해서는… 나란 존재를 기억하는 한 지속되는 벽을 허물해야 했으니 아버지의 결정은 당연한 것이었지. 오천 년의 길다면 길고 짧다면 짧은 시간을 투자해 나를 조금씩 죽여 나가셨지. 그들을 지키겠다고 여기저기 뛰어다니는 날 비웃기라도 하듯 내가 싹을 틔우면 그 싹을 밟아 모든 것을 무로 돌렸다. 그 일을 반복하면서 나는 어떤 선택을 해야 했다. 그냥 이대로 잊혀지고 저들을, 지켜줄 가치를 잃은 이들의 멸망을 지켜보느냐. 아니면 또 다른 방법을 동원해 그들을 지킬 것이냐. 훗, 정말 오랫동안 갈등했었지. 하지만 내 선택은 그들을 지키는 것이었다. 나 스스로도 이해하지 못할 결정이었지. 어째서일까? 날 기억하지도 못하고 앞으로 나아갈 줄 모른 채 이리저리 휘둘리며 바닥으로 치닫고 있는… 저 어리석은 민족들을 왜 내가 지키고자 하는 것인가? 나는 내 결정을 어이없어했다. 나는 어리석게도 아직 희망이란 것을 버리지 못하고 있었다. 그들은 나에게 사람이길 바라게 했던 민족이었으니까. 날 매혹시켜 배덕자가 되도록 만든 것이 그들이니까. 마지막으로 믿어보고 싶었던 것이다. 그들의 잠재력과 하늘조차 떨게 만들었던 함성을 듣고 싶었다. 하지만 내가 돌아온 '아사달'에는 나에 대한 모든 것이 잊혀져 있었다. 다시 내가 원하는 이상을 구하기에 그 땅은… 내가 사랑한 그 땅은 내 아버지의 손길이 닿지 않는 곳이 없었다. 그래서 나는 마지막 방법으로 이세계(異世界)로 눈을 돌렸다.〉

"……."

〈내가 살고 있는 세계와는 다른 모습의 이차원. 각 차원의 주시자들과 천인들만이 알고 있는 수많은 차원의 존재를 알고 있던 나는 굳게 닫혀 있던 문을 열 수 있는 능력이 있었다. 나는 차원계 탐색을 시작했다. 그리고 나는 제23차원계 '아틸란타'에서 무궁무진한 가능성을 엿보았다. 지구에서는 흔히들 판타지 세계라고 하는 '아틸란타'는 '지구'의 과거와 닮았으며 가장 '끈'과 가까웠고 '아사달'에서 이루지 못하는 이들이 꾸는 '꿈'과 닮아 있었다. 나는 이 세계로 이주를 결정 내렸다. 그 세계라면 최소한 이천 년 간은 내 아버지로부터 '역사'를 지킬 수 있을 것 같았다.〉

그의 설명을 잠자코 듣고 있던 나는 의아한 생각이 들었다. 그는 분명 차원을 넘어 민족들을 이곳으로 이동시킨다고 말했지만 그건 사실상 불가능한 일이었기 때문이다.

차원과 차원 간을 넘나드는 것은 신의 영역으로 여겨지고 있었다. 아무리 인간이 한계를 모르는 종족이라고는 하지만 인간의 힘만으로는 행할 수 없는 것이 바로 차원 이동이었다.

이유를 꼽는다면 가장 대표적인 것이 바로 차원 이동 시의 엄청난 쇼크와 차원의 거부 반응이다. 인간의 몸으로는 차원 이동 시에 발생하는 엄청난 쇼크를 감당할 수 없고, 차원적 거부 반응은 차원 간의 물질적 특질에 따른 것인데 생명체에게 커다란 위협이 되는 것이다. 다른 차원에 속한 대부분의 물질이 그 사람을 받아들인다 하여도 아주 미세한 물질적 특성 차이가 큰 위험이 될 수 있었다. 특히 인간의 생존에 꼭 필요한 공기의 미세한 성분 차이는 치명적이었다.

한마디로 새로운 차원계에 온전히 넘어오기 위해서는 신의 개입과 차원의 문이라는 안전한 경로가 필요했다. 신이 새로운 차원에 맞게끔 육체를 변화시켜 주지 않으면 새로운 차원에서 단 하루도 버티지 못하는 것이다.

가끔 이 세계로 넘어오는 이들이 있지만 대부분은 영혼의 형태로 이 세계의 육신을 빌리거나 아니면 육신의 변화를 겪는다.

가끔 재수없게 성별이 바뀌는 형태도 있지만 어쨌든 차원을 넘나드는 것은 개인의 힘으로는 불가능한 것이다.

그가 아무리 이 세계로 이주를 시키고 싶다 하더라도 한 민족 전체의 육신을 일일이 변화시켜 주기란 불가능했을 것이다. 타 차원계의 사람 하나를 다른 차원계에 맞게끔 변화시키려면 대신(大神)급 신족과 대마족들의 대다수가 힘을 합쳐야 할 뿐더러 한 번의 시도 뒤 짧게는 수백 년, 길게는 수천 년 동안 힘을 회복하는 데 써야 했다.

그렇다고 영혼체의 이동을 시도하려 한다면 명부의 카르마 루트가 엉망이 돼버리는 문제가 있었다.

그만큼 '한' 이 계획한 행동은 내가 보기에 단순 무식에 성공할 가능성이 거의 없는 것이었다.

이러한 나의 이런 의문을 알아챈 듯 한은 별 걱정 다 한다는 듯 빙긋 미소 지었다.

그때, 여지껏 한 옆에 잠자코 서 있던 영진이 입을 열었다.

〈거기에 대한 건 내가 설명해 주지, 꼬마.〉

꼬마라니. 저 쉐이.

나는 인상을 꽉 구기며 입을 열었다.

"너에게 꼬마라고 불릴 이유가 없어. 그리고 난 스무 살이야."

〈두 살이든 스무 살이든 나한테는 오십보백보야. 비록 너에게 융합된 자아라고는 하지만 천 년 동안 그릇과 그릇을 오가면서 살아왔어. 나에게 넌 코흘리개 꼬마일 뿐이야.〉

"씹……."

나의 두 번째 전생이며, 가이칸 제국의 건국왕 김영진이며, 이 세계에서는 아르미안 진 엘 가이칸이라고 불려졌던 최초의 이계인이며, 지금의 나인 카인의 선조는 아주 삐딱한 자세로 나를 꼬나보고 있었다.

〈장. 유. 유. 서.(長幼有序)다. 조용히 닥치고 내 설명이나 들어.〉

"누가 당신 따위를 어른 취급해 주겠어. 잘난 척 환자."

〈설명 듣고 싶거든 닥쳐라, 꼬마. 난 길게 끌고 싶지 않아. 빨리 끝내서 쉬고 싶단 말이다. 나는 몰라도 '한'에게는 지금 이렇게 너와 대화하고 있는 것도 상당한 고통이 따르는 거란 말이다. 너도 '한'의 기억을 공유했다면 '한'에게 휴식이 필요하다는 것은 알 테지?〉

"망할……."

〈안다면 조용히 하고 설명이나 들어.〉

아픈 소리만 꼬집어서 말하니 더 밉다.

망할 Dog 쉑! 말아 먹고, 튀겨 먹고, 씹어 먹어도 시원치 않을 넘 같으니라고!

속으로 내가 그를 욕하는 것을 아는지 모르는지 그는 한이 내게 그랬던 것처럼 나의 앞으로 다가왔다.

〈이미 저 한 형님에게 기본적인 설명을 들었다시피 우리 민족은 혼돈의 주체다. 혼돈은 맥락, 그리고 정해진 형상이 아닌 것이 섞여 있다고 보면 쉽다. 보통의 사람들이라면 살아가는 동안 정해진 생성과 파멸을 이어가는 삶을 나눈다는 건 알 거다. 태어나 자라서 어른이 되면 배우자를 선택해 결혼을 하고 이세를 두어 함께 일생을 보내다가 말기에는 죽는 평범한 운명을 살지. 물론 개개인이 운명을 거스를 수 있는 권리가 있지만 어디까지나 조물주라는 이름이 정한 '한도'도 정해져 있다. 하지만 우리 민족은 말 그대로 그 한도에 저촉되지 않는다. 한마디로 질서라는 미명 아래 공공연히 지속되는 조물주의 꼭두각시 인형극에 놀아나는 많은 민족이나 종족들과 다른 존재다. 우리 민족이 받아들인 '한' 이라는 이단아는 조물주가 마음대로 휘두르며 노는 꼭두각시 놀음에서 유일하게 그 끈을 끊어버릴 수 있는 존재였다는 말이다. 당연히 모든 만물을 관조하는 천존에게 있어서는 아주 거슬리는 존재가 돼버린 거지, 우리 한민족은. 솔직히 그 혼돈의 힘이 좋은 쪽으로 나오면 좋지만 인간이라는 종족 자체가 좋은 쪽보다는 나쁜 쪽에 힘이 쏠리게 마련이지. 특히 유일하게 질서를 어지럽힐 권리를 가진 것이 인간인데다가 질서라는 명목으로 그나마 통제를 하고 있는 시점에서 한민족이라는 변수가 생겨 버린 거지. 조물주가 정한 루트에서 벗어나 천존에게 위협이 될 지경이니 당연히 기존 세력인 천존의 눈으로 보자면 우리 민족은 무조건 멸망해야만 자신이 주관하는 질서가 온전히 유지될 수 있다는 생각이 들었겠지. 그야말로 우리 민족이 살려면 이 세계로 도망쳐야 하는 팔자가 돼버린 거지. 너도 나의 기억을 조금은 가지고 있고 방금 전 한의 기억을 보았으니 내가 이 땅에 넘어온 것에 '한' 의 선택이 한몫했다는 것을 알 거다. 나는 '한' 의 혼을 받아들였고 내 육체는 신의 힘을 받아들임으로 변화했다. 물론 표면적인 변화는 거의 없었다. 검은 머리칼과 눈동자를 가진 순수한 피를 가진 존재로서 이 땅에 맞게끔 차원의 거부 반응을 없애 버렸지. 신의 기운을 은연중에 풍기게끔 만들어 타 차원계의 것을 거부하는 기존 차원계의 눈과 귀를 속인 거지. 하지만 그건 '한' 을 받아들인 나만 가능하게끔 만들었을 뿐, 이 땅에 초석을 닦은 뒤 넘어오게 될 많은 이계인들은 차원의 거부를 고스란히 받게 되어 죽을 수밖에 없었다. 그래서 선택한 것이…….〉

"설마 사신(四神)?"

〈정답이야. 차원 이동에 있어 치명적인 약점을 보완하기 위해 지구의 오행을 책임지는 신수의 수좌들을 이 세계에 본체 그대로 봉인하기로 했지. 물론 땅의 기운을 주관하는 현무와 부정한 것을 태우는 화조(火鳥)인 주작뿐이었지만… 가장 중요한 수(水)와 풍(風)을 주관하는 청룡과 백호는 아직 민족의 수호신수로서 그들을 보호할 책임이 있었고 네가 태어나고 자란 퇴마 가문인 '천파당'의 성수로써 묶여 있었기에 우선 기본적인 상성에 맞도록 둘만 이곳에 보냈다. 주작의 성화(聖火)로써 기존의 것들을 태워 없애 버리고 현무의 대지의 힘, 즉 생성의 힘으로 이 차원의 것을 내가 넘어온 세계의 것으로 차근차근 바꾸도록 한 거지. 사신들의 힘의 근원은 지구의 '오행'인 물, 불, 바람, 땅의 기운이 형상화된 근원과도 같으니… 이계인의 거부를 아예 불가능하게 하려면 사신들의 본체를 이곳에 봉인하여 차근차근 이 세계를 지구와 비슷하게끔 만들어 나가는 것이 가장 적합한 방법이었거든. 이곳 차원으로의 이주가 성공할 가능성이 그만큼 늘어난 셈이었지. 그중 가장 중요한 건 네 개의 기둥인데… 그건, 흠흠… 우선 여기까지 설명하고. 가장 먼저 해야 할 건 나의 기억을 너에게 전수하는 거지. 우선 네가 품은 차원 이주에 대한 의문점은 풀어줬으니 이제 나와 같이 오붓한 시간을 보내자구, 꼬마.〉

"날 꼬마라고 부르지 마, 빌어먹을 늙은이!"

〈너나 날 늙은이라고 부르지 마. 기분 나쁘게 '한'은 존대하고 나는 반말하고. 사람 차별하냐.〉

불만을 표하는 그에게 나는 코웃음을 쳤다.

"'한'과 당신은 달라."

〈물론 다르겠지. 하지만 같기도 해. 너처럼 직접적인 카르마로 연결된 건 아니지만 나는 그의 영혼과 가장 먼저 접촉한 자이니까. 그리고 나는 너보다 천 년을 더 살았어. 아아, 내 말에 불만이 있다면 그만 닥쳐, 꼬맹이. 계속 이렇게 싸우다가는 언제 끝날지 모를 테니까. 우선 나와 중요한 볼일부터 끝내자고.〉

순간 나의 뇌리 속을 스쳐 지나가는 빛줄기가 있었다. 방금 전 경험했기 때문인지 모르겠지만 세포 하나하나를 자극하던 미묘한 감각은 그다지 문제가 되지 않았다. 나는 약간의 다툼과 함께 또 다른 의식과 동조하고 있었던 것이다.

그리고 조금씩 사그라지기 시작한 빛과 함께 나타난 것은 산림이 무성하게 우거진 수풀이었다.

익숙하지 못한 새들의 한가로운 지저귐이 이는 곳, 이질감이 가득한 대지에 발을 디디고 서 있는 것이다. 대지에 발을 디딤으로써 느낀 이질감은 대체 뭐였을까?

내 얼굴은 조금씩 굳어져 갔다. 방금 보았던 것과는 확연하게 다른 광경이었다. 마치 유럽의 원시림과 초원을 연상시키는 대륙의 모습이었다. 확실히 방금 전 보았던 동양적 차원과는 다른 차원계임을 알려주는 이질감이 뚜렷하게 드러나 있었다.

그 이질감은 '나'라는 존재를 반겨주고 또 감싸주는 고향의 보드라움이 아닌 낯선 타향임을 온몸으로 느끼게 해주는 두려움으로 바뀌었다.

하지만… 하지만… 이곳은 너무 아름답다. 가도가도 끝이 보이지 않는 대지는 왠지 모를 그 무언가로부터의 아련한 향수를 느끼게 만든다.

이곳이 사랑스럽다. 오염된 나의 세계와는 다르게 너무도 맑고 깨끗한 이 세계가 너무도 사랑스럽다.

이건 동조돼 버린 '나'의 최초의 감정이었다. 이질적인 느낌으로 둘러싸여 두려워하고 있던 '나'의 마음을 사로잡은 그 어떤 것으로부터의 이끌림이었다.

그리고 그 이끌림 뒤에 나에게 찾아온 것은 현실에 대한 심각한 괴리감이었다.

〈우선 나의 기억부터 말해야겠지? 흠흠. 잘 들어. 물론 별로 자랑할 건 못 되지만 이 세계에서의 나의 인생은 저 빌어먹을 정도로 무책임한 한의 이상을 위해 전혀 낯선 타향에 던져지고 적응해야 하는 것부터 시작했어. 사실 말이 적응이지 그리 호락호락하지 않았지. 나는 네 놈과 다르게 '한'의 존재를 처음부터 알았고 능력을 일부 전수받아서 사용 가능했지만 그건 어디까지나 정신적인 힘에 한해서였지. 육체적인 힘으로는 검술과 이 세계에 법칙에서 벗어난 덕분에 배우기 쉬웠던 건 '마법' 뿐이었거든. 못해본 것도 없어. 구걸, 소매치기, 사기를 비롯해서 좀 더러운 짓이긴 했지만 재미도 보고 몸도 편하려고 어느 잘나신 귀부인의 정부(情夫) 짓도 했었어. 쯧쯧, 이봐요, 아저씨. 얼굴 좀 펴시지. 나도 하고 싶어서 한 게 아니라고. 얼빵하게 있다가 노예로 팔릴 뻔했던 걸 생각하면 정부 짓이 얼마나 안전하고 편한 일인데… 안전 보장되지, 침식 해결되지, 재미도 좀 보고… 헛! 음… 어쨌든 그만하면 얼마나 양호한 편이야? 흠. 음… 하지만 지금 생각해 보면 나도 차암 불쌍한 인생이었지. 흑!〉

그의 설명을 들으면서도 나의 의식은 끊임없이 그의 인생 변천사를 바라보고 있었다.

전혀 낯선 타향에 떨어져 누구 하나 도움의 손길을 주지 않는 척박

함 속에서도 살아남기 위해 말 그대로 투쟁, 아니, 발악하는 모습이 이
어졌다. 심한 굶주림으로 마을을 전전하다가 거지 취급받거나 도둑이
라고 누명도 쓰는 나의 모습들이 보였다. 이계인 하면 모두 성공하고
팔자 필 거라고 생각하던 고정관념이 완전 개박살나는 순간이었다.

　밑바닥 인생을 살면서 조금씩 모은 돈으로 용병이 되고 신분 상승을
위해 패망 직전에 간 한 소국의 기사가 될 때까지, 그 처절한 생존의
기록들은 정말 입 떡 벌어지게 만들기에 충분했다.

　헛, 새삼 존경스럽군, 당신.

　나의 존경 어린 시선을 느꼈는지 그는 손을 허리 위에 떡하니 올려
놓더니 재수없게도 '푸핫핫핫' 웃어 젖히며 한 손으로 승리의 V 자를
그려 보였다. 이미 '진'이라는 의식체를 받아들인 시점에서도 확연하
게 느껴지는 그의 한심스러운 행각에 그와 내가 연으로 이어진 것을
한탄하는 한탄의 검은 오로라를 풀풀 풍겼지만 그넘은 여전히 '나 잘
났어' 포즈였다. 쯧쯧, 철없는 넘. 역시 저넘은 존경할 가치가 없는 놈
이었어.

　이런 나의 생각을 아는지 모르는지 그의 입가에 떠오른 야릇한 미소
와 함께 기억의 동조는 계속되고 있었다.

　나는 신분이 필요하다. 이곳에 속하지 못했기 때문에 모든 것이 나
에게는 불리하다. 이곳에서의 '나'는 이방인의 존재일 뿐 구성원으로
인정받지 못하고 있었다. 내가 디디고 있는 땅도, 이제부터 내가 매일
같이 보게 될 저 청명한 하늘도, 내가 숨 쉬는 공기에서조차 내가 철저
한 이방인임을 느끼게 해준다. 그리고 적응하기에 이 세계는 너무도
이질적이다.

하지만… 살아남기 위해선 신분이 필요하다. 모든 것에 군림하고 지배할 집권자의 힘이! 내가 이계에 존재하는 이유를 깨달은 지금의 나에게는 강해져야 할 의무가 있었다.

밑바닥에서부터 나는 조금씩 신분 상승을 꾀하여 갔다. 나 스스로가 신의 정신을 받아들임으로써 누구에게도 무릎 꿇지 않았던 오만한 자존심을 잠시나마 접고 한낱 인간의 왕에게 고개를 숙였다.

대륙의 강대국 사이에 끼어 언제 패망할지 모를 소국의 기사로서 나는 수많은 전투에 나가 이겨 전공을 쌓아 나갔다. 패배를 모르는 불패의 기사로서…….

특히 이 세계에 넘어오기 전 쌓인 나의 지식을 이용하자 이 세계에서 나는 독보적인 존재가 되었다. 드래곤이나 엘프가 나와 식견을 다투다가 서로 이기고 지는 것을 반복함을 빼면 나의 지식은 대륙의 몇 안 되는 현자들조차 혀를 내두르게 했다. 그 지식을 이용해 나는 철저하게 나를 과장 광고했다. 전장에서는 냉철한 기사로서, 평시에는 유순한 문사(文士)로서 '나'의 명성은 확고했다.

왕국 내에서 나를 따르고 추종하는 세력들이 늘어가고 명성은 쌓여 갔지만 나는 여전히 불안했다. '나'라는 존재를 이 세계에 묶어둘 어떤 확고한 계기가 필요했다.

결론적으로 아내가 필요했다. 이 세계와의 끈을 확고히 해줄 여인, 그리고 나의 아이를 낳아줄 현명한 여인이 필요했다.

그러던 차에 왕이 나에게 혼례를 넣어왔다. 그녀는 바로 내가 맞이한 첫 번째 아내인 정숙하고 아름다웠던 시엘린이었다. 타인이 정한 결혼이라는 게 불만스러웠지만 내 아내는 왕의 누이였다. 왕은 갈수록 명성이 높아져 가는 '나'를 묶어두기 위해 정략결혼을 시도한 것이다.

물론 나에게는 아주 좋은 일이었다. 나는 지배자의 권력이 필요하던 차였고 왕은 오래 살지 못할 몸이었다. 그에게는 자식도 없었다.

그녀와의 혼인 후 나는 자연스럽게 제1왕위 계승권자로서 그 권위를 확고히 다져 나갔다. 이름뿐인 '부마'로 남을 대부분의 귀족들과는 다르게 나는 한 나라를 대표하는 기둥이 되어가고 있었다.

조금씩 이상을 실현할 꿈에 부풀어 있던 나는 곧 절망의 시기를 맞이했다. '내'가 처음으로 의탁한 그 나라가… 기껏 쌓아 올려온 명성과 함께 멸망해 버렸다. 아니, 귀족들에 의해 팔렸다고 해야 하나? 부마가 된 지 채 일 년도 되지 않은 시점이었다.

'내'가 첫 번째로 의탁했던 왕국은 사치스럽고 부패한 귀족들에 의해 내부에서부터 붕괴되어 버렸다. 내가 선택한 센무드 왕국을 집적거리던 나라 중 '나'와 가장 많이 검을 나누었던 적대국에 귀족들은 나라를 팔아버린 것이다.

그때 첫 번째 아내인 시엘린이 죽었고, 나는 패잔국의 기사로서 떠돌았다. 여기저기 저항군들이 있었지만 오합지졸일 뿐이라 그들과 합류한다고 해도 이길 가능성은 없었다.

그래서 나는 내가 이계에서 맺었던 첫 인연을 버리고 처음부터 다시 시작했다.

지금 그와 '나'는 시간의 '벽'을 두고 서로를 바라보았다.

그는 의미 모를 미소를 지으며 '나'를 주시하고 '나' 역시 그를 바라본다.

〈사실 내가 이 땅에 넘어왔을 당시는 나라를 세우기에 아주 적합한 난세였지. 한동안 소국에 의지했지만 그것이 패망해 버렸고 그다지 정

도 남아 있지 않았어.〉

　내가 서 있는 곳은 전쟁터였다. 수많은 인간들의 원념과 광기가 집약되어 음울한 분위기를 풍기는 그곳에서 나는 말 위에 오른 채 사람들의 바다를 누볐다. 사방에 넘치는 시체와 혈향 속에서 나는 살아남기 위해 검을 들었다.

　이 전쟁은 나의 이름으로 세워질 제국의 시초가 될 것이다. '제국'이라 불려지기 전에 내 나라는 세워지고 사라지길 끊이지 않던 난세에 일어난 하나의 소국일 뿐이었다. 이 전쟁 또한 타국과의 영토 분쟁으로 벌어진 전투였다. 아니, 그들의 일방적인 행위로 나의 백성들이 입은 피해에 따른 보복 전쟁이었다.

　적국의 이름? 그 딴 건 기억나지 않는다. 기억할 필요도 가치도 없다. 어차피 내 손으로 멸망시킬 나라일 뿐이었다. '나'는 오로지 승리를 위한, 그리고 '제국'으로 이름을 떨치게 될 나의 나라를 위한 하나의 희생 양일 뿐이다.

　'나'는 무심하게 한 나라의 수도를 휩쓸었다. 나의 검에는 자비도 동정도 없었다. 오로지 죽음만을 주었다.

　내게 쏟아지는 저주의 목소리에도 나는 담담했다. 나는 '악마'가 되기로 했으니까 안식 따위는 바라지도 않는다. 비록 이 모든 행위가 끝나고 홀로 죄책감에 시달릴지언정 나는 어떤 때라도 흔들리지 않을 황제였다. 만민의 동경과 맹목적인 충성, 그리고 두려움을 한 몸에 받을 존재였다. 나는 피로써 모든 것을 이룩해야 할 황제인 것이다.

　잔인하다.

나는 영진의 자아에서 조금씩 눈 뜨는 장수가 느끼는 감각에 입술을
깨물었다.

바드득. 퍽!

내가, 아니, 그가 타고 있는 말발굽에 짓밟혀 뭉개지는 이름 모를 어
린 소녀의 머리통이 보인다. 말발굽에 밟혀 으깨져 사방으로 튀어나온
뇌수와 검붉은 피.

더럽군.

순간 흠칫 몸을 움츠렸다.

분명 내 의식은 있는데… 내가 느끼고 있는 감정은 가엾다는 것이
아니라 더럽다였다.

내가 무슨 생각을…….

나는 당황하여 뒤로 주춤 물러났다. 내 몸은 영진의 자아로 인양된
순간부터 그와 동조하기 위함인지 엄청난 피를 온몸에 뒤집어쓰고 있
었다. 나의 피가 아닌 내가 죽인 이름 모를 사람들의 피였다. 나와 같
은 피가 흐르고 나와 같이 이 땅에 잠시나마 살아가고 있던 이들의 피
였다.

할짝.

달다.

나는 손에 묻은 피를 핥고 있었다.

기묘한 갈증이 일었다.

큭! 내가 미친 건가…….

아아… 뭔가 잘못된 거야. 자꾸 이런 이상한 영상을 봐서 잠시 혼란
스러운 거야.

그런 거야. 암, 그렇고말고. 후훗.

〈나는 제국을 세웠지. 내게 이득이 될 만한 자들은 끌어들이고 적이 될 자들은 가차없이 베어버렸지. 아, 참고로 신족도 죽였어. 웃! 영상 나온다.〉

쫑알쫑알 떠드는 저놈. 당장 아가리를 찢어버리고 싶다.

그렇지 않아도 혼란스러운데 저 자식의 쫑알거림 때문에 나도 모르는 감정이 자꾸만 나를 괴롭힌다. 미친 듯이 퍼져 나오려는 살의와 피에 취해 버린 광기가 나를 지배하려고 하는 것이다.

이런 기억 따위는 보고 싶지 않은 마음이 굴뚝같지만 나의 의식은 영진의 기억을 아무런 거부감 없이 받아들이고 있었다.

날개… 날개다. 아름다운 순백의 날개. 모든 이의 찬양과 경외를 끌어내는 희디흰 날개.

그리고 그 날개는 피로 물들어 꺾여진다.

누구의 손에? 나의 손에.

나지만 내가 아닌 이의 입술에 단아한 미소가 걸린다.

형용 못할 공포에 질려 버린… 이 세계의 이들이 신족이라 경외하는 아름다운 존재. 그렇지만 위선적이고 가식적인 존재.

부욱… 까드득.

"카아아아악!"

찢어질 듯한 한 존재의 비명성. 그 비명성에 그는, 아니, 나는 입가에 차디찬 미소를 짓는다. 너무도 싱겁다는 듯 비명성을 지르는 존재를 힐끔 무심히 쳐다보곤 하늘을 빼곡이 채운 신족들의 사자, 천사들을 향한다.

두려움에 떨면서도 자신들은 선택받은 신의 고귀한 아들임을 오만하게 자칭하는 더러운 족속들은 나에게 저주를 토해낸다.

"천벌을 받아라!"

"질서를 더럽히려 든 자!"

"혼돈의 사생아여!"

두려움에 질린 약해 빠진 족속들의 발악이었다.

나의 손에 들린 검은 하늘에 떠 있는 신족들을 양분했다.

푸르른 날의 나에게는 너무도 익숙한 검이 아무런 망설임 없이 그들의 붉은 피를 묻히며 죽음을 내린다.

나는 모든 것에 제약받지 않는 존재. 이 세계의 나는 내게 속하지 않았지만 동시에 속해 있기도 했다. 그의, '한'의 권능으로 말미암아.

하늘은 나의 영역이었다. 내가 버린 하늘이지만 나는 하늘의 아들이다. 하늘과 가장 깊은 연을 맺은 하늘의 아들이자 천존의 자손이며 혼돈의 사생아였다.

나는 천사를 베어 나가면서 대지 위로 후드득 떨어지는 그들의 피를 무심히 바라보았다. 척박하고 거친 땅은 생성의 마나를 가장 많이 받은 천사의 피를 받음으로써 풍족하고 기름지게 화할 것이다.

내가 의도한 싸움은 아니었지만 그래도 소득은 있군.

의도한 싸움?

음… 그러고 보니… 내가 왜 이들과 싸웠지?

기억이 안 난다. 무슨 일 때문이었더라? 기억이 안 나.

단지 기억나는 건… 내가 제국을 완벽하게 건국하고 바로 벌였던 일인데… 상당히 불쾌한 기억인 것 같다.

기억하고 싶지 않은… 하지만 꼭 알아야 할 것 같은데…….

〈쿡, 궁금하냐?〉

우선 고개를 끄덕였다. 궁금하긴 하니까…

영진의 입가에는 부드럽지만 오싹한 살의가 담긴 짙은 미소가 걸렸다.

〈저들은 내 아이를 죽였다.〉

"아, 아이?"

〈그래. 정확하게는 내 아이를 배고 있던 여자를 건드렸지. 생명을 존중한다는 천사라는 족속이 나의 아이를 죽였거든. 이유는 혼돈의 피를 받았다는 이유였고. 그 아이의 혼조차 사멸시켜 버렸지.〉

"……."

〈천사는 성스럽다고… 선하다고 생각했던 내 세계의 고정관념이 무너지는 순간이었어. 뭐라더라… 그 천사가 당시에 주신 에위트의 총애를 받던 대천사장이었더군. 내 아이를 가졌던 그녀는 시엘린이 죽고 나서 제국을 세우고 맞아들인 두 번째 부인이었지. 그녀에 대해서는 예전과 다르게 진심이었으니까. 아내는 죽지 않았지만 아이는 완벽하게 그 존재 자체가 사라져 버렸지. 큭큭! 열받아서 당시의 주신 넘한테 그넘을 넘겨달라고 했는데… 크큭! 하찮은 인간의 일 따위는 개똥만큼의 가치도 없다고 여기고는 오히려 내가 이차원의 생명체라며 내쫓으려고 하잖아. 큭큭! 그때 꼭지 돌아버려서 신계와 한판 붙어버렸어. 물론 그때 내 군사는 마족들이었지. 그러니까 나와 반려의 의식을 행한 유논의 힘을 조금 빌렸지. 지금 니 옆에 엉겨 붙어 사는 마황자. 지금 마신이 되었다고 했던가? 하여튼 그 녀석의 힘을 조금 빌렸지만 신계의 반 이상을 휩쓴 건 나였어. 물론 싸움에서도 이겼지. 하지만 그 덕분에 나는 이 땅의 신성 세력과 사이가 안 좋아졌지. 특히 교황과는.

나에게 죽도록 터지고 나서 신족 녀석들은 농간을 부려서는 우리 제국
을 악의 왕국이라고 신탁을 내려 버리는 바람에 충돌도 잦았지. 특히
우리 제국에 신의 종교가 없다는 것도 한몫했지. 처음에야 신의 존재
를 인정했지만 싸우고 나서는 나도 성질이 나서 신을 인정하지 않았거
든. 그래서 제국이 안정되고 난 후 가장 먼저 시행한 일이 뭐냐 하면
종교 청소였지. 신을 믿되 신전이나 뭐 기타 잡다한 것을 짓는 걸 금지
했거든. 신이 있다면 자신들의 마음으로 믿으면 되지 신전이라는 거추
장스러운 것을 만들어서 무엇 하겠느냐는 생각이었지. 타국과의 관계
개선을 위해 신관 유학생 형태의 형식적인 교류를 취하긴 했지만 전파
가 쉽지 않다 보니 이제 국내에서 신이라는 개념 자체가 희미해졌지.
내가 심어놓은 환인 정신을 제외하면 말이지. 쿡쿡.〉

무척이나 즐겁다는 듯 말하는 그였다. 그래도 성스럽다고 추앙되는
천사의 피를 뒤집어썼다는 찜찜함 때문인지 나의 인상은 조금 굳었다.
하지만 그는 아랑곳하지 않았다.

〈보기 싫은가 보지? 살육에 미쳐 살던 내 모습이? 하지만 저건 너의
모습이야. 네가 기억하지 못하는 전생의 너. 그리고 나의 모습이지. 그
리고 이계에서 살아남으려면 이 정도는 예사야. 너는 그중 아주 운 좋
은 케이스야. 이미 정해진 그릇에 온전하게 흡수되었으니까.〉

나는 입술을 질끈 깨물었다. 아니야. 저건… 내가 아니야.

〈아니, 저건 틀림없는 너다. 내가 인정했고 네가 인정해야 하는 너
의 모습이야, 꼬마. 야! 모른 척 외면하면서 어리광 피우기엔 너란 존
재는 이미 우리에게 깊숙이 개입되어 버렸어. 인정하는 게 좋아. 외면
해 봤자 괴로운 건 너 자신일 뿐이니까.〉

"……."

〈계속 보라고, 꼬마. 이제 다 끝나가니까.〉

악마의 속삭임처럼 귓가에 속삭이는 진의 음성을 거부하고 싶지만 내 의식은 저 과거를 받아들이고 있었다.

젠장!

나는 전쟁의 시대에 존재했고 평생 전장을 누볐다. 나라는 존재가 싸움을 부르는 듯 내가 있던 곳엔 인간과 인간이 싸웠고 신과 마는 세력을 다투었다.

그리고 나는 그것을 이용하면서 가장 효과적이고 확실한 무력의 힘으로 세력을 넓혀갔다.

촤아악. 푸욱. 꽈드드득.

내 손끝에는 물컹한 살덩이가 검날에 베어지는 감촉이 생생했다.

나는 또 어떤 이의 목숨을 취하고 있는 건가.

하늘 위에는 유난히도 핏빛을 띤 달이 떠 있고 그 달빛 아래 금빛의 모래 위에서는 피의 축제가 벌어지고 있었다.

나는 하늘을 찌를 듯 칼을 치켜들고 소리쳤다.

"죽여라! '라' 의 새로운 왕의 등극을 위해! 반역자들을 죽여라!"

"와아아아! 디가르 아브라함 '라' (영광스러운 사막의 영광을 라께 바친다)!"

사막의 뜨거운 열정을 닮은 사막의 부족들이 열광하며 한 부족을 휩쓴다.

노인, 아이 할 것 없이 어떤 미련도 두지 않고 그들을 죽여 나간다.

이제는 익숙해진 살육에 미친 채 사막을 휩쓰는 나의 모습에 경멸이라는 단어도 멀어진 지 오래다. 나는 혈향이 짙게 배인 공기를 빨아들이며 담담하게 그 모습을 주시하고 있었다.

지금의 푼트 왕국을 세우기 위해서 쳐낸…

〈저 부족은 켈 족이다. 당시 사막의 수많은 부족들을 지배했던 최대 세력을 자랑하던 부족이지. 지금의 푼트 왕궁은 세우기 위해 쳐내긴 했지만… 어쨌든 이들은 우리 세계로 치면 주술사의 힘을 가졌던 사막의 부족으로 '라' 를 독실히 섬겼지. 하지만 부족 구성원 자체가 주술에 의존하였기에 성격 자체가 좀 괴이했지. 무협식으로 표현하자면 혈교쯤 되려나? 피를 숭배했고 '라' 에게 인신 공양을 했었지. 한마디로 말해서 반쯤 광신도라고도 볼 수 있어. 그래도 내가 있기 전까지만 하더라도 상태는 양호했어. 피를 즐기긴 했지만 그래도 절도라는 게 있었거든. 그런데 내가 가진 혼돈의 가치가 그들의 피에 대한 광기를 돋운 모양인지 그들의 신에 대한 제사는 갈수록 기이해지고 잔인해졌지. 자신에 대한 절대적인 숭배를 즐기는 '라' 가 오히려 염려할 정도로. 사막의 여러 부족들은 그런 켈 족에 반발해 그들의 세력에서 떨어져 나와 대항하기 시작했지. 나는 사막에 대한 효과적인 지배를 위해서 그들에게 빛이라는 것을 만들어두기로 결정하고 그들을 도와주었고.〉

그 다음 말은 나도 알겠다. 그 도와준 부족의 대표자가 바로 '아메노카르', 바로 나의 옛 친우(親友)이며 사막에 왕국이라는 개념을 완성시켜 최초로 '왕' 의 호칭을 사용했던 남자였다. 넘치는 열정과 광기를 품었던 그는 평상시에는 눈이 갈색이었다가 어느 순간 붉은 핏빛으로 변했다.

묘한 카리스마로 사막 전체를 열광의 도가니로 몰아넣었던 사막의 왕은 나와 당당히 파트너를 이루며 켈 족의 주술에 대항해 갔다.

〈사막에 우리 제국이 짐 지울 빚이 필요하기도 했지만 그 녀석은 썩 마음에 들었지. 그래서 껄끄러웠던 켈 족과의 전투에 제국의 군사력을 움직일 수 있었지. 물론 '라'를 독실히 섬기는 부족이다 보니 '라'가 화를 내긴 했지만 내가 잘 설명해서 문제는 없었고. 사실 내가 왕위에 세웠던 아메노카르는 '라'가 사막에서 유희를 즐기다가 생긴 자손들 중 하나였기 때문에 그나마 참은 거지. 지금에 와서 말하는 건데 지금의 푼트 국 왕족 중에서 그 부족들의 원혼 때문에 고생하는 녀석이 좀 있을 거야. 새로이 바뀐 지배 세력인 아메노카르에게 반항하지 못하도록 내가 좀 잔인하게 손을 썼지. 흠흠.〉

그리고 이 전쟁 뒤에 나는 최초로 검을 놓았다. 대륙 전체를 휩쓸었던 수년 간의 피의 행로가 멈춰진 것이다.

다시 기억의 영상은 Off.

그리고 밝은 빛무리가 거두어지며 조각조각난 기억이 퍼즐 맞추듯 끼워져 가는 의식을 보면서 나는 그를 바라보고 있을 수밖에 없었다.

〈이게 끝이야. 방금 전 한이 한으로서의 기억을 되살려 너에게 전달했듯이 나는 영진으로서의 기억을 너에게 보여준 거지. 하아… 하지만 나도 원해서 한 건 아니었어. 원망은 너보다 내가 더 심해. 저 말아 먹고, 튀겨 먹고, 씹어 먹어도 시원치 않을 저 존귀하옵신 우리의 '한'께서 나의 운명을 제멋대로 휘두른 탓이지. 솔직히… 헤효… 저런 짓 따위는 하고 싶지 않았어. 나라고 뭐 원해서 저런 살인귀가 되었을라고? 너도 이제 지겹도록 저 피를 묻히게 될 거다. 어쩌면 나보다 더.〉

"아, 아냐. 저건 내 모습이 아냐."

〈아니, 저건 틀림없는 너다. 인정해. 나도 다른 건 몰라도 내 후손이자 동시에 나의 후생인 니넘한테는 나란 존재를 부정당하고 싶지 않다, 꼬마야.〉

조금 전이었다면 '누가 꼬마야' 하고 소리치며 달려들었을 텐데 이제는 따질 힘도 없었다.

완벽하다고 말할 수는 없지만 부분적으로 이어지는 전생의 기억을 연달아서, 그것도 생생하게 접해서인지 내 머리 속은 상당히 혼란스러웠다.

이 공간에서, 저들만이 존재해야 하는 이공간에서 그만 나가고 싶었다.

〈얼라? 임마, 너, 우냐?〉

울어? 내가?

내가 깨어 있는 것도 아닌데. 여긴 내 정신체의 공간인데도 울 수 있는 건가.

아아, 아니야. 울 수 있다는 건 오히려 축복이니까. 이 답답한 마음을 다스리는 울음이라면 조금이나마 마음이 편해질 테니까. 혼란스러울 때, 슬플 때 울 수 있다는 건 인간이라는 증거니까.

"우… 윽… 흐윽."

눈물을 쏟아내는 내 모습. 상당히 추할 것이다.

하지만 그 추함보다 자꾸만 내 머리 속에 떠오르는 과거의 처참함이, 그리고 나의 추함이 더욱 눈물을 쏟아내게 하는지도. 어쩌면 곧 내 손에 묻히게 될 수많은 피에 대한 혐오감일지도 몰랐다.

나는 말없이 울고 있었다.

누군가 나에게 속삭였다.

“운명의 수레바퀴는 돌아가고 있어.”

그랬다. 인정하기는 싫지만 나는 그 수레바퀴의 한 축이 되어 있었다.

피의 운명을 계승받을 혼돈의 주체로서.

제18장

천 년의 환영을 넘어서

1

천 의 환영을 넘어서

"……!"

그녀는 고개를 돌렸다.

중력의 법칙을 무시한 채 허공에 둥둥 떠 있는 흑발의 남성이 보였다. 흉흉한 살의로 뒤덮인 눈의 소유자를 보는 그녀의 눈이 살짝 휘어졌다.

"찾. 았. 다."

자신을 향해 끝없는 적의를 불태우는 너무도 익숙한 기운의 소유자. 그의 적의에 찬 시선을 받으며 그녀는 웃.고. 있.었.다.

*   *   *

페이란 산맥.

신의 쉼터라든지 신성이 머무는 숨결이라든지 그 장엄한 때문에 신성이라는 수식어가 꼬리표처럼 붙는 아틸란타 대륙의 모든 사람들이 경탄하는 성산 페이란 산맥이었다.

드넓은 대륙 위에서 오만하리만치 높은, 그리고 하늘을 찌를 듯 도도하게 선 페이란 산맥의 봉우리와 그 위를 뒤덮은 희디흰 눈, 잡힐 듯 잡히지 않는 구름이 하나인 양 뭉쳐져 절경을 연출하고 있었다. 아름다울 뿐더러 산맥 특유의 범접키 힘든 위엄과 고고함은 대륙의 수많은 산 중 으뜸이라 칭해도 부족함이 없을 정도였다.

또한 이 설산(雪山)을 가득 메운 영기(靈氣)의 충만함은 영산(靈山)이라고 불려도 부족함이 없었다.

그러나 자욱하게 사방을 메운 영기 위 허공 중에 한 존재가 나타나 흑기를 줄기줄기 내뿜자 페이란 산맥은 점점 더 아수라장이 되어갔다. 흑기가 대지를 때리자 정순(貞純)한 영기와 마찰을 일으키면서 싯붉은 화염을 일으켜 조용한 하루를 만끽하던 영산으로 하여금 비명을 지으며 매캐한 연기를 피어 오르게 만들었다.

그리고,

크아아아아!

괴성이 울려 퍼졌다. 이 세상의 모든 분노를 담고 있는 듯한 엄청난 괴성이 설산 전체를 울렸다.

70퍼밀롱(1퍼밀롱:100m) 높이의 깎아지른 듯한 절벽 위 허공에서 발한 괴성은 설산 전체를 공포로 몰아넣었다. 그 괴성은 당장 모든 것을 멸해 버릴 듯 엄청난 기세를 보이는 마력과 어우러져 범인(凡人)이었다면 당장 미쳐 버려도 이상하지 않을 기세를 만들어냈다.

하지만 그 기세를 온몸으로 받고 있는 또 한 명의 존재는 입가에 희미한 웃음을 지을 뿐이었다.

　겹겹이 둘러싸인 설산의 산맥에 수없이 존재하는 이름없는 동굴 중
한곳의 입구에 한 여인이 오연하게 서 있었다.
　'여신.'
　여인의 미모에 대해 설명하자면 이 말만큼 잘 어울리는 단어도 없을
것이다. 그 어떤 무심한 사람이라 할지라도 쉬이 넘길 수 없는 극명한
신비로움이 여인의 온몸에 배어 있었다. 실핏줄이 비쳐도 이상하지 않
을, 눈이 부시도록 희디흰 피부와 홀릴 듯한 매혹적인 이목구비까지…
아름답다는 말로는 부족할 정도였다.
　또 여인의 미는 여신이 강림한 듯 신적인 요소까지 가미하고 있었
다. 은은한 휘광을 등 뒤에 두르고 있는 그녀는 단아한 미소를 지으며
영산에 소란스러움을 일으킨 장본인을 오연한 눈길로 주시하고 있었
다.
　조용한 영산(靈山)을 배경으로 사람이라고 치부하기에는 크나큰 존
재감과 신비스러운 아름다움을 두루 갖춘 두 존재들은 서로를 주시하
며 침묵하고 있었다.
　아니, 정확하게 말하자면 한 존재는 지금 자신의 눈앞에 있는 존재
를 당장 찢어 죽여도 시원치 않다는 듯 노려보며 엄청난 분노에 몸을
떨었다.
　또 한 존재는 자신을 향해 쏟아지는 살의를 받아내며 역시 마찬가지
로 상대를 향해 적의를 불태우고 있었다.
　"오랜만입니다."
　여인은 상대에게 장난스럽게 말을 건넸다. 하지만 허공에 선 존재는

그런 여인의 말이 불쾌한 듯 눈을 꿈틀거렸다.

뿌드득.

허공에 선 존재는 이를 갈고 있었다. 눈앞의 모든 것을 홀릴 듯 미소 짓는 여인이 가증스러운지 은은한 보랏빛 눈동자에 분노를 띠며 그 존재를 드러냈다. 신적인 아름다움을 자아내는 여인과는 반대로 바람에 퍼지듯 비산하는 흑발로 인해 암흑적인 이미지가 강하게 배어 있는 존재였다.

그의 분노 따윈 관심도 없다는 듯 여인은 기품있는 자태로 머리를 숙였다. 정중하지만 비굴하지 않은 그녀의 모습에 또다시 존재의 몸은 꿈틀거렸다.

고개를 든 여인은 자신을 향한 존재의 터질 듯한 살의의 이유를 너무나도 잘 안다는 듯 웃음을 지었다.

"저와 계약을 하시겠습니까?"

그리고 그녀의 속삭임이 있었다. 요부의 관능적인 몸짓처럼, 무희의 현란하고 유혹적인 춤처럼 미려한 그녀의 목소리는 곧 이어 광란으로 치달을 사건의 시작을 알리는 듯했다.

산은 크고 위대하다. 태초부터 존재하여 수많은 세월이 지나는 동안 모든 것을 지켜보고 들어온 존재였다. 생명의 탄생, 그리고 죽음을 함께하며 정(精)과 함께해 온 생명의 보고(寶庫)이다. 만물이 필요한 기름진 땅을 두르고, 높고 낮음을 만들어 깨달음을 주는 자연과 가장 가까운 존재인 숲. 그 숲이 비명을 지르고 있었다.

쿠르르릉… 콰르릉!

벗삼아 생명을 품던 대지가 비명을 질렀다. 대지의 정령들은 외부에서 회오리치는 마력의 기류에 휩쓸려 비명을 지르고, 대지에 뿌리박고 있던 나무는 대지의 굳건함을 잃고 쓰러져 숲을 어지럽혔다.

평화로이 노닐던 산새들은 갑작스레 들이닥친 재앙에 당혹해하며 하늘로 솟구쳤다. 하지만 안전지대라 생각했던 하늘 위에는 그곳이 자신의 영역임을 과시하는 흑기가 장악해 있어 산새들은 재가 되어 다시 바닥에 내려앉았다.

설산(雪山)은 두려움에 침묵했다.

그 두려움의 실체는 마치 어둠의 주인 그 자체인 양 묵빛의 머리칼을 흩날리며 허공에 떠 있었다. 따사롭게 대지를 내리쬐는 대낮의 밝은 햇살마저도 그를 거부하는 양 그 존재의 주위에는 시커먼 기류만이 가득했다.

그는 자신이 퍼뜨린 영역 안으로 들어오는 빛을 가뿐히 소멸시키며 보랏빛 망막에 박힌 어떤 인영에게 분노를 담은 시선으로 직시하고 있었다.

여인은 존재의 요란스러운 등장에 유치하다는 표정으로 살짝 어깨를 으쓱였다.

사락.

여인의 가벼운 움직임에 최고급 실크를 연상시키는, 아니, 그보다 더한 윤기와 매끄러움을 자랑하는 실버 브론드가 흩날렸다. 여인은 눈썹을 찌푸렸다.

여인의 그런 여유로운 태도에 존재는 당장이라도 그녀를 찢어 죽이고 싶다는 표정이 역력했다. 하지만 존재가 가진 한 가닥 이성이 인내를 고집하고 있었다.

존재의 분노는 쉬이 가라앉지 않았다. 그리고 그 분노의 원인이라

예상되는 여인은 말이 없었다. 그저 뜻 모를 미소만을 지을 뿐이었다.

그 모습이 더욱 그를 화나게 한 모양인지 잠시 동안 수그러들 낌새를 보이던 흑기는 또다시 사방으로 퍼지며 설산의 일부를 부숴갔다.

쿠르르릉. 와르르.

사시사철 절경으로 사랑받아 온 설산의 일부가 흑기의 힘을 견디지 못하고 무너져 내렸다.

뿌연 흙먼지와 자잘하게 부숴져 흩날리는 얼음 알갱이가 공기 중에 퍼지고 그 사이사이를 볕이 비춰 나름대로의 환상적인 광경을 연출한다.

하지만 그 속에 오연하게 서 있는 존재의 눈동자는 분노로 번뜩이고 있었다. 그는 증오스럽고 혐오스럽다는 듯 온몸에 흑색 강기를 일으켰다.

촤륵. 촤르릉.

그리고 존재의 격한 움직임을 봉쇄하듯 그 존재를 묶고 있는 사슬이 맑은 쇠음을 울렸다.

드드드드. 쿠릉.

뒤잇듯 하늘을 가득 채우고도 남을 패도적인 힘은 강맹한 기세로 대지를 때리고 하늘을 조각낼 듯 사방으로 퍼졌다.

"μΩ. Ψ. Φ δ ς……!"

대륙 공통어가 아닌 전혀 알아들을 수 없는 언어가 울렸다. 그 음성 속에 느껴지는 강대한 분노의 파동과 위압감은 설산 전체의 대기를 크게 바꾸었다. 무척 화가 난 듯 존재의 고함은 사방 백 리를 가득 채우고도 남았다.

깨끗하고 평화로웠던 설산은 공포에 질렸다. 두려움과 경계로 대기는 날카로워지고 음유 시인마냥 뽐내던 노랫소리도 완전히 끊어졌다. 한 점 티없이 맑았던 하늘이 검게 물들어가며 폭풍의 눈처럼 숨 막힐 듯한 정적 속에서 뇌격이 번쩍였다.

예술적인 미를 연출하는 푸른 전류의 섬광이 아닌 묵빛을 띤 이질적이면서 패도적인 기류가 가득 찼다. 땅은 들썩이고 대기는 찢어질 듯한 비명을 질러댄다.

하지만 그 존재는 이를 부득 갈며 온몸을 죄어드는 고통을 무시하며 검은 기운을 점점 끌어올려 사방의 모든 것을 부숴 나갔다.

마치 길들여지지 않은 야수의 거침처럼 대기류(大氣流)를 일으키며 패도적인 마력을 뽐낸다.

그와 동시에 힘은 곧바로 존재의 분노를 사주한 인영에게 날아들었다.

어둠은 탐욕스럽게 인영을 집어삼키려 파동을 일으켰다. 하지만 어둠을 잡아챌 듯 거대한 손이 어둠을 찢어 나가자 눈부신 빛줄기가 터져 나왔다.

끼이이이―

그리고 어둠은 처절한 비명을 질렀다. 그 어둠을 일으킨 존재는 미칠 듯이 분노했다. 어둠의 독재를 제지하듯 혹은 말리듯 어둠을 휘감아 융합시켜 가는 광경에 존재는 화를 참을 수 없었다.

감미로운 미소를 짓는 여인의 모습에 존재는 더욱 날뛴다.

그리고 그 분노는 존재의 몸에서 흐르는 힘을 더욱 가속시키며 다시 한 번 폭주(暴注)를 감행하게 했다. 하지만 빛은 그의 몸에서 흘러나온 어둠을 달래듯 휘감아버렸다.

여인의 미소는 더욱 짙어졌다.

"이런이런, 성미도 급하시군요."

곱게 울려 퍼지는 목소리 뒤에 주변을 감싸 도는 은빛보다 더 눈부신 빛이 작렬했다. 그 빛은 설산 전체를 틈 하나 없이 빼곡이 메우며 존재를 향해 쏟아져 갔다.

"크아아아악!"

대륙 어디에도 없는 독특한 문체의 글귀가 은은히 빛을 발하자 존재는 비명을 터뜨렸다. 온몸에 결박되어진 사슬이 기이한 떨림을 일으키며 존재의 뼈와 살을 으스러 버릴 듯 죄어 나간다.

"아직까지 그 아이는 제 것이랍니다."

고통으로 일그러진 존재의 눈동자에는 지독한 자기혐오와 살심이 번뜩였다.

하지만 여인은 코웃음도 치지 않은 채 대답을 기다리는 듯 묘하게 부드럽고 안정된 미소를 지어 보였다.

존재의 표정이 악귀처럼 일그러졌다. 존재의 눈동자는 엄청난 살기로 가득했으나 그런 마음은 행동으로 옮겨지지 못했다.

살기를 띤 가운데서도 심하게 떨어대던 존재는 무언가에 갈등하는 듯 고민의 흔적이 보였다.

곧 존재의 살기는 조금 누그러지며 조용히 입술을 열었다.

"그래, 좋다! 네 말대로 해주지. 절망을 주지. 오만하고 위선적인 존재에게 깊은 절망과 고통을 주겠다. 나의 이름을 걸고 계약(契約)은 이루어질 것이다. 그러나!"

존재의 음성은 설산으로 널리 퍼져 나갔다.

"반드시 네년만큼은 내 손으로 죽인다. 모든 것이 끝난 뒤에 너의 목숨은 내가 취하게 될 것이다."

존재의 분노에 찬 일갈에 또 한 번 산맥은 괴성을 지르며 흔들렸다. 광란의 서곡은 그렇게 시작되고 있었다.

한편 그 즈음, 혼란으로 치닫고 있는 페이란 산맥의 동쪽 끝 자락에 자리 잡은 또 하나의 거대한 고산지대에서는 그 소란과 함께 부산하게 움직이는 무리들이 있었다.

고요한 그 숲은 울창하니 우거져 있었다. 숲의 정은 모든 존재를 품을 만큼의 여유로움과 관대함을 가지며 떠돌고 있었다. 태초에 만물을 창조한 조물주의 들뜨고 홍분된 마음이 깃들고, 이 땅을 살아가야 할 존재들에 대한 배려가 담뿍 묻어 있는, 또 다른 만물을 짓는 물레가 변함없이 돌고 돌아가는 것이 숲이었다.

이곳은 듀클리온 산맥으로 해안을 접해 블루 드래곤들이 좋아하는 바다의 정취가 물씬 풍겨 나오는 곳이었다. 그곳에서 블루 드래곤은 일족의 최고 연장자이며 전 드래곤의 수장인 키아드리스가 막 수면기에서 깨어나고 있었다. 그것도 자연적이지 못한 누군가의 반 강제적인 행위로 깨어났기에 그는 기분이 상당히 나빠지고 있었다.

드래곤은 신이다. 최강의 환수이자 신족들의 우두머리 격인 대신(大神)들과 거의 동등한 힘을 소유한 중간계의 관조자였다. 인족들의 수호자이며 삼계의 균형을 위해 만들어진 철저한 중립자이자 균형에 따른 질서를 지켜온 신 중 하나인 것이다.

그런 드래곤들은 철저한 개인주의자들이었다. 삼계를 통틀어 드래곤을 상대할 만한 강대한 힘을 가진 존재는 드물었다. 뿐더러 나이를 먹을수록 힘이 쇠퇴하기 마련인 자연계의 순리를 유일하게 거스르며 만 년이라는 기나긴 세월을 사는 것이 드래곤이었다.

그들은 그 긴 세월 동안 타 종족들의 모습을 빌려 유희를 즐기기도 한다. 그것은 넘치는 시간을 주체하지 못하는 그들이 효과적으로 살아가기 위한 하나의 방책이기도 했으며 동시에 균형을 지켜야 할 중립자로서 타 종족에 대한 지식을 습득하기 위한 하나의 과정이기도 했다.

사실 몇몇 드래곤들의 악행으로 드래곤 자체가 잔인하고 학살을 즐긴다고 생각하지만 드래곤들은 평화를 사랑했다. 그리고 유희(遊戱)를 즐겼으며 타 종족과 사랑하길 기꺼워했다.

물론 드래곤으로서의 자아가 아닌 그 종족의 관점으로 사랑을 하는 것이지만 그때만큼은 드래곤들은 감성이 풍부하고 온순하다. 더 이상 즐길 유희거리가 없을 때 몬스터들로 변신하는 것을 제외하면 말이다.

그런 드래곤들에게도 불문율이 하나 있다. 바로 수면기에 빠진 드래곤을 건드리지 말라는 것이다.

수면은 생명체의 본능이다. 드래곤이 아무리 오래 살고 강하다고는 하지만 어디까지나 유한한 생을 이어가는 생명체였다. 수백 년 간 잠을 자지 않을 수 있지만 한번 잠에 빠져들면 그만큼의 휴식을 취해야 하는 것이다. 게다가 드래곤들이 유희 다음으로 좋아하는 것이 잠이었다.

드래곤 슬레이어를 꿈꾸는 인간들은 이때의 드래곤이 힘을 쓰지 못할 것이라 생각하고 덤벼들지만 그건 천만에 말씀 만만에 콩떡이었다.

평범한 생물들도 자다가 깨면 눈에 아무것도 안 보이면서 난동을 부리는 판국에 드래곤이라고 덜 할까? 오히려 더 괴력을 발휘한다. 이유는 단 하나, 빨리 끝내고 자겠다는 생각으로 말이다.

그럴 때면 어김없이 작게는 산 하나가, 크게는 나라 하나가 날아가곤 했다. 그런 위험천만한 일이 지금 일어나려 하고 있었다. 수면기의 드래곤이 타의에 의해 깨어난 것이다.

블루 드래곤 키아드리스는 거의 반쯤 드래곤 아이가 잠긴 채 수면을 방해받은 데 따른 절규를 토해내며 표효하고 있었다. 때문에 레어 근처에 살고 있던 키아드리스의 가디언 겸 도시락(?)들 중 심장 약한 몬스터들 몇몇이 사망함으로써 한층 서글퍼진 울음소리가 퍼졌다는 것은 그냥 넘어가도록 하자. 어쩌겠는가, 그것이 약한 종족의 설움인 것을……. 잠시 그들을 향해 묵념해 주자.

드래곤의 초감각에 포착된 존재를 발견한 키아드리스의 입가에는 분노의 미소가 걸렸다. 자신의 단잠을 방해한 가증스러운 침입자의 기운이 왠지 낯익다는 느낌이 들었지만 그것을 판별할 만한 이성이 남아 있지 않았다.

그의 머리 속에서는 오로지 자신을 깨운 가증스러운 침입자를 처단하고 다시 자야 한다는 생각으로 꽉꽉 들어차 있었다.

물론 그는 타 드래곤들에 비해 침입자나 방해자에게 관대한 편이었지만 그건 어디까지나 제정신일 때였다. 재 하나 남겨두지 않겠다는 생각에 키아드리스는 한껏 숨을 들이마셨다.

상체는 길고 하체는 짧으면서도 배불뚝이인 드래곤 족 중 유일하게 날씬한 몸매를 자랑하는 부류가 바로 블루 드래곤이었다. 배불뚝이를 표준적인 몸매라고 여기는 드래곤들이라지만 균형 잡힌 날씬함으로 적지 않은 부러움을 받아온 터였다.

홀쭉한 배가 깊이 들이마시는 공기로 점차 부풀어 오르자 보기만 해도 크고 거대한 입이 벌어지며 위대한 종족의 단잠을 깨운 죄로 죽음을 선사할 브레스가 내뿜어졌다.

브레스는 드래곤의 숨결이다. 대륙의 마법이 취약해 드래곤의 브레스를 하나의 공격 마법으로 생각하지만 그건 사실과 달랐다. 브레스는 어디까지나 드래곤이 숨 쉬는 하나의 행위에 지나지 않았다. 마법을 창시하면서 동시에 심심풀이로 발명한 것으로써 시덥지 않은 침입자들을 해결하기 위해 만들어진 것에 불과했다. 보통의 숨 쉬는 것보다 조금 더 깊게 들이쉬고 내뱉는 행위였지만 세월이 흐르면서 브레스는 드래곤 특유의 힘으로 자리매김하였고 각 종족마다 특징을 만들어 공격용으로 사용되어 왔던 것이다.

브레스의 힘이 각양각색으로 발달하면서 드래곤들 사이에서 종족의 특성은 물론 축적된 마나의 양에 따라 브레스의 위력이 달라지자 힘을 나누는 잣대로까지 통용되어 갈수록 브레스의 위력은 단순한 숨 쉬기 운동에서 벗어나 하나의 독특한 체계로 자리 잡고 있었다.

하여튼 날파리를 쫓아내기 위한 키아드리스의 브레스는 가공할 만한 마나를 품으며 침입자를 향해 광속은 못 되더라도 음속은 됨 직한 빠르기로 쏟아져 갔다.

비몽사몽 간의 상태로 반쯤 감긴 드래곤 아이에 잠깐 만족감이 서렸다. 키아드리스는 자신의 힘으로 단숨에 침입자를 쓸어버릴 것임을 믿어 의심치 않았다. 드래곤의 브레스는 한낱 인족 따위가 막을 만큼 호락호락한 것이 아니었다. 같은 동족들 중에서도 현 로드를 제외하면 자신의 브레스를 맞받아친 자들이 없어 상당한 자부심을 갖고 있는 상태였기에 공격의 성공을 믿어 의심치 않았다.

'이 정도면 끝났겠지.'

키아드리스는 곧 찾아올 달콤한 수면에 대한 기대감에 회심의 미소를 가득 지을 수 있었다.

브레스의 영향권에 닿은 대지나 숲을 파괴하며 날아오는 브레스를 그 존재는 보았으면서도 어떤 움직임도 보이지 않았다. 브레스가 자신에게 해를 입힐 수 없다는 표정이 존재의 얼굴에 묻어 나왔다.

키아드리스는 광오한 침입자의 태도에 약간 의아했지만 그냥 무시해 버렸다. 어차피 살아날 가능성이 없다고 판단하곤 다시 수면에 들어가려고 했다.

하나 곧 그의 드래곤 아이는 그 앞에서 벌어진 광경이 믿을 수 없다는 듯 눈을 부릅떴다. 자신의 브레스가 말 그대로 갈라지고 있었다. 맞받아치는 것도 아닌 어떤 막에 막힌 듯 둥근 원에 마름모꼴 모양으로 브레스가 흘러 엉뚱한 곳으로 틀어지고 있었던 것이다.

그 광경에 키아드리스의 눈에는 쌍심지가 켜졌다. 그리고 조금씩 잠이 깨는 것을 느꼈다.

자신이 누구인가. 오천 살이 넘은 블루 드래곤 족의 수장이며 동시에 드래곤 종족 전체에서 존경받는 에이션트 드래곤이었다.

자신의 브레스를 막을 만한 이들은 동족들 중에서도 손에 꼽을 만큼 적었을 뿐만 아니라 그들 대부분이 자신의 동년배 고룡들이었다.

혹여 자신과 친분있는 고룡이 자신을 찾아온 것은 아닌가 싶은 생각에 침입자의 기운을 살펴봤지만 자신이 알고 있는 드래곤들의 기운과는 확연히 달랐다.

덕분에 수면기에 빠진 드래곤으로서는 드물게 잠이 완벽하게 깨버렸다.

키아드리스는 자신의 브레스를 누군가 막았다는 사실에 호기심과 함께 궁금증이 마구마구 솟구쳤다. 그는 눈을 반짝이며 상대를 살폈다.

레어에서 좀 멀리 떨어졌지만 천리안 격인 망막으로 사내의 얼굴을

면밀히 살필 수 있었다. 그리고 상대를 확인한 순간 얼굴 가득 호기심
이 떠어졌던 키아드리스의 두 눈은 광분에 젖었다.

"뿌드득!

아주 새로운 사실의 발견이었다. 지상 최강의 종족인 드래곤들도 이
를 갈 수 있었던 것이다! 무엇 때문에 성질이 났는지 이를 박박 갈면서
날카롭게 갈린 손톱으로 레어 바닥을 벅벅 그어대기 시작했다.

"크라라락! 크락(저, 저자식은!)!"

그 존재는 단정한 외모에 화려한 금발을 늘어뜨렸으며 악동 같은 짓
궂은 표정의 젊은 사내였다. 그는 키아드리스와 아주 절친한 사이인
듯 입가에 한 가득 정감 어린 미소를 배어 물고 있었다. 누구나가 호감
을 느낄 만한 청년이었다.

하지만 그런 호감은 키아드리스에게는 해당되지 않는 듯 살심 게이
지는 점차 상승 중이었다.

"하이~ 카리스, 오랜만이야~"

키아드리스의 애칭을 불러대는 그가 누구인가 하면 바로 신계 로웨
시온에서 한바탕 하고 하계로 뛰쳐나온 술의 신 바카스였다.

환락(歡樂)의 신답게 은근히 유혹적인 미를 발하는 그는 자신을 향
해 반갑게(?) 환호하는 키아드리스를 보며 말 한마디 한마디마다 반가
움과 정겨움을 가득 묻어나게 했다. 그러나 타칭 카리스라 불리운 키
아드리스는 엄청난 분노에 몸부림치며 괴성을 터뜨렸다.

"크~라락~ 크락~ 크라라라라락(너 이 자쉭~ 감히 네가 내 앞에 나타
나? 넌 죽었어!)!"

"얼라? 내가 온 게 그렇게 반가운 거야? 진작 말하지. 그럼 자주 찾
아왔을 텐데."

키아드리스의 눈에서 불똥이 튀었다.

오백 년만의 단잠을 깨운 XXX한 자식의 정체를 알고 난 키아드리스는 더욱 광분했다.

"크라락~! 크라(어디서 헛소릴~! 죽어~ 이 자쉭아!)~"

오백 년 만의 즐거운 단잠에 빠져 있던 카리스는 자신을 방해한 것이 저 찢어 죽여도 시원치 않을 넘이라는 것을 알고는 광분에 광분을 더하고 있었다.

어지간히 열받았던지 드래곤 피어를 아낌없이 퍼붓고 있는 키아드리스의 모습에도 바카스는 눈살 하나 찌푸리지 않고 싱글거렸다.

그 미소에 더욱 열받아 버린 키아드리스는 연달아 브레스를 퍼부었다. 저 사내에게 이딴 공격이 통하지 않으리라는 것을 잘 알지만 저놈의 얼굴을 보는 순간 터져 나오는 불쾌감과 분노는 가히 상상을 초월했다. 귀찮은 것들을 내쫓기 위해 거의 장난과 다름없이 뿜어내는 브레스와는 다르게 폐 가득가득 들어찬 살의가 양념이 되어진 탓에 엄청난 위력을 자랑했다.

'난 아무것도 몰라요~' 하는 표정을 지으며 싱글벙글 웃고 있던 바카스도 가벼이 볼 수 없었는지 살짝 표정이 굳어졌지만 이내 방긋방긋 꽃웃음을 날리고 있었다.

"아잉~ 내가 아무리 반가워도 그럼 안 되쥐~ 방어(防禦)."

바카스의 입장에서는 순진무구하고도 천진난만한 표정으로, 키아드리스의 입장에서는 가증스럽기 그지없는 모습으로 눈을 반짝이며 부끄럽다는 듯 몸을 배배 꼬면서 오른손을 들어 올렸다.

기이이잉.

간단한 움직임에 기이한 공기의 울림과 함께 그의 손끝을 따라 주위에는 푸르른 둥근 막이 씌워졌다. 방금 전 브레스를 막았던 막과 같은 종류의 것이었다. 동시에 브레스가 덮쳐 왔다.

안전거리가 확보된 곳에서 보더라도 온몸이 전율할 만한 파괴력과 막강한 마력의 떨림이 괴성처럼 울리고 있었다. 사방 십 리를 완벽하게 공격 범위로 놓고 덮친 브레스였지만 그 은은한 빛을 두른 막은 막강한 브레스로부터 사내를 완벽하게 보호하고 있었다.

키아드리스는 이를 박박 갈았다. 하지만 브레스 몇 방으로 저 씹어 먹어도 시원치 않을 놈을 잡을 수 있으리라 생각하지는 않았기에 그는 또 다른 공격을 준비하고 있었다.

"뇌(雷)!"

키아드리스는 블루 일족의 전매물인 하늘의 푸른 전광을 두 쌍의 뿔에 모아 그에게 날렸다.

그리고는 마나의 축복을 받은 마법의 종족이며 창시자인 드래곤답게 키아드리스의 입에서는 마법어가 시동어도 없이 쉴 새 없이 흘러나왔다.

"체인 라이트닝, 워터 샤워, 아이스 스톰, 아이스."

중얼중얼.

넘치는 마나를 주체하지 못하는 종족답게 인간 마법사라면 한 번 쓰고 나면 뻗어버릴 고난이도 마법을 선보였다. 그것으로도 모자랐는지 키아드리스는 육중한 몸을 레어 밖으로 뽑아내며 거침없이 씹어 죽여도 시원치 않을 녀석을 공격해 갔다.

거의 사용하지 않았던 꼬리를 비롯하여 짧은 앞다리와 뒷다리는 상당한 공격력으로 한몫 단단히 하여 그의 몸이 닿는 곳곳을 헤집어 나갔다.

바카스는 그의 살기 어린 공격을 요리조리 피하며 복장을 박박 긁어 나갔다.

"그렇게 날 보고 싶었어? 아잉~ 부끄러."

부터 시작해서,

"자기 허리 많이 약해졌다. 어떡해. 밤일 시원치 않음 그 누군가한 테 버림받을 텐데~ 내가 좋은 약 지어줄까? 힘 좀 키워야지."

등등 키아드리스의 주위를 맴돌며 그를 가지고 놀았다.

그로 인해 키아드리스의 푸른 비늘은 분노에 의해 점차 붉어져 가는 것 같은 착각을 일으켰다.

"크라락~ 크락(이씹─! 죽어라, 이 짜식아. 주거!)!"

투앙~! 콰르르릉!

"푸헬헬~ 자갸, 여기야, 여기~ 나 잡아봐라~"

"크라락 크락(크악. 저 느끼 마틴 같은 신 놈! 널 죽여 버리고 말겠다아아)."

열받은 드래곤과 불량한 신의 싸움으로 산맥은 점점 걸레가 되어가고 있었다.

2

초신의 환영을 넘어서

키아드리스의 레어는 꽤나 고산지대에 있었다. 해안이 접해 있지만 그건 어디까지나 드래곤의 초신(超神)적인 감각으로 볼 때였고 타 종족들의 눈으로는 어림도 없었다.

독특하게 겹겹이 두른 산맥에는 금은 물론 상당량의 지하 광물이 묻힌 광산도 풍부해 장인 일족인 드워프와 숲을 사랑하는 숲의 귀족 엘프가 많이 살았다. 그 때문에 무상적인 노동력을 탐내는 드래곤들로 인해 꽤 많은 수의 드래곤들이 각자의 영역을 주장하며 살고 있었고 땅값이 금값인 곳이 되었다.

다른 레어에 비해 타 종족에 대한 착취도 심한 편으로 가끔 '세상이 싫어요~' 하고 소리치며 자살 소동을 해대는 드워프들과 혈기 넘치는 드래곤들, 그들 사이에서 벌어지는 싸움으로 인해 터전을 잃은 엘프들의 피눈물과 한이 서린 땅이기도 했다.

하지만 키아드리스가 이 땅에 레어를 지은 후부터 많이 달라졌다.

다혈질적이고 좀 많이 과격한 성격인 레드 드래곤과 블랙 드래곤이 다수 살던 이 땅에 숲을 사랑하며 드래곤들 중에서 양반에 속하는 그린 일족과 블루 일족이 키아드리스의 명으로 상당수가 이주해 온 것이다. 블랙 드래곤과 레드 드래곤들 사이에서 벌어지는 싸움을 중재도 해주고 숲을 가꾸는 데 아주 열성적인 드래곤들이 대거 몰려옴에 따라 근방의 숲은 매우 보존이 잘되어 경관이 갈수록 아름다워졌다.

자연 환경에 그다지 구애받지 않던 타 영지의 드래곤들조차 이 영지의 경관에 감탄할 만큼 대단히 아름답고 빼어난 숲이 되었다.

하지만 오늘 그 숲이 박살난 채 뭉뚱한 형태가 되었다. 키아드리스가 이곳에 온 이후 이천 년 만의 일이었다.

당연하게도 숲의 귀족들인 엘프는 거의 게거품을 물고 쓰러졌고 광산을 관리하는 드워프 부족들은 일부 광산이 무너져 내린 것에 광분했다. 그리고 이 사태의 배후에 드래곤이 있다는 사실에, 그것도 평소에 드래곤 일족 중 가장 무난하며 온화한 성품으로 자비의 드래곤이라는 별호를 가졌던 로드 키아드리스였다는 사실에 길길이 날뛰었다.

사실 키아드리스는 태어날 때부터 보통 드래곤들과는 다르게 타 종족들의 말에 귀를 기울일 줄 알았으며 타고난 강함으로 오만하고 독선적이기 마련인 드래곤답지 않게 무척이나 사려 깊었고 겸손하게 타 종족들을 배려했었다.

평소 드래곤 족들에게 뜯기기 십상이었던 드워프들에게 권리 신장의 기회를 주고, 파괴적인 성향이 강한 드래곤들 때문에 전전긍긍하던 엘프들에게 항의를 할 수 있도록 드래곤 세계에 엄청난 사상 개혁의 바람을 불러일으킨 것이 바로 그였다.

드래곤 법전이라는 이름으로 만들어진 개혁에 숲의 귀족들은 환호를 하였고 드래곤들의 착취로 일에 의욕을 잃었던 드워프들에게 미래에 대한 희망을 불러일으켰다.

그런데 그런 그가 숲을 망가뜨리다니.

엘프와 드워프들은 난리도 이만저만이 아니었다.

그들의 편에 서서 그들을 여러모로 보살펴 주었던 로드가 이런 천인공노할 짓을 했다는 사실에 화도 났지만 불안하기도 했다.

사실 키아드리스 덕분에 엘프와 드워프들은 드래곤들의 착취와 횡포 속에서 그나마 살아갈 수 있었다. 법전 선포 이후 자신의 재산(財産)을 빼앗을 셈이냐면서 반발했던 드래곤들을 키아드리스와 그의 열렬한 추종자들이 가차없이 밟아버렸던 것이다. 그로 인해 그들은 떳떳하게 항의도 하고 그들을 비판하면서 평화롭게 살 수 있었다.

그런데 그런 로드가 숲을 파괴하다니!

그들은 혹여 로드가 그들에게 베풀었던 약속의 증거를 거두는 것은 아닌가 불안했다. 그럴 경우 다시 겪게 될 학대를 생각하면 치가 떨렸다.

약속의 종족인 드래곤이라 해도 태고의 용신 크라비어스에게 청해 모든 일족이 인정하는 정당한 사유를 댈 수만 있다면 용언을 걸고 한 약속을 깰 수 있었다.

그런 불안감 때문인지 피해를 당한 엘프와 드워프 부족들은 물론 피해를 입지 않은 다른 부족의 촌장들까지 대거 몰려와 핏대를 올리며 그에게 항의를 하면서도 슬금슬금 그의 눈치를 살피고 있었다. 하지만 그들이 도착하기를 기다렸다는 듯이 인간 모습으로 폴리모프한 로드가 진심으로 미안해하는 기색이자 안심하며 그들의 항의성은 더욱 높아지고 있었다.

"위대하신 종족의 수장께서 어찌 이러실 수가 있습니까! 보통 드래 곤도 아니시고 로드께서 저의 터전을 날려 버리시다니요. 비록 인명 피해는 없었지만 숲은 완전히 망가져 버렸습니다. 숲의 회복력을 기대 하기에는 피해가 너무 크지 않습니까, 로드!"

부족이 살던 땅을 완전히 잃었기 때문인지 하이엘프 부족장 유렌트 는 울상이 되어 항의했고 드워프 족장 역시 눈물을 주룩주룩 뿌리며 광분했다.

"우리 부족은 어쩌고. 이백 년 만에 찾은 미스릴 광산이었단 말이오. 그걸 캐서 오랜만에 작업에 들어갈 생각에 잔뜩 기대하고 있었는데… 크흑, 마른하늘에 날벼락도 유분수지. 어떻게 이럴 수가 있소!"

"그것이… 숲은 근방에 사는 그린 일족의 세이유스에게 부탁해서 일주일 이내로 책임지고 회복시킬 것이니… 좀 이해해 주시오. 수면기 를 방해받은 상태였던지라 잠시 내가 너무 흥분을 했던 모양이오."

그들의 항의가 계속될수록 자신이 지은 죄에 따른 죄책감에 점점 고 개가 숙여지며 변명하는 키아드리스였다. 그리고 그 옆에서 이 모든 상황을 흥미롭게 주시하는 바카스의 표정은 매우 즐거워 보였다.

그 모습에 그는 또 한 번 이를 갈았지만 지금은 상황이 좋지 않았다.

이 상황을 무사히 넘어갈 때까지 참을 수밖에 다른 도리가 없었다.

"숲의 회복을 책임져 주신다니 안심할 수 있겠습니다만! 이제부터 이런 일로 언성을 높이지 않았으면 좋겠습니다. 물론 바카스님도 마찬 가집니다. 아니, 더하지요. 고위신 중 한 분이시라면서 하계에 오자마 자 힘을 개방하여 숲을 망치시다니요. 제정신이십니까!"

키아드리스와 바카스와의 관계를 몇 번 경험해 봤던 유렌트는 가재는 게 편이라고 그래도 자신들에게 현실적인 빽의 사회적 명성을 생각해서 키아드리스의 편을 들어주고자 짐짓 나무라는 준엄한 어투로 싱글거리고 있는 바카스에게 훈계해 주었다. 혼자만 야단맞는 억울함을 속으로 삭이던 키아드리스에게는 화색이 돌았고 바카스는 그런 그의 모습에 약간 켕긴다는 듯 표정을 살짝 구겼다가 폈다.

바카스는 곧 자신을 향해 날카롭게 잔소리를 해대는 엘프를 특유의 뻔뻔함인 코웃음 하나로 때워 버렸지만 내심 기분이 약간 상했다. 이 세계에서 예정된 시작에 따라 지긋지긋한 신계를 뛰쳐나와 겨우 하계에 내려왔다. 놀러 다니고 싶은 마음이 컸지만 공적인 일을 우선시해 애써 누르면서 찾아왔던 곳이 바로 친구 드래곤 로드 키아드리스의 레어였다.

항상 자신을 열렬히 환영(?)해 주던 친구가 잠들어 있길래 자상하게 깨워서 반가이 인사를 했다. 친구는 여전히 자신을 향해 열렬한 애정 공세를 보여 상당한 기쁨에 젖었던 바카스는 잔소리꾼 엘프에게 잔소리나 듣게 될 낌새가 보이자 이 무슨 봉변인가 싶었다.

"미안하군, 엘프 족장."

"또… 또! 그렇게 부르시는군요. 바카스, 제 이름은 엘프 족장이 아니라 유렌트입니다. 유.렌.트. 데.리.나.스. 정말 몇 번이나 반복해서 말해 줘야 외우시겠습니까! 심히 불쾌합니다!"

엘프 족 특유의 신비로움을 간직한 단정한 외모의 엘프는 뾰족한 귀를 움찔거리며 소리를 질렀고 바카스는 귀찮다는 듯 귀를 후볐다.

"그래그래, 엘프 족장. 어차피 숲이야 펠리아한테 부탁해서 회복시키면 되잖아. 내가 부숴놔도 알아서 잘만 수습하던데. 그 유능한 여신한테 가서 고쳐 달라고 하면 될 텐데 웬 잔소리야?"

"저엉말 바카스님! 제가 몇 번이고 말씀드리지 않았습니까! 숲은 어쩌구저쩌구… 쫑알쫑알 쑥떡쑥떡… 다다다다. 이러쿵해서 저러쿵한 터전이면서 또한~ W$$E·Q#$%&$@@%·&*@@!#$%·?"

그리고 다다다다 쏟아지는 유렌트의 숲 예찬 겸 잔소리는 시작되었다.

시간이 흐르면서 바카스의 표정은 뭐 씹은 듯 일그러져 갔다. 당연히 키아드리스는 속으로 쾌재를 불렀다. 저 썩을 신 놈 덕분에 쌓여온 울분이 조금이나마 풀리는 느낌이었다.

단잠에 빠져 있어야 할 수면기에 강제로 깨어난 것만으로도 열받을 일인데 그의 용생에서 가장 꼴 보기 싫은 놈과 마주하고 있다는 사실에 키아드리스는 기나긴 용생(龍生)을 겪어오면서도 처음 느껴보는 터질 듯한 살의를 품으며 이를 바득바득 갈 수밖에 없었다.

그동안 친구라는 이유로 그에게 당해온 울분의 세월을 말로 다 표현한다면 사흘 밤낮을 말해도 부족할 지경이었다.

자기도 명색이 신이라면서 새로운 술을 창출해 보겠다며 찾아와서는 보물을 내놓으라고 하질 않나, 유희 때 즐겁게 지내고 싶거든 반항하지 말고 내놓으라는 협박에 수천 년 동안 긁어모았던 보물을 한순간 몽땅 갈취해 감은 물론이요, 힘을 시험한다는 명목으로 자신의 레어를 342만 번이나 날린 것도 부족해, 유희 때마다 한창 맛을 들일 찰라 방해받은 것만으로도 2만 4천 3백 번이었다. 그리고 차마 입 밖에 낼 수 없는 일이지만 헤츨링에게 진정한 즐거움을 가르친다면서 응응응~ 한 짓을 하려다가 들킨 일까지 있었다.

자세한 이야기를 하자면 상당히 오랜 시간이 걸리기에 간단하게 열거해 본 것이 이 정도인 것이다. 가장 키아드리스의 가슴을 아프게 한

것은 보물 강탈 건이었다.

사실 드래곤들은 보물을 좋아한다. 무수한 세월 동안 변하지 않고 항상 반짝반짝 빛나는 돌의 아름다움과 투명함을 드래곤들은 무엇보다도 사랑했고 애지중지 아꼈다.

그건 현왕이라 불리우는 키아드리스 역시도 마찬가지였다. 거의 한 순간에 자산을 몽땅 날린 키아드리스는 거의 헤까닥 돌아서 수백 년 동안 광룡으로서 대륙의 일부를 완전 초토화시켰던 전적이 있었다.

그때 일의 수습은 그의 사정을 잘 아는 같은 동족들이—피해는 키아드리스만이 아니었다— 결코 반갑지 않은 동질감으로 이성을 잃은 그를 말림으로써 끝이 났다. 하지만 그때 일을 생각만 해도 키아드리스는 치가 떨릴 지경이었다.

타 종족에 대한 배려를 원한 건 키아드리스 본인이었고 보통의 드래곤들과는 다르게 자비의 드래곤으로, 드래곤 역사상 유례없는 현왕이라는 말을 들어온 그였다. 하지만 열 뻗치면 어떻게 돌변할지 알 수 없는 것이 드래곤이라는 족속들이었다. 아무리 현명하고 평소 차분한 로드라 할지라도 본성은 어쩔 수 없이 흉폭하기 그지없는 드래곤인 것이다.

그것을 증명하듯 키아드리스의 표정은 그야말로 험악 그 자체였다. 그리고 그때의 일을 떠올리면 당장 브레스로 저 망할 삐~한 넘을 날려 버리고 싶었지만 인내심으로 참아내고 있었다.

게다가 그는 바카스다. 일곱 대신(大神)들 중 하나이며 신계를 뒤에서 잡고 흔드는 거신(巨神)이었다. 술의 신인 동시에 유희의 관리자였기에 그에게 해코지할 수는 없는 일이었다.

오랜 세월 살아가는 드래곤들에게 그 어떤 것보다 중요한 것이 유희였다. 그런 유희를 제공해 주는 존재인 그에게 밉상을 보였다가 재미 없는 용생을 보내야 했던 용들이 몇이나 되었던가.

키아드리스는 자중해야 했다. 게다가 겉으로는 약하게 보이는 신족이지만 그는 전쟁의 여신 아레나조차 덤빌 엄두를 낼 수 없게 한다는 최강의 신이었다.

그도 드래곤 역사상 가장 뛰어난 역량과 농축된 마나로 그와 비견될 힘을 가졌다지만 싸우면 어느 쪽은 분명 심한 상처를 입거나 죽게 될 것이었다.

그래서 그는 바카스와의 다툼을 비교적 피해왔었고 그저 최소한의 말싸움과 분노의 몸부림을 침으로써 그쳤었다.

바카스와 싸우는 일은 전에도 없었고 후에도 없을 것이라고 키아드리스는 확신하고 있었다.

게다가 결정적으로 바카스와 그는 친구였다.

그것도 '그 세계' 출신의 동질감을 가진 이였던 것이다.

키아드리스는 약간 쓴웃음을 지으면서 엘프와 드워프들이 번갈아가며 바카스를 향해 잔소리 교향곡(?)을 연주하는 것을 느긋하게 구경했고, 그들의 잔소리에 점차 하얗게 질려가는 바카스를 보며 한동안 통쾌감에 젖었다.

사실적으로 말한다면 신족과 드래곤 족들은 거의 앙숙지간이 아닌가.

키아드리스의 심정은 드래곤 족들이 신족들에게 가지는 반감에 그동안 당해온 울분이 더해져 당연하게 느낄 수밖에 없는 감정이었다.

드래곤들은 신족들을 증오하고 아주 싫어한다. 그리고 신족들 역시 드래곤들을 꺼리고 혐오한다. 그 이유로는 드래곤 특유의 오만함과 강한 힘을 들 수가 있는데 그보다는 '태고의 맹약' 때문이었다.

태고의 맹약이라는 것은 이 땅을 창조한 조물주가 자신의 피조물들에게 정한 법규 같은 것인데 질서를 위해 정한 지배층과 피지배층의 효과적인 관리를 위해 태고에 태어난 각 종족의 수장들이 조물주에게 지배권을 위임받은 신족들에게 준 하나의 권리 명세와도 같은 것이었다. 각 종족에 따라 태고의 맹약 내용은 다른데 그중 드래곤들에게 포함된 맹약은 균형에 관한한 모든 것은 드래곤 족이 해결하되 신족들이 그들에게 내릴 '명령'에 한해서 수행해야 한다는 맹약이었다.

태고 적에는 사이가 좋았지만 드래곤은 고위 신족과 동등하거나 오히려 간혹 능가하는 힘을 소유하고 있으면서도 신족의 명령을 받아야 하니 호감도가 그다지 높지 않은 편이었다. 신족은 태고의 맹약을 빌미로 당연하다는 듯이 드래곤 족들의 강대한 힘을 이용해 먹었고 드래곤 족들은 태고의 맹약 때문에 이만 갈 뿐 신족에게 어떤 반감 행위도 불가능했었다.

특히 타락한 고신들이 신계에 존재했을 때에는 드래곤들을 철저하게 부려먹었다. 그 이후로 드래곤은 신족에게 노골적인 반감을 드러내며 대대로 사이가 좋지 못했던 것이다.

새로이 주신이 된 오딘이 그런 두 종족 간의 소원해진 사이를 해결하기 위해 태고의 맹약을 해지했지만 이미 두 종족 사이는 악화될 대로 악화되어 아니 하느니만 못하게 되어버린 지 오래였다.

그런 상태에서 드래곤 족의 수장인 그가 고위신족과 친하다는 사실은 드래곤 족들 사이에서는 물론 타 종족들 사이에서도 엄청난 센세이션을 일으켰었다.

그들이 친해진 계기? 글쎄, 그건……

“것 좀 그만 해. 부순 건 내가 회복시켜 준댔잖아. 쪼잔하게시리……."

“글쎄, 그것 가지고 뭐라 했습니까? 사과하기에 앞서 부수자나 마십시오. 그리고 제가 입 아프게 말하고 있는 건 숲의 아름다움에 대한 최소한의 지식을 전수하고자 하는……."

“아아~ 그, 그만 좀 닥쳐! 이 잔소리꾼 엘프야~! 난 듣고 싶지 않아. 안 들을 거야—!"

“누군! 누구는 뭐 말하고 싶어서 하는 줄 아십니까!"

계속되는 그들의 말싸움에 잠시 자신만의 상념에 빠져 있던 키아드리스는 그들의 대화를 들으며 낄낄 웃었다.

‘잘 한다. 잘 해. 유렌트 멋쟁이~ 더 갈궈!'

얼굴을 시뻘겋게 붉히면서 숲 예찬론을 펼치는 하이엘프와 고위신의 공방전. 그것도 평소 잡아먹지 못해 안달이었던 초유의 천적인 녀석이 깨지는 모습이 안 즐겁다면 그건 말도 안 되는 일로, 그것도 생방송으로 진행 중이니… 재미를 추구하는 드래곤으로서 어찌 아니 즐겁겠는가.

키아드리스는 방관자로서의 입장을 고수하며 맘껏 바카스를 갈구는 엘프에게 응원 아닌 응원을 보냈다. 바카스는 그런 그의 모습에 불쾌했지만 여기서 말을 해봤자 어떤 도움도 될 수 없다는 생각에 인상만 썼다가 폈다.

“아, 글쎄, 그만큼 했음 이제 그만 좀 해. 유렌트 같은 동포끼리 조용히 그냥 넘어가 줄 수 있잖아."

“동포도 동포 나름이죠. 저는 하이엘프 족의 수장인 유렌트이고 바카스님은 신족. 그 나름대로 이 세계에서의 책임과 무게가 엄연히 다른 법입니다. 공은 공, 사는 사. 모른다고 하진 않으시겠지요.”

“이익! 네가 어떻게 나한테 그런 말을… 난 널 키운 대부인데… 니 넘 기저귀까지 갈아줬는데 너무해~”

화아아악~

기저귀라는 단어에 얼굴이 화악 달아올라 버린 유렌트는 절규하듯 비명을 질렀다.

“거기서 그 말이 왜 나옵니까! 그리고 말이야 바른 말이지, 바카스님이 어디 절 제대로 키웠습니까~! 아이는 가만히 놔두면 자란다는 게 신조라면서요! 키우긴 개뿔이. 이유식도 제대로 못 먹어서 굶어 죽을 뻔한 제 앞에서 대부? 애정!? 정말 사생결단 내보실 텝니까!”

“나… 나에 대한 애정이 식은 거야? ‘동휘’?”

“정말 식을 애정이라도 있으면 좋겠습니다. 그리고 꼭 불리할 때만 그 이름을 부르시지 마십시오.”

“사랑하는 아들~ 지금 말 다 했냐? 아버지한테 꼬박꼬박 꼬리를 달아? 주글래?”

“언제 죽이지 않으려고 한 적 있습니까.”

‘저 성질머리들 하곤. 누가 부자 사이 아니랄까 봐, 쯧쯧… 지기 싫어서 악을 쓰는구나.’

키아드리스가 말하는 것처럼 두 파로 갈라져 언성을 높이던 것은 옛 일로 이제는 악을 써대는 엘프와 신의 말다툼이 갈수록 치열해지며 동시에 유치 찬란해져 가자 느긋하게 방관하던 키아드리스를 비롯해 항의하러 쫓아왔던 드워프 족과 엘프 족들은 참으로 한심스럽다는 표정으로 그들을 바라보고만 있었다.

“한심하기는. 거 좀 그만 해.”

그리고 도저히 저 꼴을 못 봐주겠던지 덥수룩한 드워프들 중 비교적 젊어 보이는, 아니, 그들 중 가장 젊어 보이는 청년 드워프 하나가 이런 한심스러운 양상을 말려보고자 나섰다.

"이익! 넌 닥쳐! 네놈한테만큼은 그런 소리 듣고 싶지 않앗! 쉿쉿, 절루 꺼져. 장롱 다리."

"오오, 오랜만에 뜻이 맞았네요. 약간 마음에 들었어요. 그리고 들은 대로 빗자루, 넌 꺼져. 이건 나의 자존심이 걸린 문제다."

"자존심? 사랑하는 아들아, 자존심이라고 했냐? 이 아비 앞에서 죽을래?"

"닥쳐욧! 저는 엘프의 고매한 종족성의 증거인 숲의 파괴자를 아버지로 둔 적 없습니다."

"야!"

"왜.요! 내가 틀린 말 했습니까. 숲의 여신 펠리아님께 말씀드려 버릴 수도 있지만 그간 바카스님께서 저희들에게 베푸신 은덕을 생각해 참고 있는 겁니다. 이곳 말고도 숲이며 땅이며 망가뜨린 상당한 경력이 있다는 건 엘프 족 누구나 다 압니다! 세상에 제발 철 좀 드십시오!"

"뭐, 뭐야?"

그리고 옥신각신거림이 계속되었다.

으르렁! 우르릉! 번쩍!

효과음과 함께 둘 사이에서 일어나는 엄청난 방전. 이를 박박 가는 바카스와 그에 뒤지지 않는 독기 어린 눈을 부라리며 한 발짝 다가서는 유랜트였다.

그들은 진정 악에 악을 더하고 있었다.

그런데 또 한 번 사건은 터지고야 말았으니……

"뭐야? 빗자루? 꺼져? 이 더티한 것들이. 발 짧은 종족으로 태어난 것도 억울해 죽겠는데 니넘들까지 날 무시해? 주거!"

그들의 싸움을 말리려고 다가갔던 드워프 청년 스팀올라가 덤벼들었다.

오옷!

2파전으로 향하던 싸움은 3파전으로 이어졌고 드워프의 투실투실하고도 텁수룩한 털로 장식된 우락부락한 팔로 드워프 족의 명품 무기인 배틀 엑스의 날카롭게 벼려진 날이 햇살에 반사되며 도광을 일으키고는 바닥에 내리꽂혔다.

쿠앙! 콰드드륵.

스몰 사이즈 배틀 엑스가 땅속 깊숙이 박혔다가 들어 올려지자 주인의 음산한 표정과 어우러져 음울한 분위기를 자아냈다.

그리고… '쩌억' 하는 소리와 함께 땅이 갈라졌다.

오싹할 만큼 빠른 움직임과 파괴력이었지만 드워프의 분노를 일으킨 엘프와 신 놈은 뻔뻔스럽게도 이렇게 말했다.

"너나 죽어! 빗자루(×2)!"

그리고 그 이후 드워프는 싸움에 본격적으로 참여함으로써 그 시답지 않은 말싸움에 합류해 또 한 차례의 돌풍을 일으켰다.

하지만 곧 바카스는 어지간히 열이 뻗쳤는지 엘프와 드워프들을 훼엑 밖으로 던져 버리고는 막을 쳐서 레어 안에 들어오지 못하게 했다.

속이 후련하다는 듯 득의양양하게 서 있는 그의 앞에 막을 뜯을 듯 답삭 달라붙어 악악거리는 엘프와 그 엘프를 향해 도끼를 휘두르는 드워프의 모습을 보며 재수없게 피식 웃으면서 말했다.

"다음에 또 보자꾸나, 아들아."

"!@#%$~"

그리고 그 말에 대꾸하듯 뭐라고 소리치는 모양인데 막에 막혀 잘 들리지 않았다.

하지만 입 모양을 보아하니 '누가 당신 아들이라는 거야, 죽어버려랏!' 인 것 같았다.

그 양쪽의 두 엘프가 꼴사나운 모습을 연출하는 자신의 족장을 잡고 흥분을 가라앉히기 위해 노력하는 동안 드워프들도 엘프를 못 잡아먹어서 안달이 난 젊은 드워프 족 청년을 부여잡으며 온몸 박치기를 하고 있었다. 상사 잘못 만나면 부하들이 고생한다는 만고의 진리가 확인되는 순간이었다. 참고로 드워프 청년은 차기 족장으로 뽑힌 놈이었다.

하여튼 이때까지만 해도 방관하고 있던 우리의 키아드리스는 마침내 결심을 해야 했다. 이제는 결정을 내려야 할 때라고. 이 유익한 시간을 끝내고 이 웃음의 막을 내려야 한다고. 그는 비장하게 결심하고 있었다.

그러면서도 한편으로는 아쉬웠다. 이런 재미있는 광경을 또 얼마나 오랜 뒤에야 볼 수 있을지 알 수 없었기에 더욱 그랬다. 하지만 그는 이 산맥의 상징이자 최강 종족의 왕으로서의 위엄을 상기하며 근엄한 어투로 입을 열었다.

그러나, 그렇지만, 하지만, 밧뜨(But)…….

"푸하하하하. 크하하하하. 쿠카카카~아아캅."

터져 나오는 폭소를 참는 재주가 키아드리스에게는 없었다. 허파에 바람이 들어간 듯 자꾸만 웃음이 터져 나왔다. 즐거운 걸 추구하는 드래곤으로서 이건 어쩔 수가 없지 않겠는가.

그리고 그 모습에 바카스의 그린 듯한 눈매가 한 번 꿈틀했지만 그가 웃는 걸 말릴 생각은 없는 듯 어깨를 으쓱이는 것으로 그쳤다. 그는 더 이상 이 문제를 운운하고 싶지 않은 듯했다. 귀찮기도 했지만 오랜만에 맘껏 웃어본 탓인지 얼굴 가득 화색을 띤 친구를 보자 그만두게 하고픈 생각이 들지 않았다.

그냥 '쳇쳇' 혀를 차며 외면할 뿐이었다.

달칵달칵. 휘잉, 씨잉~ 쌔앵~

쪼르르륵. 탁.

그리고 그들이 그러는 사이에 여느 드래곤의 레어처럼 자동화된 정령들은 손님 맞이를 위해 신속한 움직임을 보였다. 정령들은 상당히 오래전부터 다과를 열심히 준비한 덕에 막 끓여 뜨끈뜨끈한 김이 모락모락 오르는 차를 그들 앞에 내놓을 수 있었다.

─차 드십시오, 주인님.

모든 준비를 끝낸 실프의 전언에 키아드리스는 고맙다는 제스처를 취하며 테이블 위에 놓인 찻잔을 들었다. 그는 찻잔이 놓여진 반지르르한 진갈색의 고급스러운 테이블을 보며 흐뭇한 미소를 지었다.

이 테이블은 막 성룡이 되어 혈기왕성한 그에게 이웃 산맥에 사는 드워프 족장이 선물한 것으로 레드 드래곤과의 일로 부족 전체가 날아갈 뻔한 사건을 무마해 준 보답이었다.

어찌나 정성을 들였는지 표면이 유리알처럼 반지르르한 것이 욕심이라고는 거의 없는─드래곤의 관점에서다. 인간의 관점으로 보면 엄청난 수전노다─키아드리스 본인이 입이 찢어지게 만들 정도로 훌륭한 예술품이었던 것이다. 보통 물건 같으면 구석에 처박아뒀을 텐데 영구 보존 마법까지 사용해 둔 걸 보면 어지간히 아낀다는 것을 알 수 있었다.

바카스 덕에 나빠졌던 기분이 그 테이블을 보면서 상승 곡선을 탔고 울분으로 꽉 찼던 마음을 가라앉혀 기분 좋은 미소를 머금게 했다.

그는 차를 한 모금 마시고는 힐끔 곁눈질을 하며 물었다.

"또 무슨 일로 천하의 바카스가 친히 왕림을 다 하셨나? 불안하니까 빨리 말하고 사라져 줘. 보아하니 신계의 일 땡땡이치고 도망쳐 나온 모양인데… 내가 숨겨준 거라고 생각하지 말도록. 미카엘에게 너 대신 변명해 준 것만으로도 난 해줄 건 다 해줬어."

"흐걱! 너어~ 어떻게 그런 말을… 나 섭섭해한다고. 그래도 너 보고 싶어서 온 건데… 그리고 도망쳐 나온 건 아니다, 뭐. 당당하게 간다고 말하고 왔다고."

"쌩! 믿을 놈한테 믿어달라고 해. 네놈 때문에 미카엘에게 엄청 찍혔다고. 토낄 때마다 '내 사랑하는 친구가 놀러 오라고 하도 통사정을 해서 어쩔 수 없었어', '키아드리스가 너무 심심하대서 한 거야', '난 그저 그 녀석이 하자고 해서' 등등 너의 그 식상한 레퍼토리의 희생양이 되어준 것만으로도 치가 떨리는구만. 야, 이 자식아, 나를 팔아먹고 나도 모르는 사이에 하계로 내려와 사고를 칠 때마다 수습한 것도 나다! 깝치지 말고 신계로 꺼져 버려! 그리고 이 자식아, 정말 떳떳하게 나온 거라면 왜 날 찾아오는데? 네가 날 찾아올 땐 나 여기서 사고칠 테니 뒷수습을 부탁하는 것과 뭐가 달라. 당장 스페샬 브레스로 날아 가고 싶지 않거든. 당장 신계로 컴백하라고~ 네넘 헛짓에 희생되고 싶은 생각은 없으니까!"

또다시 치솟은 울분 상승곡선을 타며 키아드리스는 평소 이상으로 흥분했다.

사실 그의 흥분을 이해할 수도 있는 것이 방금 전에도 언급했듯이 그는 수면기를 방해받은 것이다.

드래곤의 수면기는 정말 중요한 시기였다. 헤츨링의 수면기는 성격 형성에, 다 자란 성룡에게는 자아의 완전함을 이루기 위한 기간이었다. 같은 동족이라 할지라도 정말 비상시국이 아닌 이상 방해해서는 안 되는 기간이다.

절대적인 중립.

자신들이 나서야 할 자리가 아니라면 어느 한곳에 치우치지 않고 치우치려고도 하지 않는 드래곤의 방관적인 성품으로 인해 사사로운 감정에 흔들리지 않기에 드래곤은 모든 차원계의 중립자이며 중개자로서 그 능력을 인정받을 수 있었던 것이다.

태초에 창조된 수많은 종족들 중 인족을 제외하면 드래곤만이 유일하게 신과 가장 가깝고 완전하다고 말하는 것은 바로 그런 그들의 이상적인 자아 때문이었다.

하지만 아무리 완벽하다고 해도 모든 만물을 만든 그분보다는 뒤떨어지는 건 당연한 것이다. 드래곤들이라도 약간의 불완전함을 가지고 있었다. 그 불완전함은 매우 미묘한 것이라 에이션트 급에 다다르지 않는 이상 웜 급 이하의 드래곤들은 일평생 중 반 이상을 수면기로 보내는 것이다.

평소의 이성으로 억눌려지고 다스려지는 불완전함이 어떤 계기로 갑자기 발동되는데 그것을 제대로 다스리지 못하면 십중팔구 광룡(狂龍)이 되어버리기에 드래곤들은 그것을 방지하기 위해 일정한 시기마다 짧게는 수백 년 길게는 천 년 동안 긴 수면기에 들어가는 것이다.

그런 중요하고 위험천만한 시기를 바카스 때문에 날려 버린 것이다.

방금 전 유쾌한 사정으로 인해 잠시 잊고 언급하지 않았지만 지금은

달랐다. 수면기를 방해받은 키아드리스는 상당히 화가 난 상태였던 것
이다. 보통 때라면 그러려니 넘겼을 테지만 지금은 곱게 보아 넘기기
에는 상황이 심각했다.

아무리 친한 사이라 해도 사생활 보장과 피해는 주지 말아야 함은
기본 중의 기본이 아닌가.

"대체 그게 무슨 심보냐고. 젠장, 난 수면기였어! 드래곤에게 수면기
가 얼마나 중요하고 위험천만한 시기인지는 네가 더 잘 알면서 어떻
게… 네놈은 날 광룡으로 만들 셈이냐!"

"아니."

"아니?! 야, 이 자식아! 조금이라도 반성할 기미를 보여야 할 것 아
냐! 무책임한 것도 정도가 있는 거다! 대체 너란 녀석은……!"

"나 반성 중이야."

'생각이 있는 거냐' 라고 소리치려고 했던 키아드리스는 싱글벙글
웃으며 너무도 뻔뻔하게 대꾸해 오는 바카스로 인해 잠시 턱이 빠져라
입을 쩌억 벌리고 있어야 했다.

곧 정신이 돌아온 그는 치솟는 분노에 이를 바드득 갈 수밖에 없었
다.

어차피, 어차피 뭐라고 잔소리를 한다고 들을 위인이 아니었다. 정
말 기대도 안 했다. 저 녀석은 벌써 자신이 저지른 사건이 뭔지 다 잊
어먹고 히히덕거릴 생각에 빠져 있을 것이다.

이제 바카스에 관한 일에 대해서는 달관할 수밖에 없었다. 키아드리
스가 보통 드래곤보다 더한 관대함과 인내심, 그리고 자비 등이 많을
수밖에 없는 데에 크게 일조한 존재가 바로 바카스였다.

어쨌든 그는 마음을 진정시키기 위해 무던히 노력했다.

“빨리 할 말 있으면 하고 가주겠어, 바카스? 참는 데도 한계가 있으니까.”

저 찰거머리 같은 녀석을 떼어놓기 위해 최대한 딱딱하고 사무적인 어투로 말했다. 정말 이번이 마지막이라며 처절하게 참을 인을 그리는 그의 모습은 드래곤 승리(?)를 보여주는 단적인 예였다.

“카리스.”

“……”

“카리~스으.”

“……(젠장, 내가 대답할 거 같냐).”

키아드리스는 그가 자신을 부르든 말든 상관없다는 듯 무시한 채 그윽한 차 향을 음미하며 완고하게 현실 도피와 함께 외면하고 있었다. 그렇다고 저 초유의 악종에게 벗어날 수 있는 것도 아니었지만 말이다.

그러나 원흉은 태연하게 키아드리스를 몰아붙이려, 아니, 위로해 줄 셈인지 그의 팔에 찰싹 달라붙어서 떨어질 생각을 않고 있었다(빌어먹을. 이젠 애교 작전이냐. 내가 넘어갈 것 같아. 이 XX한 자식아).

“미안하다니~까. 이렇게 사과하고 있잖아. 신이 이렇게 직접 사과하는 것도 정말 힘든 거라고. 게다가 너랑 나 사이에 자꾸 이럼 섭섭하쥐이~”

“너랑 내가 대체 무슨 사이인데… 지금까지 너한테 당한 걸 생각하면 당장 넌 나한테 죽었어, 임마! 그리고… 에효, 그만 하자. 이제 화낼 힘도 없으니 나만 괴롭다. 크흑.”

그 말이 떨어지길 기다렸다는 듯 바카스는 냉큼 자리에 앉았다.

그때까지도 레어 바깥에서는 엘프 족장이 난리를 부리고 있었다. 바카스는 아직도 악악거리고 있는 엘프를 보며 정겨운 미소로 손을 흔들어주었다.

키아드리스는 그 모습이 새삼 가증스러워 웃음을 거두었다. 대신 쳐둔 막 밖에서 얼굴을 붉힌 채 악쓰고 있는 숲의 귀공자를 향해 정말 절절한 동정의 눈초리를 보내며 중얼거리듯 입을 열었다.

"네놈한테… 난 볼일없다. 할 말 있음 빨리하고 꺼져. 어차피 실없는 소리일 테지만 들어줄 의사 정도는 있어. 본론만 말하라고. 난 피. 곤. 하. 니. 까."

"어라. 난 하나도 안 피곤한데~ 어쩌지?"

저… 저… 천룡공노할 개자식이!

저 말인즉슨 나는 안 피곤하니까 네가 피곤해도 상관없다는 맥락과 같지 않은가.

순간 입 안에 고이는 엄청난 양의 브레스가 저 뻔뻔이를 향해 겨냥되고 당장 '날려 버렷~!' 라고 머리 속에서 소리치고 있었지만 그는 마지막 초룡적인 인내심을 쥐어짜 가며 분노로 달아오른 브레스를 목구멍 안으로 삼켰다.

"나, 흐흐… 나는 흐흐흐. 아주아주~ 피. 곤. 해. 아주 눈치없는 누. 군. 가. 때문에 드래곤 족에게는 아. 주. 중. 대. 한. 수. 면. 기. 를 놓치게 생겼으니까. 그 누군가에게 말하고 싶은 건 양심이라는 게 있다면 당장 할 말만 하고 꺼져 버리라는 거야, 알겠어?"

최후의 인내를 쥐어짜 좋게 돌아가길 권했지만 어디 바카스가 곱게 들을 위인이던가.

"아잉… 그래두우~"

역시나 예상에 어긋나지 않는 바카스는 굴하지 않고 달라붙었다. 키아드리스는 뚝 하고 뭔가 끊어지는 듯한 소리를 들었다.

"더.이.상. 못. 참.겠.다. 그래 오늘 나랑 사.생.결.단을 내자. 이 자식아! 파이어 스톰! 헬 파이어!"

키아드리스는 이성을 잃었다. 아무리 자제심과 인내심이 강한 수양 깊은(?) 드래곤이라 할지라도 또다시 말을 질질 끌 낌새가 보이자 파직하는 소리와 함께 그의 이마에 돋은 혈관 마크가 세상에 공개되었다. 그의 양손에는 각각 파이어 스톰과 헬 파이어의 불꽃이 맹렬하게 회전하며 위협하듯 치솟는 살의와 함께 어울렸다. 마나의 종족답게 대기에 가득한 마나를 순식간에 농축해 압박하는 동시에 극악한 화염의 마나를 바카스에게 토해낼 준비를 마쳤다.

바카스는 순간 안색이 달라졌다. 경악까지는 아니더라도 엄청나게 놀란 표정이었다.

하지만 곧 그 놀람이 사악함으로 바뀌었다. 이 상황을 매우 즐기는 듯 보였다.

피해야 마땅한 상황에서 그는 오히려 당연하다는 듯 그 불꽃을 마주 보고 있자 키아드리스의 그린 듯한 눈썹이 꿈틀거렸다.

조금의 두려움도 보이지 않는 그의 모습이 정말 마음에 안 든다는 표정으로 이를 박박 갈고 있었다.

이 광경을 본 이들은 아마도 바카스의 정신 상태를 심각하게 고려할 수밖에 없을 것으로 보여졌다. 키아드리스가 누군가. 5,000살을 넘긴 고룡 급 드래곤이며 드래곤 중 가장 강력한 능력을 보유했다는 역대 드래곤 로드 중 가장 강력한 힘을 가진 키아드리스인 것이다.

그를 두고 조물주가 친히 내린 사자라 불리울 정도로 그의 힘은 헤츨링 시절부터 독보적이었는데 강하다 강하다 말은 많았지만 그 힘은 단 두 번만 발휘되었다. 한 번은 헤츨링 시절, 그리고 또 한 번은 고신

전쟁 때 발휘되었다. 그때마다 모든 천신(天神)과 마신(魔神), 그리고 정령신(精靈神), 용신(龍神) 등등 각 종족의 모든 신들은 그 강함에 경악하며 은근히 두려워했을 정도였다.

고신전쟁 때의 일은 나중에 언급하더라도 헤츨링 시절 그가 해결했던 일, 그러니까 키아드리스가 막 태어나 일족의 보호를 받고 있던 시절, 광룡(狂龍)을 막 100살을 넘긴 헤츨링이 죽인 일로 드래곤 사회는 엄청나게 경악했었다.

그도 그럴 것이 광룡은 에이션트 급이여서 드래곤 로드조차 손대지 못하고 있던 상황에서 어린 헤츨링이 해결했다는 것은 상상할 수조차도 없는 엄청난 일이었던 것이다.

당연히 키아드리스에 대한 드래곤들의 기대는 상당했고 그 기대에 부응하듯 드래곤으로서는 드문 고속 성장과 함께 성실한 성격으로 드래곤 사회를 술렁이게 했다.

그러더니 성룡이 되자마자 드래곤 로드로 있던 칸 하이시스에게 도전해 승리함으로써 최연소 드래곤 로드로 부임하기까지 그의 행보는 가히 상상을 초월할 만큼 빠르고 거침없이 진행되었다. 마치 태어날 때부터 로드가 되기 위해 준비라도 한 것처럼 말이다.

그렇게 그는 주신, 마신, 정령신, 태고의 용신마저 인정하는 강한 드래곤이었다. 일부에서는 그가 태고에도 몇 마리였을 뿐인 투룡(鬪龍)의 후손이라는 말이 공공연하게 나돌았다. 그 탓인지 신계와 마계에서 공동으로 그에게 태고의 용신 크라비어스에게만 허용되었던 '신'의 호칭을 주겠다고 했을 정도이니 그 힘이 어느 정도인지 짐작이 갈 것이다.

　물론 바카스도 능력 면에서는 매한가지였지만 싸움을 전문으로 하는 드래곤과 유희를 주관하는 신이 싸운다면 전적으로 전투 경험이 많은 드래곤이 유리했다.

　게다가 바카스는 하계로 내려오면서 그 힘이 어느 정도 제약을 받기 때문에 더 더욱 불리했다. 하지만 드래곤인 키아드리스는 하계에서는 물론 다른 세계로 간다고 해도 거의 제약을 받지 않는 존재였다. 한마디로 지금 이곳에서 싸움을 벌인다면 키아드리스는 무적이라는 말이었다.

　그런데 그런 화려한 경력의 소유자 앞에서 바카스는 웃고 있는 것이다.

　"헤헤～ 너무 열렬한 반응이야, 자기～♡"

　"오늘이야말로 네놈과 사생결단을 내고 말 테다! 이 자식아!"

　콰우우우웅! 우우웅!

　대기는 시전자의 분노에 맞춰지듯 기염을 토해냈고 레어 안에는 엄청난 마나의 폭풍이 휘몰아쳤다.

　그 폭풍의 중심에는 키아드리스와 바카스가 서 있었다.

　입을 굳게 다문 채 온몸의 마나를 뿜어내며 비장함을 드러내는 키아드리스였지만 그 가운데서도 조잘거림이 있었다.

　―야, 서둘러. 전부 보물방으로 옮겨야 돼. 핫, 조심해. 그건 주인님이 특별히 아끼시는 자기라고. 깨지면 끝장나. 까앗!

　씨잉～ 턱.

　―휴으… 다, 다행이다. 야, 너야말로 조심해. 잘못하면 부서질 뻔했잖아. 빨리 모두 움직이라고! 신속, 정확이야말로 우리들의 신조이자 신념이라고. 아자!

─아, 알았어. 하지만 힝~ 주인님, 미워. 맨날 사고만 치구. 우린 식
모가 아니란 말이야. 히잉~

바로 실프들이 바쁘게 오가며 자신들의 계약자 키아드리스가 모아
둔 명품, 명작들을 이 파괴의 폭풍 속에서 옮기며 내지르는 비명 혹은
절규성이었다.

폭풍에 밀리면서도 열심히 물건을 사수하는 실프들의 모습은 감동
스럽기까지 했지만 그들이 이렇게 생고생하는 이유를 대자면 매우 허
탈해질 것이다.

레어 안을 장식하는 걸 무척 좋아하는 키아드리스는 고급스러운 것
을 밝히는 드래곤답게 물품 하나하나마다 대륙에서 알아주는 장인들의
작품으로 그게 작살날 경우 폭주가 시작된다는 것을 본능적으로 알고
경험적으로 깨우친 정령들이 신속, 정확하게 물건 사수를 위해 온몸을
던지는 희생 정신이 발휘되는 것이다.

하지만 반쯤은 이성을 잃고 있는 키아드리스와 놀잇거리를 발견한
바카스 역시 매우 흥분한 상태라 그런 걸 알 리 없었다.

아마도 키아드리스는 바카스와 진심으로 싸울 생각은… 아.마.도.
없었을 것이다. 그냥 사과 한마디만 받았다면 그냥 넘어갔을 것이고
바카스 역시 그것을 몰랐을 리 만무했다. 하지만 그는 그런 간단한 방
법을 거부하고 오히려 싸움을 부추겼다.

어쨌든 키아드리스의 양손에서 불꽃은 작렬했고 뼈조차 남기지 않
을 화염 계열의 정점에 다다른 마법이 서로 합쳐지며 위력의 상승 곡
선을 탄 극한 화염이 바카스를 향해 쏟아져 갔다.

주위를 맴돌던 실프들은 '주인님, 나 여기 있는데', '끼약, 나 죽어
요~', '님프니임, 이 어린 양을 살려주세여엿~' 등등의 비명을 질러

댔다.

그렇게 정령들은 눈물을 주룩주룩 뿌리며 나름대로 소리를 높이다가 화염에 휩쓸려 날아갔다.

그렇다면 바카스는 죽었느냐? 그건 또 아니었다. 화염이 바카스를 덮치기 바로 0.0000001초 전에 그의 양손에서 극적으로 '콰우웅' 하는 효과음과 함께 바카스 자신이 쓸 수 있는 최고의 신성력으로 그것을 맞받아친 것이다.

빛의 정점이라고 할 수 있는 신성 마법의 힘이었다. 신족이라면 으레 하나의 힘만 사용할 수밖에 없지만 바카스는 특별 케이스여서 혼돈의 힘까지 사용했다. 드래곤 족인 키아드리스 역시 균형을 위해 선택된 종족답게 혼돈의 힘이 강했기에 상성이 매우 비슷해 어떤 반발도 없이 서로의 마력이 부딪쳤고 눈이 멀어버릴 듯한 빛과 어둠이 한순간 번쩍였다. 그 가운데에도 둘은 동시에 움직이며 서로에게 빠르게 공격을 퍼붓고 있었다.

그들의 싸움은 눈에 보이지 않을 정도로 쾌속했고, 그들이 뿜어내는 강대한 마력은 대기를 진동시킬 정도였다.

옥옥~옥그.

쿠룩쿠~룩쿠루룩.

그 싸움은 레어 밖의 사방 백 리를 또다시 뒤집어엎었고 각고의 노력(?)으로 살아남았던 몬스터들의 절규성이 또 한 번 허공에 메아리쳤다.

아무리 성격이 좋아도 도시락의 비명을 상관할 만큼 키아드리스가 맘이 좋은 것도 아니었다. 그의 손에서는 연신 경악할 수준의 마법이 난사되었고 바카스는 요리조리 피하며 도망치는 수준급의 실력을 보여주었다. 상황에 어울리지 않는 장난기가 가득한 모습이었다.

"푸헤헤헤… 나 잡으면 요~옹치. 나하하하하."

바카스는 아직 그 일에 대해 말하고 싶은 생각이 없었다. 곧 알게 될 일이니까. 또한 그와 자신의 오랜 기다림에 종지부를 찍을 그 운명이 돌아오고 있었으니까.

바카스는 입꼬리를 살짝 들어 올렸다. 허공을 빠르게 누비면서 한순간 눈에 들어온 하늘을 보았다. 이 세계에서 가장 마음에 드는 눈부시게 청아한 파란 하늘이었다.

그 하늘의 파란빛에 매혹된 듯 잠시 멍하니 서 있던 그는 '틱' 하는 소리와 함께 뭔가가 자신의 등을 힘주어 잡고 있는 느낌에 아차 하며 근육을 긴장시키면서 뒤로 획 돌았다.

"잡.았.다."

두 눈에 독기를 가득가득 담은 채로 득의양양한 표정을 짓고 있는 키아드리스가 있었다.

하늘에 시선이 팔린 틈을 타 '옳다구나' 하고 달려든 키아드리스에게 바카스는 너무도 허무하게 잡혀 버린 것이다.

"죽고 잡아서 환장한 모양인데… 그래, 날 골려먹는 게 그렇게 재밌디? 이 자식아, 오늘 살아서 이 산맥을 벗어날 생각은 버려라! 중압(重壓)!"

타웅~

용언이 발휘되며 바카스가 서 있던 자리에 평소의 수십 배가 넘는 엄청난 압력이 가해졌다. 피할 틈도 없이 바닥으로 끌어당기는 중력의 영향권에 휩사인 바카스는 당황하지 않고 뻔뻔스럽게 즐기고 있었다.

그 모습이 왠지 그를 비웃는 것 같아 키아드리스는 이빨이 갈아져 없어지지 않을까 염려스러울 정도로 바득바득 갈았다.

"망할 노무시키! 아직도 여유를 부린다 이거지!"

바카스는 해쭉 웃으며 그와 동등한 신언(神言)의 힘으로 맞부딪쳐 약간의 틈을 벌렸다. 막 바닥에 박힐 때 즈음이지만 그 정도의 시간적 틈이라면 중력 속을 빠져나와 유유히 허공에 떠오르는 것도 가능했다.

바카스의 미소는 더욱 짙어졌다. 오랜만에 만난 친구였다. 같은 고향을 그리워하고 있던 친구와 만난 것만으로도 바카스는 마냥 이 사태가 즐거웠다. 하지만 완벽하게 퇴로까지 봉쇄된 상황에서 도망치며 그를 놀려먹기란 이제 거의 불가능에 가까웠다.

그래서 더 이상 질질 끌 생각이 없어져 바카스는 입을 열었다.

"그… 깨……."

그러나 그 소리는 차라리 속삭임에 가까울 정도로 매우 작았다.

하지만 드래곤이 누군가. 수천 리 떨어진 거리에서도 예민한 청각으로 또 저 미친 자식이 뭐라고 말하나 듣기 위해 귀를 쫑긋 세울 정도였다.

키아드리스는 그 속삭임을 명확히 들었고 말이 채 끝나기도 전에 몸이 석상처럼 굳어졌다. 완전히 얼어붙어 버린 것이다.

"거… 짓말."

"에이, 이봐. 내가 가끔 장난삼아 거짓말을 하긴 하지만 그런 일로 거짓말을 할 만큼 나쁜 놈이 아니라고."

바카스는 짐짓 섭섭하다는 표정을 지었다.

"아니… 라면… 그게 사실이 아니라면… 농담이라고 말한다면 널 죽일 거다."

얼어붙은 혀를 겨우 놀리며 말하는 키아드리스의 음성에는 차디찬 살기가 가득했다. 싸울 때에도 내비치지 않았던 진정한 투룡의 기운이 줄기줄기 둑이 터지듯 터져 나왔다. 그를 잘 안다고 자부했던 바카스 마저도 처음 보는 그의 살인적인 모습에 한순간 흠칫 몸을 떨었다.

하지만 곧 고소(苦笑)를 머금을 수밖에 없었다. 아마도 그 말을 듣는 것이 자신이었다고 하더라도 저런 반응이었을 것이니 뭐라고 탓할 수도 없는 일이었다.

"나의 이름을 걸고 말하겠는데 사실이야. 키아드리스, 너의 진정한 이름을… 그리고 나의 이름을 불러줄 그분이 깨.어.나.셨.다."

키아드리스의 머리 속은 새하얗게 비워졌다.

감정이 격해진 탓인가. 사실이라는 말 한마디에 긴장이 한꺼번에 풀리며 허공에 떠 있던 몸이 균형을 잡지 못하고 비틀거렸다. 바카스는 급히 그런 그를 부축하며 다시 한 번 쓰디쓴 웃음을 지었다

주룩.

키아드리스의 뺨을 타고 한 방울의 눈물이 흘러내렸다. 멍하니 초점을 잃은 그의 눈동자는 하늘을 담고 있었다. 파랗고 청정한 하늘을. 유유히 흘러가고 있는 하늘을.

넋을 놓은 채 방금 전의 사태 따위는 모조리 잊어버린 듯 너무도 서글픈 눈동자로 하늘을 바라보고 있는 그의 모습에 바카스는 머리가 지끈 아파왔다.

오랫동안 묻어둔… 인간이라 불리기 전의 기억이 그의 머리 속을 헤집고 있었다.

"네가 나의 삼사(三師)로 뽑힌 아이구나."

"처음 뵙겠습니다."

그의 묻혀져 있던 '전생'의 기억 속에서 또다시 흐릿한 인영이 속삭이고 있었다.

아직 자아의 개념조차 확실치 않았던 아이의 기억이 또다시 떠오르며 자신이 인정하고 인정할 수밖에 없었던 그분의 존체를 뵙는다. 그분의 곁에서 항상 떨어지지 않고 지냈던 시절의 기억이 의식의 수면 깊은 곳에서 잠자다 깨어나 조금씩 떠오르고 있었다.

"넌 내가 죽으면 따라 죽을 테냐?"

"네."

"그럼 네 앞에서는 죽지 말아야겠구나. 난 네가 오래오래 사는 걸 보고 싶으니까."

흐릿한 미소를 지으며 나의 머리를 쓸어주는 손길의 촉감이 오싹할 정도로 생생했다. 그분이 씁쓸해하며 지으시던 미소까지.

"운사(雲師), 고지식하리만치 충직스런 어린 나의 신하여."

바카스는 조용히 눈을 뜨며 상념에서 벗어났다. 그리고 넋을 잃고 있는 자신의 친우를 보며 속으로 나직히 속삭였다.

"네, 전 당신의 신하지요. 그러니 이번만큼은… 이번 생에서만큼은 당신을 지켜드릴 겁니다. '한'. 위대한 나의 왕이시여. 위대한 나의… 왕이시여."

사념에서 조금씩 깨어나 이성이 돌아오고 있는 바카스의 입가에 고운 미소가 걸렸다.

그리고 그의 눈에 비친 키아드리스는 젖어 있는 눈가를 닦을 생각도 하지 않은 채 키득키득 웃고 있었다. 희미한 광기까지 묻어나는 모습에 바카스는 다시 한 번 고소를 머금을 수밖에 없었다.

"킥킥. 아아, 오랜만에 온몸이 떨려오는군. 이제 드디어 시작이라는 건가."

"아아… 아마도."

"과연 그분이 우릴 만난다면 뭐라고 말하실까?"

"그분의 성정상 우리들과 즐겁게 포옹을 나누시겠지. 그리고 우시겠지."

"하하하하. 맞아, 그렇지. 아주 당연한 게 아닌가. 큭큭큭. 맞아."

바카스는 자신의 말에 마음껏 웃고 있는 키아드리스를 보면서 자신도 피식 웃었다.

둘은 잠시간 침묵했지만 그 침묵은 서로에게 무언의 대화를 청하는 듯 경건해 보였다.

"…지?"

"뭐?"

오랜 기다림 끝에 보상을 받을 것이라는 희망 때문일까. 은근히 떨려오는 몸을 애써 가누고 있던 바카스는 뭐라고 속삭이는 듯한 키아드리스의 음성에 의아함을 느꼈다. 다시 되물으려는 찰나 키아드리스는 발딱 일어나서 난데없이 그의 어깨를 꽈악 움켜쥐었다.

바카스는 왠지 모를 불안감에 약간… 아주 약간 쫄았다. 하지만 그 쫄아듦마저도 봉쇄한 키아드리스의 모습에 바카스는 뭔가 이상하게 돌아간다는 것을 느끼고 주춤 뒤로 물러났다. 그러자 너무도 해맑은 미

소를 씩 지어 보인 키아드리스의 모습이 왠지 사악하게 보였다는 것은
바카스의 착각이었을까.

"공은 공, 사는 사. 공적인 볼일은 더 없.겠.지."

"으… 으응."

입가에 담뿍 사악함이 배어나는 키아드리스의 모습에 바카스는 또
한 번 움찔거리며 예의 저 푸른색 도마뱀이 또 왜 저러는가 싶었다. 하
지만 그의 볼일은 더 이상 없는 것이 사실이었기에 우선 고개를 끄덕
였다.

하지만 곧 바카스는 자신의 입을 저주했다. 키아드리스가 저런 기쁜
듯한 미소를 지으며 퇴로를 사전 봉쇄한 이유를 알게 된 것이다.

"그간 쌓인 우정을 하나하나 풀어보자꾸나, 친구."

키아드리스는 싱긋 웃었다. 그의 눈동자에 담긴 이성은 이미 해외로
날아갔고 남아 있는 것은 오로지 본능뿐이었다.

우두둑 우두둑 발이 바닥에 닿기도 전에 그가 내뿜는 무형의 기운에
바닥이 패이게 하며 한 걸음 한 걸음 바카스에게 다가갔다.

바카스는 이미 말이 통할 상태가 아님을 확연히 느끼자 36계 줄행랑
을 치려고 했다. 하지만 헤실헤실 웃으면서 자신을 내려다보고 있는
키아드리스의 모습에서 도망갈 가능성은 거의 제로라는 것을 온몸으로
느꼈다.

"자갸~ 하나밖에 없는 이 선량하고(?) 완전무결(?) 관대한(?) 이 바
카스님을 패겠다고 하는 거야, 지금? 난 연약해. 자갸~ 참아."

자신에게 내리꽂히려는 주먹을 보면서 억울한 마음과 함께 이대로
당할 수 없다는 생각에 소리쳤다.

"친구? 썩을 넘, 니넘이 친구였냐? 연약? 니넘이 연약하면 세상 연약

한 새끼들 다 죽었어. 임마, 잔말 말고 죽엇!"

퍼퍼퍽. 투앙! 콰콰콰콰콰쾅!

다시 한 번 요란한 효과음이 울려 퍼지며 미뤄뒀던 그들의 싸움 제 2라운드가 열리면서 산맥은 또다시 걸레가 되어갔다.

산맥.

평화로웠던 이곳에서 바람에 흔들리는 촛불처럼 그렇게 얽히고설켜 있던 운명은 하나의 길로 조용히 움직이고 있었다.

망가져 가는 숲과 함께…….

제19장

시작된 여행

1

시작된 여행

오늘은 무척 더웠다.

제국의 흔적을 찾아 돌아다닌 지도 다시 몇 달이 흘렀다. 나는 오늘 '아사달'이라는 흑발 부족들의 마을에 도착했다. 소수 민족이라 그 수가 매우 적을 거라고 생각했던 내 예상을 벗어나 그 마을은 웬만한 소규모 도시에 필적할 정도로 많은 이들이 모여 살고 있었다. 처음으로 자세히 본 그들의 흑발과 검은 눈동자는 알 수 없는 신비로움을 발산했다. 그 신비로움에 비해 그 눈빛은 무척 순박하고 여려 보였다.

옷차림 역시 대륙에는 없는 백의의 천―그들은 그것을 마(麻)라고 불렀다―으로 저고리라는 것을 입고 있었는데, 내가 입은 옷과 상당히 비교되었다.

흑발에 흑안인 그들에게 수수하고 깨끗한 이미지의 그 옷은 너무도 잘 어울렸다.

과거 대 라이크란 황제의 모습이 이러했을까?

나는 한순간이나마 라이크란 황제의 모습을 떠올리며 생각에 잠겼다.

"허허. 젊은이, 이쪽으로 오게나."

젊은이. 예순을 넘긴 나이기에 기대할 수 없던 호칭이었지만 기분이 나쁘지는 않았다. 나를 안내한 노인은 나보다 최소한 스무 살은 더 많아 보였으니까.

어쨌든 그날 나는 마을에 들어갈 수 있었다. 그리고 그곳에서 삼 일을 머물렀는데 그들은 이방인인 날 마치 자기 자식처럼, 아버지처럼 환영해 주고 따뜻하게 대우해 주었다. 그곳에서의 생활 중 가장 불편했던 것은 잠을 잘 때였다. 침대에서 자는 우리들과는 달리 그들은 바닥에 이불을 깔고 잤다. 그런 방식은 허리가 무척 아파 잠도 제대로 자지 못했다.

나는 그곳에서 30년 동안 연구한 것보다 값진 광경을 볼 수 있었으며 그들의 생활 방식이나 문화 등 여러 부분에서 독특한 것들을 체험했다.

그리고…(하략)……했다.

그들은 마지막 날 나를 마을 공동으로 운영한다는 학교(學敎)로 데려가 주었다.

오십여 명 정도 수용할 수 있을 법한 방 안에 7~13살까지의 아이들이 모여 뭔가를 꺼내 들고 낭랑한 목소리로 소리 내어 외치는데 문밖에 있어서 목소리는 잘 들리지 않았다.

나는 아이들이 무엇을 배우는지 궁금해졌다. 그런 나의 궁금중을 느꼈던지 날 안내해 준 청년은 빙긋 웃으며 조용히 문을 열고 그 안으로 들어갔다. 나는 학자로서의 호기심을 충족시켜 줄 뭔가를 기대하며 청년의 뒤를 따랐다. 잠시 후 아이들의 음성이 확연하게 들려왔다.

하지만 내가 들어갔을 때는 이미 수업이 끝난 뒤였던지 아이들의 음성은 들리지 않았고 보이는 것은 아이들의 무릎 위에 곱게 놓여진 양피지였다.

나는 그 양피지의 내용이 궁금해졌다.

"이게 무엇이오?"

그 말에 청년은 공손한 자세로 빙긋이 웃으며 대답해 줬는데 그 대답이 새삼 이상했다.

"단군칙언(檀君勅言)입니다."

"다안쿤?"

난생처음 들어본 단어를 나름대로 힘들여 따라해 보았지만 발음이 요상했던지 청년을 비롯한 근처의 아이들이 키득키득 웃는 게 보였다.

학자로서 자존심이 상해 열심히 발음 교정을 해봤지만 허사였다. 놀림당하는 느낌이라서 약간 기분이 상했지만 그들이 순수하게 짓는 웃음이라는 것을 알기에 나는 부끄러움으로 얼굴을 붉힌 채 헛기침만 했다.

나를 따라나섰던 청년—그는 자신의 이름을 '정호(整昊)'라고 밝혔다. 발음도 이상하고 대륙어와는 너무 달라 그냥 그들의 언어로 쓰고 발음은 옮기지 못했다—은 부끄러움으로 고개도 들지 못하는 나를 돕기 위해서인지 한 아이를 불러 세웠는데 아이는 천진한 눈망울을 빛내며 입을 열었다.

"단군님은 우리들의 닛사금(임금)이세요. 하늘님의 아드님이신 '한' 님의 아드님이구 저희들을 보살펴 주는 분이시구… 또, 음……."

나는 아이의 말을 알아들을 수 없었다. 다만 초롱초롱 빛나는 눈에서 아이들만이 가지는 순수한 믿음과 가득한 신뢰, 희미한 기쁨을 느꼈을 뿐이다.

고작 6살 정도밖에 되어 보이지 않는 아이라 그런지 어휘가 단순했고 짧았지만 뭔가를 나에게 전해주려고 하는 기색이 역력했다. 하지만 역시나 아이의 짧은 머리로는 무리였던 모양이다. 대신 청년이 나서서 말하는데, 청년의 입에서 흘러나온 말은 나를 경악에 빠지게 했다.

"제1, 너희는 자랑스러운 나 천손의 자손임을 잊지 말라. 제2, 이웃의 것을 탐하지 말고 그 이웃과 조화됨을 미덕으로 삼아라. 제3……. 이것이 단군 칙언입니다. 저희 부족이라면 지켜야 하고 숙지해야 할 것들입니다."

그들이 말하는 칙언은 열 가지였다. 그리고 그들의 입에서 흘러나온 칙언이라는 명목으로 내려진다는 그 열 가지를 모두 들은 순간 나는 머리가 어지러워져 옴을 느꼈다.

너무도 광오하지 않은가. 스스로 하늘의 자손이라 칭하고 또한 그것을 당연하다는 듯이 입에 올리는 청년의 모습에, 그리고 어느새인가 청년과 함께 그 칙언이라는 것을 읊고 있는 아이들의 자부심 가득한 모습이 너무도 경건해 보임에 얼이 빠질 수밖에 없었다.

마을을 나가기 직전까지 정신을 차릴 수 없었다. 충격을 받은 나는 평상시에 맛나게 먹었던 그들의 음식도 먹는 둥 마는 둥 하며 학교에서 들었던 이 문구를 써야 할지 말아야 할지 고민했다.

'우리는 천손의 자손입니다.'

입으로 말하지 않았지만 순박해 보이기만 했던 청년의 눈에서 느낀 가득한 열망과 자부심은 이 일기를 기록하는 동안 내 뇌리 속에서 지워지지 않았다.

마을을 떠날 시간이 되자 마을 주민들이 나와 손수 나를 배웅해 주었다.

그리고 나를 처음으로 마을로 데려가고 젊은이라고 불러준 마을 촌장은 떠나는 순간까지도 갈등하는 내게 지금도 잊지 못할 말을 남겼다.

"예전에… 아주 오래전에 말일세. 우리의 선조께서도 그렇게 생각하셨다네. 어찌 우리들이 신의 자손이냐고. 어떻게 하늘님의 자손이 될 수 있겠느냐고. 그저 꾸며진 이야기라며 코웃음을 쳤었지. 하지만 그분은 존재하시네. 우리에게 잊혀졌을 때 그분께서는 슬퍼하셨고 항상 곁에서 우리를 지켜주셨어. 아무런 대가 없이 온몸을 바쳐 사랑하셨지. 아무것도 모르던 우리들을 말이야. 우리 민족이 가졌던 한없이 맑고 깨끗한 순백의 빛깔. 자네가 믿든 말든 우리들은 천손의 자손일세. 그 믿음마저 타인의 관점으로 시시비비를 가리고 싶진 않아. 알겠나, 젊은이? 우리는 그분의 백성이네. 하늘님의 아드님이 사랑하신 민족이야.”

나는 그 말에 어떤 대꾸도 하지 못한 채 마을을 떠나왔다.

대륙을 또다시 떠돌면서 나는 시간만 나면 그 말을 곱씹으며 오래도록 고민을 했다.

과연 그들이 말하는 민족의 자부심이, 정말 그들이 하늘의 자손이기에 가질 수 있는 것일까. 데드미안 왕국에서 판단하는 것처럼 소수 부족들의 무지할 따름인, 상관할 가치도 없는 자존심이라고 여겨야 하는 것일까.

하지만 오랫동안 학자로 살아온 나로서는 나의 잣대만으로 무언가를 판단한다는 것이 얼마나 옹졸한 것인지를 알기에 그들이 스스로를 천손의 자손이라 내세운다면 나름대로의 이유가 있을 거라 판단하고 그 모든 것을 인정하기로 했다. 다른 학자들은 어떻게 생각할지 모르지만 나는 그들을 인정했다.

나는 대륙을 떠돌면서 그들에 대한 애정이 각별해져 감을 느낀다.

벌써 해가 졌다. 가까운 곳에 마을이 보이지 않아 오늘은 노숙을 해야 할 모양이다.

날씨도 추워지는데 늙은 몸으로 버틸 수 있을지 염려스럽다.

아아, 갑자기 이방인인 나를 누구보다도 따뜻하게 맞아주던 그들의 환대가 그리워진다. 언제 한 번 더 그 ‘아사달’로 발걸음을 해봐야겠다.

내가 마지막으로 하고 싶은 말은 며칠 동안 지내는 동안 겪었던 그들 부족에 대한 성정이었다. 그들 부족은 정이 깊고 선량했다.

나는 그 부족을 평생 잊을 수 없을 것 같다.

—아위트 길루온의 여행 일기 中

*　　　*　　　*

태고적, 내가 소망하던 것은 현실이었을까, 아니면 꿈이었을까. 하지만 그곳은 나의 안식처. 그 대지는 아직도 그곳에 있는 것일까, 아니면 없어져 버린 것일까. 내가 사랑한 그 세계는 여전히 꿈꾸고 있을까.

*　　　*　　　*

그곳은 매우 어두운 곳이었다. 그리고 방으로 보이는 곳은 무척이나 넓었다. 너무 넓어서 삭막할 지경인 공간. 그곳에 '그'가 있었다. 묵빛의 머리칼과 밤하늘을 그대로 닮은 눈동자를 빛내며…….

뚜벅. 뚜벅.

한 무리의 발자국 소리가 점차 그에게 다가왔다. 걸음걸이마다 절도가 느껴졌지만 은연중에 풍기는 '그'의 기도에 바짝 긴장한 듯 보였다. 하지만 그 무리의 앞선 한 존재만은 긴장하면서도 차분함을 유지하고 있었다. 어느 누가 '그'의 앞에서는 긴장하지 않을 수 있을까.

—찾았나……?

'그'가 묻는다. 입으로 나오는 음성이 아닌 그의 의지가 머리 속으로 직접 전송되어졌다.

그의 앞에 다가왔던 존재는 그 음성에 흠칫 몸을 떨었다. 분명 부드럽긴 했지만 지극히 무감정한 어조여서 부드러움이 거짓인 것처럼 느껴지게 만드는 모호한 음성이었다. 그의 앞에 다가온 존재는 한쪽 무릎을 꿇은 채 고개를 깊숙이 숙이며 말없이 긍정했다.

—그렇다면 그 건은 어떻게 됐지?

"모두가 뜻을 따르기로 결정했습니다. 그리고 이미 그것의 금제를 위해 당신의 충실한 종이 떠났습니다. 곧 돌아올 것입니다."

'그'가 미소를 지었다. 지극히 만족스러움을 표하던 그의 표정에 짙은 미소가 걸리고 있었다. 하지만 그 미소를 마주한 존재는 공포스러운 것이라도 본 것마냥 새하얗게 질려 있었다. 그리고 자신의 표정이 어떠한가를 떠올린 존재는 더 더욱 표정이 파리하게 변했다.

—두려우냐?

존재는 공포를 떨치기 위해 입술을 꽉 깨물었다. 얼마나 세게 물었던지 붉은 피가 조금씩 흘러내려 떨어지고 있었지만 존재는 모르고 있는 듯했다. 그는 공포에 질린 존재의 모습이 무척 마음에 든다는 듯 조용히 웃고 있었다. 그리고 그 침묵을 즐기듯 그가 말했다.

—그 아이만 찾으면 모든 것이 해결될 일이다.

"네."

—그럼 아이를 맞으러 가봐야겠구나.

"네."

어떤 의미도 없는 웃음이었다. 하지만 그 웃음이 존재에게는 얼마나 공포스러운지 그는 알고 있는 걸까?

그가 속삭이듯 말한다.

—이번에야말로 그 아이에게 완벽한 죽음을 주리라. 진정한 질서를 위해서라면 나는 그리할 것이다.

그리고 어둠은 침묵하고 있었다.

＊　　　＊　　　＊

조용했다. 그렇다. 조용했다.

조용하다는 것과 원수진 인간이라면 아주 즐겁게 웃으면서 이를 갈 만한 상황을 연출 중인 침묵이었다. 슬픔이나 두려움으로 인한 조용함과는 다른 터지기 일보 직전의 긴장감으로 충만한 폭풍 전야의 고요함을 연상케 하는 조용함이었다.

허공인지 땅인지 구별이 가지 않는 공간 속에 삼 인이… 아니, 정확하게는 사 인이 서로를 무시무시한 눈길로 쏘아보고 있었다.

물론 그들의 입은 철갑이라도 박아놓은 듯 굳게 닫혀 있었다.

지금 사 인은 올망졸망 모여 서로를 마주 보고 있었다. 그 눈길이 사뭇 뜨거워 방전이 일어나 그들의 등 뒤에서 해일이 이는 듯한 착각을 일으켰다. 게다가 우습게도 모습이 비슷비슷했다.

날카로운 턱은 이지적인 느낌이 물씬 풍기고 갸름한 얼굴 선과 흑단같이 검은 장발은 가히 절색이라고 불릴 만큼 여성적이었다.

다만 다른 점이라고 한다면 사 인 중 한 명의 눈동자가 녹빛이라는 것 정도였다.

그들은 마치 한날한시에 태어난 쌍둥이처럼 닮아 있었다.

대치하듯 서 있던 삼 인 중 한 사람의 음성이 터져 나왔다.

"젠장할! 빌어먹을!"

아주아주 피 토하는 심정으로 절규하는 카인이었다. 분노로 붉게 변한 얼굴과 절규성은 고요한 내면을 완벽하리만큼 뒤흔들었다.

머리를 쥐어뜯는 모습도 아주 리얼하여 저런 식으로 뽑다가는 대머리가 되지 않을까 염려스러웠다.

"하… 하하, 하."

내 입에서 웃음이 터져 나왔다. 어떤 감정도 깃들지 않은 지독한 허무감이 배어 있는 웃음이었다.

영상을 이루던 빛무리가 완전히 사그라든 광경을 보면서 나는 아무런 생각도 할 수 없었다.

천 년의 시간은 긴 것일까. 아니, 오천 년의 기나긴 세월 동안 내가 기억하는, 그리고 기억도 하지 못하는 세월 동안 반복되어 온 빌어먹을 운명을 또다시 마주하고 있었다.

언제부터인가 내가 생을 거듭할 때마다 나를 희미하게 옭아매었던 이름 '한'. 지독하리만큼 '인간'에게 집착했던 이단자. 당신도 참 지독하군.

"하하하, 정말 이건 말도 안 된다고."

그가 나를 향해 조소한다. 지극히 사무적이면서도 차가운… 그래서 더 더욱 비웃음 짓는 듯한 기색의 그는 차갑게 말하고 있었다.

〈네가 그런다고 우리가 '아이고, 죄송합니다. 그냥 취소하죠' 라고 할 것 같냐? 멍청한 개자식! 너 같은 게 내 후손이라는 것도 부끄럽고 내 후생이라는 것 자체가 부끄럽다. 이미 결정된 것을 뒤집을 수 있을 것 같아? 그냥 인정해, 고집쟁이 꼬마.〉

하지만 나는 어떤 말도 없이 침묵하고 있었다. 다만 나의 혼란을 알리는 듯 잔잔하던 검은 어둠이 심한 떨림과 함께 흔들리고 있었다.

"썩을, 누구 맘대로 결정해! 썅! 날, 날 대체 뭘로 보는 거야!"

이렇게 화난 적이 있었던가를 심각하게 고려하게 만들 만큼 나는 격렬한 분노에 휩싸여 항의를 표출했다.

그 분노와 항의의 근원이 된 것은 저 망할 것의 미소.

175㎝가 넘는 신장에 성별을 초월한 아름다움을 연출하는 단정한 미모의 그가 살짝 웃음을 비추는데 보통 범인이라면 '아아~ 아름다워라. 샤라라랑~' 했을 테지만 그 순간만큼은 그 미소가 추접스럽고 드런 성깔의 전형으로 보였다.

당연한 반응으로 그 미소가 꼴도 보기 싫었다. 할 수만 있다면 지칠 때까지 몇 날 며칠이고 머리부터 발끝까지 깔끔하게 밟아주고 싶은 욕구가 넘쳐 나고 있었다.

그런 살기를 누르게 한 건, 아니, 할 수밖에 없게 만드는 건 바로 그의 옆에 그 남자 '한'이 있다는 사실이었다. 지금 벌어지고 있는, 그리고 지금까지의 상황을 지켜보면서도 어떤 말도 없이 침묵하고 있는 그의 모습이 짜증스러움을 더하게 했다. 나 외에는 전혀 상관않는다는 저 표정이 싫었지만 왠지 나의 분노를 가라앉히는 묘한 안정감이 있었다. 마치 그림자처럼, 떨어져 나간 반신처럼 묘한 감정이 나를 지배하게끔 만드는 것이다.

망할! 당장 저 표정에서 고개를 돌려 버리고 모든 기억을 싸그리 다 지워 버리고 싶었지만 뜻대로 되지 않으니 숨 죽이고 이만 갈 수밖에.

하지만 할 말은 한다. 망할!

"뭐, 혼돈의 민족? 피의 주체? 운명? 그 시답지도 않은 것 따위는 엿 바꿔 먹으라고 해! 내가 인형인 줄 알아? 지금껏 전생, 그 망할 전생을 떠올리고 나서부터 난 완전 혼란 그 자체였단 말이다. 한이든 진이든 카인이든 나하곤 전혀 관계없는 일이야! 난 장수야, 박장수! 천파당의 차기 가주가 될 이였고 그 망할 사신 때문에 이 세계에서 죽어버린 대

가이칸 제국의 황제! 알간?! 나는 나일 뿐이야. 전생 따위가 무엇이길 래 나에게 그 딴 걸 강요하는 거냐. 그들이 망하든 말든 나하곤 전혀 관계없는 일이야!"

〈글쎄, 너에게는 선택권 따위는 없다고 했을 텐데? 그리고 건방지게 구는 것도 정도가 있는 거다. 넌 경로 사상도 모르느냐? 나는 네놈보다 잠은 #$&#번 더 잤고 밥도 #$%&@번 너보다 운동도 @$#%번 더 했으 며 너보다 세상 빛도 더 오래 봤어. 그런데 태어난 지 고작 스무 해 정 도밖에 안 된 꼬맹이가 감히, 꺼져? 그것도 '한' 앞에서? 아무리 그림 자지만 그 딴 말을 입에 담아? 너, 이 자쉭! 죽을래!〉

"이 씹팔~! 그래, 죽여라. 나도 이렇게 못 살아! 네놈들 때문에 소 모된 내 정신, 정력(?), 그리고 식사, 생리 현상 등등 사생활 침범당한 것도 벌써 몇 번째야?! 이대론 못 살아! 이제 와서 그런 소릴 한다고 내 가 '아, 예, 그렇습니까? 그럼, 응당 도와드리지요' 하면서 고개를 숙 일 줄 알았냐? 나도 인간으로서 긍지가 있단 말이다!"

〈시, 씨팔?! 네가 지금 나에게 죽여달라고 목을 빼놓는구나. 좋게 설 명할 때 들을 것이지 감히 토를 달아, 이 하늘 같은 '시조' 님 앞에서!〉

"하늘 같은 시조 좋아하시네. 시조 사칭죄로 구치소에 들어가고 싶 은 모양이지?"

〈저… 개… 쉐이!〉

"욕하지 마, 이 꼬부랑 늙은이야!! 난 안 한다면 안 해! 그 딴 것들이 어떻게 되든 나하곤 상관없단 말이야!"

내 인생에 이렇게 필사적으로 소리쳐 본 적이 있었던가 싶을 정도로 나는 정말 격렬하게, 말 그대로 광인처럼 펄펄 날뛰었다.

그래, 난 싫다! 싫어! 이런 운명 따위는 싫다. 나의 생을 거부하고 오로지 '환생'이라는 명목으로 휘둘려지는 건 싫다! 난 싫어! 싫단 말이야!!

그 격한 감정과 함께 나의 눈가에 파리한 살기가 물씬 솟는다. 하지만 저들은 이런 나의 반응 따위는 염두에도 두지 않는다는 태도였다.

아악~ 열받는다! 열받아! 하지만 분명 인정하지 말아야 할 사실을 인정하게 만드는 이 감정은 대체 무엇 때문이냐!

"망할!"

사람에게는 수많은 감정이 있다. 희로애락은 물론 각 상황에 따라 다양하게 반응하는 감정은 그 어떤 피조물보다 다양한 생각을 제공했고 또한 그 생각을 현실로 바꾸는 원동력이 되어왔다.

인간의 감정은 슬픔이든 기쁨이든 노함이든 어떤 때는 폭발할 듯 들끓다가도 적정선을 넘겨 버리면 되려 그 감정에 대해 냉정해진다.

자신이 수용할 수 없는 그 어떤 것에 대한 불신과 의심이 그 감정을 억누르고 그것을 파악키 위해 이성적으로 변하는 것이다. 평소에 감성적으로 움직이던 이들도 마찬가지였다.

사람이 너무 놀라운 사실을 알게 되면 되려 차분해진다는 말을 나는 지금 실감하고 있는 중이었다. 한참 지랄발광하긴 했지만 말이다.

"그래, 좋다 이거야. 어차피 뒤집을 수 없다면 그래도 따라야 하는 게 당연하지. 암, 그렇고말고. 큭큭."

정말 개 같은 인생사군. 시답잖을 운명에 휩쓸릴 개 같은 인생의 막이 올랐어. 큭큭.

〈너에게 미안할 뿐이다.〉

"아아, 그만 닥쳐 주세요, 위대한 한이시여. 저는 더 이상 이 일로 이러쿵저러쿵 따지고 싶지 않거든요. 더 이상 그 일에 대해 말한다면 아마 전 미쳐 버릴지도 모르거든요. 후후.”

나는 그냥 웃어버렸다. 어차피 그렇게 해야 한다면, 그 방법뿐이라면 힘없는 내가 어쩔 수 있을 리 없다. 꼭두각시 인형처럼 내 몸을 움직이는 장단에 맞춰 춤을 추는 수밖에.

그들은 말이 없고 나도 말이 없었다. 나는 그저 웃을 뿐이고 그들은 그저 나를 바라보기만 했다. 서로가 서로에게 무슨 할 말이 있겠는가.

그냥 웃어넘길 수밖에. 웃자고, 웃어.

내가 끝내야지, 어쩌겠어. 저런 개 같은 걸 또 다른 나에게 넘겨줄 순 없는 게 아니겠어. 그래그래, 나로서 끝내는 거야. 큭큭, 세상이 다 끝난 것처럼 절망하는 것도 이제 지겨워.

그렇다면 이 운명을 즐기겠어. 벗어날 수 없다면 이런 절망 따윈 즐겨주겠어. 난… 인간이니까. 운명이 주는 슬픔이나 절망 따위에 굴복하기보다 그것을 디디고 일어날 수 있는 인간이니까. 아직… 미래는 결정된 게 아닌 거야. 아직은… 그래, 아직은.

“자자, 앉아서 대화를 나눠보자구. 서로 인상 쓴다고 내 인생이 바뀌는 것도 아니고 말이야. 빨랑빨랑 끝내 버리자고. 후후.”

나는 자리에 털썩 주저앉았고 삼 인은 피식 웃었다.

어이없다는 표정도 있었지만 그 표정 뒤에는 내가 이렇게 행동할 수밖에 없게 하는 데 대한 자책감이 희미하게나마 비쳤다. 하지만 나는 모른 척 무시했다.

그들은 당사자인 내가 쉽게 받아들일 리 없다고 생각했었을 테지만 내가 어디 보통 사람이냐. 울트라 캡숑 나이스 짱. 뒤끝 없는 화끈한 대한의 건아다!

어차피 그리될 거라면 웃으면서 하겠다. 난 그렇게 약한 놈이 아니라고.

　나는 환하게 웃으며 '빨랑 안 해?' 하는 표정을 내비쳤고, 그들은 잠시 누가 먼저 시작할 것인가를 두고 서로를 바라보다가 이윽고 순서를 정했는지 입을 열었다.

　시작은 한이었다.

　〈그렇다면 대화가 빨라질 거다. 우선, 다시 한 번 너에게 미안함을 표한다. 평범하게 자라난 또 다른 나에게 경의를.〉

　"서론이 길어요. 본론만 말해 주십시오."

　길면 짜증만 더 난다, 쨔샤.

　〈너는 모르겠지만 우린 너의 그림자다. 현 자아가 장수로 정해진 이상 아무리 강한 의식체를 가진 전생의 자아라 할지라도 그 자아의 뒤편으로 물러서게 되는 것이 카르마의 이치이자 세계를 창조한 조물주가 만들어낸 법칙이다. 대대로 환생하는 피조물들이 그 생에 충실할 수 있도록 만들어낸 시스템과도 같은 것이다. 물론 전생의 자아는 현 자아에 밀려 표면에 떠오르는 것이 드물지만 특별한 경우 전생의 자아가 현생의 자아와 공유되는 경우가 있다. 전생에 피치 못할 사정이나 강렬한 미련이 생겨 현 자아에 영향을 끼치는데 그 경우가 바로 너의 경우다. 이 경우에도 전생의 것들은 대부분 자아의 뒤편에서 관조한다. 인간으로 친다면 장로의 역할을 하면서 함께 생을 끝내지. 물론 그림자로서 이런 말을 한다면 넌 날 원망할 수도 있겠지만 나는 그 방법을 실행하기 위해 널 만들었다고 해도 과언이 아니다. 이 자리에 함께 있지만 영진도 카인도 모두 그런 맥락으로 만들어진 몸에 불과하다. 너를 안배하기 위해서. 물론 이 자아 안에서는 나조차도 너에게 있어서는 그림자에 불과한 것. 네가 나를 거부하면 나는 그대로 사라진다.

존재 자체가 말이다.〉

나는 그 말에 살짝 비웃음을 머금었다. 그의 말대로 아무리 날고 기는 족속들이라고 할지라도 이곳은 나의 세계. 나의 마음이 태어난 곳. 짧지도 길지도 않은 세월 동안 삶의 다양한 영상을 그려내며 주인 된 의식을 갖춘 자아의 휴식처였다.

이 휴식처 안에서는 저들이 나의 전생이고 나의 일부로 인정되고 있다 해도 저들이 이곳에 있게끔 허락하지 않는다면 그대로 사라져 버릴 그림자인 것이다.

나는 의미없는 호흡을 계속했다. 사실 그 방법을 나에게 말했을 때 그는 소멸을 각오하고 있었을 것이다. 그리고 그들의 그런 운명이 너무도 우스워 피식 웃음을 흘리고 말았다.

〈본디 하나였어야 할 우리들이 이리 나뉘어진 것은 네가 우리를 거부하여 정신 속에 봉인한 탓도 있지만 아직 네가 우리들을 모두 받아들이기에는 그 그릇이 크지 못하다는 것에 그 이유가 있었다. 네가 받아들일 우리의 힘과 지식은 한계가 있고 강제로 융합하려 한다면 그 힘과 함께 네가 자멸해 버릴 것이라는 맹점이 생겨 버린 것이다.〉

그건 옳은 말이다. 신의 의식을, 그것도 다음 대의 조물주가 될 뻔한 존재의 의식을 받아들이기에 인간이란 존재는 너무도 불완전하여 갑작스레 신의 의식을 받아들이다가는 백에 백은 백치가 되고 온몸은 갈기갈기 찢겨져 사라질 것이다.

물론 그걸 한이 모를 리가 없었다. 이미 예측하고 방책을 준비해 뒀을 거다.

나의 이런 생각은 적중했다.

〈그래서 내가 선택한 건 힘의 분배다. 정확하게 말하자면 '그 힘'을

사용할 때, 그 힘의 반탄력을 함께 짊어질 존재들을 찾아낸 거지.〉

나는 그 존재들이 누군지 안다. 이미 한의 의식을 일부분이나마 받아들였으니까.

〈그들은 삼사(三師)다. 그들은 네가 각성한 이상 널 찾아올 것이다. 내가 이 세계에 넘어올 때 함께 날 따라온 천인들의 수도 제법 되니 나의 기운을 느끼고 너에게로 몰려들 것이다. 너는 그들을 효과적으로 통솔하고 의식에 따르도록 하는 것이다. 아직 기억이 불완전하다는 맹점이 있긴 했지만 너는 내 능력의 일부를 받았으니 천인들을 무릎 꿇게 할 수 있을 것이다.〉

"아이구, 그것참 고맙군요."

나를 염려하는 투로 말하지만 그런 염려가 오히려 더욱 밸이 꼬이게 만든다는 걸 저 작자는 모르는 걸까.

괜히 심통이 난 모습으로 나는 입술을 삐쭉였다.

참… 나도 어쩔 수 없는 속물이었던 건가?

하지만 그 방법을 듣고 나처럼 멀쩡할 사람 있으면 나와 보라고. 아아, 나는 역시 너무 착했던 거야. 아아, 정말 차원의 주시자께서는 이렇게 울트라 캡숑 나이트 짱짱한 미모에 착한 마음씨까지 주다니… 나라는 존재는 역시 세계 최고 최강 최대의 복이며 경사이고 축제의 장을 열 인물이었던 거야, 암.

나는 입술을 삐쭉이며 잠시 잠깐 동안 나의 선량함에 대한 자찬론을 주절거렸다. 영진은 완전 '오오, 할레루야' 포즈로 있는 나에게 곱게 주먹을 쥐어 보이며 이를 부득 갈았다. 삼 인 중 말수가 가장 적었던 카인은 한심스럽다는 표정으로 혀를 차곤 외면했다.

뭐, 나야 상관없는 일이지만 말이다.

의아한 사실은 한과 영진만이 나와 기억의 공유를 나누었을 뿐 카인은 나와의 공유를 거부했다. 아니, 정확하게는 이 자리에서는 보여주고 싶지 않다면서 나중에 다시 둘이서만 만나 전할 것이라는 말을 했다.

그리고 나를 향해 애매한 미소를 지어 보이는데 알 듯 모를 듯한 감정에 더욱 갑갑해졌다. 하지만 물어볼 수도 없는지라 그냥 입을 다물어 버렸다. 복잡한 건 질색이었다.

지금 이 순간부터 단순하게 살자는 신조를 만든 나. 복잡한 내용은 '안녕~ 안녕~ 빠빠이~' 한 나다.

나는 씨익 웃으며 차례차례 한과 영진, 그리고 카인을 보았다.

나의 그림자들. 나의 정신 속에서밖에 존재할 수 없는… 존재 아닌 존재.

나는 피식피식 웃으며 그들을 향해 환한 미소를 지어 보였다.

그래 원망하지 않겠어. 어차피 그렇게 될 운명이었다면 웃으면서 끝내겠어, 모든 것을.

〈이건 운명이야, 꼬마. 거스르면 너도, 그리고 민족 전체가 모두 죽는다.〉

나는 피식 웃었다. 그것이 운명이라고, 그것이 내가 타고난 운명이니 받아들이라고 말한다.

"하… 하하하."

운명… 흐흐. 운명이라고… 하하하!

내 입에서 웃음이 터져 나왔다. 어떤 감정도 깃들지 않은 지독한 허무감이 배어 있는 웃음이었다.

〈뭐, 어쨌든 이제 곧 클라이막스의 막이 오를 거다, 꼬마. 이번에말

로 마지막이 되는 거다.〉

"……."

하지만 지금은 아무것도 생각하고 싶지 않아.

〈지루할 정도로 오래 끌어온 이 전쟁을 끝낼 때가 온 거다.〉

"……."

아무것도 듣… 고 싶… 지 않아…….

〈너의 그 목숨으로 말이야.〉

하지만 냉혹하게 진실만을 말하는 그에게 나는 어떤 현실 도피적 생각도 불가능하다는 것을 알고 있었다.

조금도 망설임없는 유혹적인 운명과 함께 가혹할 정도로 짓궂은 운명의 수레바퀴를 돌리는 여신의 미소가 내게 지어지고 있었다.

어차피 나는 그 이단의 길을 걸어야 할 것이고… 그것의 마지막을 장식해야 할 것이다.

운명은… 짓궂기만 한 운명의 수레바퀴는 어디까지 깊고 깊은 절망을 나에게 안겨줄까.

하지만 그런 운명 따위 지금의 나에게는 하등의 관계도 없었다.

나는 그냥… 지극히 담담하게 웃었다.

그냥 그렇게 웃고 있었다. 그리고 그런 나를 그는 안아주었다.

무력함에 그저 웃기만 하는 나를 그는 계속 끌어안아 주고 있었다.

원망과 슬픔, 아픔도 모두 감싸줄 것처럼…….

그리고 잠시간의 그 포근함에 나는 눈을 감았다.

*　　　*　　　*

인간의 자아는 혼돈에 비유된다.

혼돈이란 태고의 모든 것을 품은 생명의 바다이자 파멸의 서곡을 알리는 이름. 그것은 빛도 아니며 어둠도 아닌 뒤엉키고 서로의 위세를 떨치는 하나의 전쟁터. 그 위험천만한 위세 다툼에 혼돈이라는 이름처럼 잘 어울리는 것이 있을까.

감성이 소용돌이치는 깊은 심연 속에 하나의 이치가 은은함을 빛내며 고고하게 자신을 지키고 있었다. 그것은 하늘의 이치를 담은 81자의 글을 담은 천부경(天符經)이란 이름의 것이었다.

웅— 우— 우우우우웅—

정신의 일부로 융합되어 빛을 발산하는 그 근원이 무언가에 분노한 듯 격한 떨림을 보이고 있었다.

웅— 웅—

"이곳이 그분의 자아 속인가?"

그리고 그 분노의 근원으로 보이는 존재가 속삭인다.

이곳의 어둠만큼이나 검디검은 머리칼. 독특한 풍성한 복색은 비단으로 만들어진 듯 무척이나 정갈해 보인다.

그런 존재가 또다시 속삭인다. '무척 아름답다고', '슬프도록 충만한 빛을 담은 세계'라고. 그리고 그 존재는 쓴웃음을 지으며 조용히 정신의 중심에 있는 홀로 발을 디딘다. 자신의 주인을 위해서…….

천부경의 빛은 접근을 허락하지 않는 듯 격한 분노를 띠며 발산되었지만 존재는 망설이지 않았다. 그리고 그 빛 속에 손을 뻗는다. 그리고는 잠시 숨을 고르더니 말한다.

깨.어.나.라.고.

그 근원의 은은한 빛이 바람에 흔들리는 촛불처럼 한순간 흔들리더니 곧 작은 실과 같은 검은 기류가 흘러내려 둥글게 변했다. 그 둥근 모습이 잠시 뒤에는 점차적으로 몸으로 추측되는 부위를 뒤덮으며 조금씩 인간의 형태를 완성시켜 갔다.

형태가 완전히 이루어지자 눈으로 보여지는 안광이 반짝이며 주위를 둘러본다.

보이는 검은 세계… 막 태어난 존재는 처음으로 탄생의 기쁨에 즐거워한다. 그리고 눈앞의 존재를 인식하고는 극도의 공포에 질린 눈으로 방울방울 진 물기를 뚝뚝 떨어뜨린다.

진흙 인형처럼 질퍽질퍽했지만 온전한 사람의 형태를 띤 성인의 존재는 뭔가를 기원하듯 눈앞의 그를 바라보았다. 하지만 그는 무심하게 고개를 저을 뿐이다.

그리고 존재는 길게 울부짖었다. 서글프게… 지독한 원망을 쏟아내며 울부짖는다. 그리고 그의 몸은 조금씩 부풀어 오르기 시작했다.

터질 듯이 팽창하며 탄생된 것을 부쉈다. 조금씩 조금씩. 탄생된 존재는 부서지고 있었다.

그리고 그 존재는 소리친다.

자신을 이곳에 보낸 존재가 내린 명령을 수행하기 위해 무언의… 그래서 더욱 처절한 절규를 토해낸다.

퍼엉!

물체가 터져 나간다.

후드득.

완벽하게 터져 나가 으깨진 살덩이가 후드득 쏟아져 내려 천부경을 덮는다. 그리고 그것이 존재의 마지막이었다.

천부경이 비명을 지르듯 찢어질 듯한 파공성을 내며 흔들린다.

이것은 봉인의 의식.

'그'의 피가 천부경에게 가하는 금제의 의식.

무사히 끝이 난 것을 확인한 존재는 쓴웃음을 지으며 조용히 속삭인다.

"이게 마지막인가? 그렇다면 부디 용서하시길."

담담하지만 그 속에는 희미한 허탈함과 자조가 배어 있었다. 존재는 용서를 구하듯 무릎을 꿇었다가 일어나 가슴에 손을 얹는다. 그리고 조용히 고개를 조아린다.

경건함의 예를 취한 자세로 존재는 다시 흐려지듯 형태가 사라졌다. 하지만 그 존재가 볼 수 없었던 한 쌍의 눈동자 역시 기이한 살기를 띠며 뒤잇듯 사라지고 있었다.

2

스스로 된 여행

흠칫.

처음에는 조금 어색했지만 곧 온몸으로 느껴지는 기이한 편안함에 기분 좋게 한의 품에 안겨 있던 나는 몸을 굳혔다.

그것은 어떤 이미지, 뇌리를 스치고 지나가는 예감이었다.

자아는 스스로를 인식한다. 자신이 속한 이성을 반기며 감정을 우아한 빛의 색으로 물들이며 일생을 그려 나간다. 깊은 호수의 평온함을 유지하며 스스로도 알 수 없는 기이한 정적을 유지하는 내면. 그 내면 의식 속의 자아가 혼란스러워하고 있었다. 지독한 연민과 슬픔으로 얼룩진 과거를 잊고자 몸부림친다. 그리고 그 몸부림은 '자아' 의 절규로 이어진다.

크.하.아.악.

누구의 비명성인가? 누구의 자아가 저토록 비통하게 울부짖고 있는

가? 절규의 시작은 깊고 깊은 자아의 내면 속이었다.

검은 베일로 감춰져 있던 공간이 조금씩 걷히고 있었다. 그리고 그 비명이 '나'에게 소리치고 있었다.

'이단인 날 죽여라' 라고.

두근. 두근. 두근. 두근.

나의 심장이 그 기운에 동조하듯 터질 듯이 뛰는 것이 확연하게 느껴졌다. 그리고 온몸이 쥐어뜯기는 듯한 느낌과 함께 순간적으로 아찔함과 머리 속을 꿰뚫는 어떤 이미지가 있었다. 그것은 막연한 불안감이었다. 아니, 나도 알 수 없었지만 그 불안감은 나에게 경고를 울리고 있었다. 위험하다고 소리치고 있었다.

나는 눈썹을 꿈틀거리며 한의 품에서 떨어져 나왔다.

사람은 약하다. 그래서 끊임없이 위협당하고 위협받을 수밖에 없는 생을 살 수밖에 없다. 그런 사람에게 조물주가 준 하나의 선물이 있으니 그것이 바로 육감(六感)이라는 것이다.

오감만으로 위험을 피하기는 역부족이기에 그 부족함을 채우기 위해 순간적으로 자신의 위험을 막연함으로나마 예측할 수 있게 만들어 피할 수 있도록 했다.

지금 내가 느끼고 있는 이 위험 신호는 바로 육감이었다. 그것은 머리 속을 꿰뚫는 어떤 막연한 이미지의 형태를 띠며 불안감을 동반한다. 그것이 사막의 유사처럼 나의 몸을 집어삼키고 있었다.

약간 사이하면서도 어두운 기운, 이 기운이 나를 위협한다. 나를 거부한다. 나의 목을 죄어온다.

이 기운을 피해라? 도대체 이 느낌은 뭘까?

나는 잠시 굳어진 채로 방금 전부터 계속해서 보아온 검은 공간을

조용히 훑어 나갔다. 볼 것도 없었지만 본능적으로 위험을 느낀 내 눈
에는 이런 허튼짓조차도 아쉬운 형편이었다.

　욱씬.

　심장의 한구석이 죄어들었다. 불안감은 더해갔고 점차 숨 쉬기가 어
려워졌다. 순간적으로 아찔함마저 느꼈지만 참지 못할 것은 아니었다.

　나의 감각은 극도로 예민해졌고 방금 전 나를 지배했던 혼란 따위는
말끔하게 지워 버렸다. 그리고는 침착하게 불길함의 근원을 찾기 위해
정신을 집중했다.

　하지만 내가 느꼈던 막연한 불길함의 정체는 전혀 밝혀지지 않았다.

　조금 불쾌했다. 여기는 나의 정신 속. 이 속에서 내가 하지 못할 것
은 없었다. 심연 속에서 '상상'만으로도 모든 것이 이루어지며 또한
이룰 수 있는 기회가 주어지는 세계가 아닌가. 인족들이 갖는 모든 잠
재 능력의 시작점이 바로 이 심연의 정신 속이다.

　이 정신 속에서 나를 불안하게 만들고 그 불안함을 만든 것에 대해
정체조차 밝힐 수 없다니. 상당히 불쾌하지 않겠는가. 자존심 강한 나
로서는 도저히 용서할 수도, 용납할 수도 없는 일이었다.

　나는 육감이 외치는 위험 경보를 신중하게 받아내며 그것의 정체를
밝히기 위해 다시 한 번 정신을 집중하려 했다. 하지만 그 집중이 채
끝나기도 전에 나는 몸의 균형을 잃었다.

　온몸이 거꾸로 도는 듯한 어지럼증과 온몸 전체로 퍼지는 봄날의 춘
곤증과 비슷한 나른함이 온몸의 힘을 떨어뜨렸다.

　그리고 그것이 내가 알 수 있던 마지막 의식이었다. 나의 의식은 이
미 편안한 몽환 속으로 천천히 잠겨가고 있었다.

풀썩.

소년이 쓰러졌다. 소년을 쓰러지기 직전 받아 든 '한' 의 눈동자는 한순간 꿈틀거렸다.

불쾌했다. 이 불쾌감은 오래전에 느껴본 것이었다. 너무도 익숙해서 도리어 반가울 정도로 친숙한 느낌. 차분하게 가라앉아 있던 한의 두 눈은 엄청난 살기로 일렁였다.

물론 그의 뒤를 보좌하듯 서 있는 영진과 카인 역시 상당한 불쾌감으로 인상이 일그러져 있었다.

아무도 없는 허공. 그 허공 위를 유유히 떠다니고 있는 그들은 구겨진 인상을 펼 생각도 하지 않은 채 서로 시선을 마주했다. 그리고 그와 동시에 그들의 몸에서는 거침없는 빛과 어둠이 가느다란 실처럼 뿜어져 나왔다.

허공 속에서 잔잔하게 유지되던 정신의 공간이 풍랑이라도 만난 듯 격렬하게 흔들렸다. 마치 지금의 불쾌감에 대한 짜증을 이렇게 풀기라도 할 것처럼 보였다. 그들은 찡그려진 인상을 쉬이 풀려 하지 않았고 서로를 바라보며 어떤 말도 없이 침묵하고 있었다.

더럽게 짜증이 났다. 또한 화가 났다. 얼마나 기대했던 존재와의 만남이던가.

이미 생이 끝나 명부의 세계로 넘어가 다시 윤회의 고리에 들어서 새로운 삶을 영유했을 영진과 카인을 비롯해 오천 년이 넘는 세월 동안 이 어둠 속에서 기다려 온 '한' 은 지금의 불쾌감의 근원에 대해 막연하게 느끼고 있었던 터라 더욱 분노에 타오르는 상태였다.

그를 처음 보았을 때 그는 매우 만족스러웠다. 아름다웠고 순결했으며 정결한 영혼의 소유자였다. 안식의 평온한 멜로디는 끊어졌으나 내면의 고요함은 어쩔 수 없는 법. 고요한 정신 속을 부유하듯 둥실 떠올라 있는 그를 보며 한의 살기는 잠시 가라앉았지만 그건 아주 잠시뿐이었다.

이건 확신이었다. 뭔가 확실히 잘못된 것을 한은 알고 있었다. 아마 영진과 카인도 한의 느낌과 같은 것을 느끼고 있을 것이다. 하지만 그것에 대해 입 밖에 내는 것조차 힘겨운 듯 그들은 조금씩 흩어지듯 사라져 가는 현 자아의 주인을 바라보며 인상을 딱딱하게 굳혔다.

싸늘하게 식은 표정의 한이 조용히 그들에게 물었다. 아니, 정확하게는 본체가 일으킨 갑작스런 위험에 대한 사실을 확인시켜 줄 '카인'에게였다.

〈정확하게 확인된 거냐?〉

〈네 제 눈으로 확인한 사실입니다.〉

한의 눈빛은 그야말로 참담하게 일그러졌다.

그 참담함을 충분히 예상할 수 있는 둘은 예정에 벗어나 버린 것에 따른 난감함에 물든 표정으로 고개를 저었다. 이미 어긋나 버린 것을 어쩌겠느냐는 자포자기의 표현이었다.

한 역시 그 의사에 동의하는 듯했지만 입맛이 쓴 것은 어쩔 수 없는 일이었다. 한은 골치가 아프다는 듯 머리를 부여잡는다.

〈그렇다면 그것의 상태는?〉

〈직접 보시는 게 나을 겁니다.〉

한숨과 함께 말하는 영진의 태도에 그는 또다시 눈썹을 꿈틀거리며 그 장소로 향했다.

그들이 의식 속에 존재하면서 가장 신경 써 보호해 온 영역이며 아직 본체가 알지 못하는 '정신 안의 또 다른 정신'이 존재하는 곳이었

다. 청룡에게 양도받았으며 한의 '이단' 의 의지를 표명하는 단 하나의
신물이 있는 곳으로 천부경(天符經)의 기운을 담은 채 태초의 의식을
유지하고 있는 장소였다.

"흡!"

공간에 도착하면서 보여진 광경에 한은 저도 모르게 신음을 흘렸다.
영진은 당장이라도 토악질을 할 듯 파랗게 질려 있었고 카인은 별반
다를 바 없는 표정으로 시선을 돌려 버렸다. 그 어떤 곳보다 영기(靈氣)
가 자욱해야 할 이곳이 더럽혀져 있었다. 물론 피에 익숙한 그들이 보
기에는 그다지 흉물스럽다거나 한 광경은 아니었다. 다만 빛이, 천부
경의 빛이, 순결해야 할 그 의지의 빛이 사기(邪氣)로 물들어 심하게 훼
손되어 있었다. 게다가… 천부경이 비명을 지르고 있었다. 고통스럽게
울부짖으며 자신의 주인에게 호소하고 있었다.

아프다고… 고통스럽다고… 이 아픔이 싫다고… 이 기운을 사라지
게 해달라고 소리치고 있었다.

천부경은 의지를 가지고 있었다. '한' 이 자신의 아비에게 최초로 받
은 신물이지만 그 신물은 '이단' 만이 가질 수 있는 것이기에 단순한
신물이라고 할 수만은 없었다. 의지를 가지고 조물주에 반하는 지식과
지혜를 주인에게 부여해 왔다. 이단이라 부르며 적대하는 존재들에게
는 그 의지가 원하지 않는 이상 파괴할 수도 없고 파괴해서도 안 되는
가장 골치 아픈 신물(神物)이었다.

하지만 이단에게 있어서는 가장 소중하고 지켜야 하는 목숨과도 같
은 신물로 이단이 바라는 이상을 이루어주게끔, 운명을 수정할 수 있게
끔 만들어주었다.

그런 천부경이 지금 피로 범벅이 되어 고통스럽게 비명을 지르고 있

었다. 고통의 근원은… 아마도 저것일 것이다. 천부경의 빛을 뒤덮고 있는 붉은 피, 아니, 피라고 보기 어려운 어떤 생물의 체액이었다.

그 체액에서 뿜어져 나오고 있는 기류는 삼 인에게 아주 익숙한 이의 기운이었다.

저것은 '씨' 다. 생명을 낳을 수도 죽일 수도 있는 누군가의 '씨'. 분신을 생산케 만드는 '씨앗'.

생각하기도, 생각하고 싶지도 않았던 존재의 기운을 품은 씨앗이 한순간 탄생하며 뿜어낸 저 기류가, 저 기운이 천부경의 기운을 약화시키고 있는 것이다.

이러다가는 천부경이 소멸해 버릴지도 몰랐다. 자신이 구원하고자 하는 이상을 도울 유일무이한 희망이 사라지는 것이다.

한의 표정은 그야말로 참담하게 일그러졌다.

〈설마, 벌써 발각된 건가? 이렇게 빨리?〉

〈그것도 그렇지만 이건 정말 위험한데 그래.〉

드물게 진중한 어투로 천부경을 살피던 영진은 엄청난 파공성을 일으키며 침식해 가고 있는 이질적인 기류와 그에 대항하는 천부경의 모습에 마른침을 삼키며 중얼거렸다.

〈이런 강공책을 쓰시다니… 그분도 어지간히 급했나 본데, 이렇게까지 하시는 걸 보니?〉

이것은 전율이었다. 순식간에 온몸으로, 전체로 퍼져 나가 토기마저 불러일으켰다.

〈뭐, 예정보다 저쪽의 반응이 빨라졌으니 발 빠르게 움직여야겠죠. 그리고 우선 천부경부터 회복시켜야 하지 않을까요?〉

한도, 영진도 움직이지 못했지만 그나마 침착하게 사물을 살피고 있던 카인이 말했다. 그러나 그런 그마저도 이 상황에 대한 놀람 때문인지 음성에는 미미한 떨림이 묻어 나오고 있었다.

〈우선 저 힘부터 떼어내시죠.〉

〈하지만 회복된다고 하더라도… 한동안 사용은 불가능하겠는걸?〉

〈한동안만으로 끝나면 얼마나 좋겠습니까.〉

상황이 더 나빠질 수 있다는 것을 은연중에 흘리며 말을 삼키는 카인에게 한과 영진은 엄청난 분노 뒤의 참담함에 빠졌다.

천부경이 '더럽혀졌다' 는 것은 단순히 오염물이 묻어 더럽혀진 것과는 차원이 달랐다. 천부경은 분명 이단의 상징이지만 이단이 선택한 종족의 상징이기도 했다. 이것이 사라진다면 한이 지금껏 행해왔던 모든 것이 물거품이 되어버리는 결과는 낳는다.

한 차원계에서 타 차원계로 온전히 넘어오는 것은 불가능했다. 신의 개입과 영혼 교체만이 가능한 방법이지만 그런 자격을 갖추는 이들은 '이단' 이 선택한 종족이라는 조건이 붙었다.

그리고 그 이단의 종족을 상징하는 신물이 이 세계에서 적응할 수 있는, 타 차원의 것을 거부하는 힘으로부터 강제력을 행사해 이 차원에서 존재하게끔 만들어주는 것이다.

그런 의미로 볼 때 천부경은 이계로 넘어왔거나 넘어올 예정인 이단들에게 있어서 가장 중요한 신물이었다.

하지만 저 기운으로 인해 천부경은 일시적으로 그 힘을 잃을 것이다.

그로 인해 천부경을 보관하고 있던 본체는 물론 이곳에서 적응하며 살아가고 있던 모든 이계인들에게 영향을 줄 것이다. 최소한 반년에서 일 년 정도의 기간 동안은.

짧다면 짧은 기간일 수도 있지만 한들에게 있어서는 엄청난 시간 낭비였다. 그렇지 않아도 신물은 자신이 선택한 이들로부터 거부당해 엄청나게 훼손된 상태였다. 그 상태에서 이 세계의 강제력을 유지하기 위해 몇 번이나 소멸될 뻔한 위기를 넘긴 전력을 가지고 있던 터였다.

청룡왕(青龍王) '윤'이 그나마 잘 간수한 덕분에 힘의 절반 이상을 회복하여 어느 정도 안심하고 있었는데 이런 일이 벌어진 것이다.

한은 화가 났다. 속이 부글부글 끓었다. 아직 자아의 주인이 완벽하게 깨어나지 않았기에 정신 안에서만 가능한 '완벽한' 이룸의 능력은 아직 그에게 가능했다.

한의 가벼운 손짓과 '사라져라' 라는 한마디로 천부경에 꾸역꾸역 붙어 있던 기류가 사라지며 더 이상의 훼손은 막았지만 그건 어디까지나 임시였다.

자신의 힘이 아무리 뛰어나더라도 지금의 한은 그림자였다. 저것의 주인은 장수였고, 저것을 다룰 수 있고 회복시킬 수 있는 것도 현 주인인 그가 아니면 불가능한 것이다.

도저히 참을 수 없었다.

'나의 존재가… 그들의 존재가 위험스럽다면 이 공간에서 떠나주겠다'고 생각하며 추진한 일이었다. 조용히 떠나 이계에 정착한다면 어떤 충돌도 없을 것이라 생각했다.

그런데… 그런데… 이게 대체 무슨 일인가?! 대체 왜 이런 짓을?!

한은 주먹이 새하얗게 변할 정도로 꽉 쥐었다.

〈그가 깨어나면 우린 더 이상 자아를 유지할 수 없습니다. 그렇다면 돌려보내기에 앞서 그 사실부터 알려주었어야 하지 않을까요? 우리에게는 시간이 없습니다.〉

〈그건 나도 안다, 안다고. 젠장!〉

자아의 원주인이 사라진 이상 그림자들은 존재할 수 없는 법이었다.

한의 눈에는 원독 서린 분노와 분노의 근원이 되는 안타까움이 가득했다. 자아가 잠들어 있는 동안만 현재를 살아가는 또 다른 자신과 대화가 가능한 것이므로 잠들어 있던 자아가 깨어나면 자신들은 자아가 그들을 원할 때까지 아무것도 볼 수 없고 생각할 수 없었다. 그저 바스라져 자아 속의 파편이 되어야 할 존재인 것이다.

그것을 증명이라도 하듯 이마를 부여잡고 있던 희고 곱던 그의 손이 조금씩 마른 고목처럼 거칠어지고 뒤틀려 나갔다.

한의 표정은 절망으로 물들었다.

〈젠장! 아버지시여! 당신을 저주합니다! 원망한단 말입니다!〉

그리고 그 절망은 미라처럼 조금씩 말라가는 한의 절규로 이어졌다. 그 절규 또한 처절했지만 무언의 비명성과도 같은 것일 뿐이었다.

허공을 향해 원망 어린 눈빛을 쏟아내던 한의 몸은 바싹 말라 버리고, 영진과 카인의 몸은 사막의 모래처럼 조금씩 흩어져 날리고 있었다.

서글픈 눈빛을 담은 채로 그들은 다시 자신들이 불려지길 기다리며 사라지고 있었다. 그리고 그들이 사라진 자리에 피에 젖은 채 쓸쓸하게 빛을 내뿜는 천부경만이 고고하게 떠 있었다.

*   *   *

"이 공기도 오랜만이군."

같은 시각, 온통 어둠만이 지배하며 어떤 것도 존재하지 못할 높은 상공에 한 인영이 떠 있었다.

허공 아래로 보이는 척박한 핏빛 대지를 내려다보며 그 인영은 사뭇 감회가 새롭다는 듯 음성이 차분하게 가라앉아 있었다.

우드득. 우득.

차츰 인영의 등이 조금씩 부풀어 올라 뼈와 근육을 마찰시키며 움찔 움찔 터져 나옴으로써 자신의 영역권을 과시했다. 그리고는 자신의 힘을 유감없이 내보이며 어둠 속 진정 높은 자만이 지을 수 있는 오만한 미소를 지었다. 그리고 마계의 대기는 그것을 기다렸다는 듯 거대한 진동을 내뿜는다.

12장의 날개. 이 세계에서 단 한 명의 존재에게만 허락된 12장의 순수한 암흑의 날개. 그것은 마신의 증거이며 힘의 상징이었다.

무엇을 생각하는 듯 지그시 감겨 있던 인영의 두 눈이 부릅떠졌다.

섬뜩하지만 투명한 와인 바이올렛 빛깔의 눈동자가 기이한 살기를 풍기며 빛났다.

"그래, 죽여주지. 계약대로. 신족이라는 이름 자체를 말.살.시.켜. 주.지."

인영의 살기는 폭발적으로 터져 나왔다. 그리고 동시에 굳게 다물어진 인영의 입이 열렸다.

지이이이잉—

두… 둥.

그것은 소리이되 소리가 아니었다. 무언의 외침은 들리지 않았으나 어떤 감각을 자극하는 박쥐들의 초음파와도 같은 공기의 울림이 일었다. 그 울림이 핏빛 대지를 삼켜 나가고 있었다.

마계(魔界).

수천 수만에 이르는 어둠의 금수(禽獸)인 마수(魔獸)와 어둠의 귀족 (貴族) 마족들이 탄생하고 자라나는 어둠의 시작이자 끝인 공간. 피와 잔혹한 전투가 난무하며 철저한 약육강식으로 파괴 본능과 모든 악(惡)의 시작을 잉태한 세계. 그리고 신을 저주하고 모든 생명체를 환멸하며 증오하는 어둠의 종족들의 땅인 것이다.

하.지.만. 밧~뜨(But). 그렇게 막돼먹은 표현을 하면 아마도 마계의 모든 귀족들에게 상상치 못할 엄청난 분노와 욕설을 포함한 구타와 저주를 받음과 동시에 자손 대대로 엄청난 시달림을 당할 것이다.

마족들은 아름답다. 드래곤 족처럼 미를 사랑하며 화려한 것을 좋아했고 싸움을 광적으로 즐기긴 했지만 뒤끝이 깨끗했다. 또한 그들은 평소 무척이나 조용하고 너그러운 종족이다.

게다가 마계 역시 비록 짧긴 했지만 봄이 있어 항상 시커먼 것도 아니었다. 중간계의 봄처럼 꽃과 나무가 자라며 마계에 넘치는 생명의 기운에 이끌려 정령과 정령왕들이 친히 출장 나올 정도로 아름답고 충만한 마나가 넘쳐 났다.

꽃들이다. 육식(肉食)을 한다는 것이 좀 문제이긴 했지만 번식 때 영양 보충을 위해 잠깐 하는 것일 뿐이었다. 게다가 그들이 먹는 음식도 하급 마수에 국한되어 있어 위협 요소가 되지 못했다.

게다가 마계의 마수들은 등급이 높을수록 자아가 있었고 신수처럼 성스러움은 느껴지지 않지만 어둠의 자식다운 고고함과 야성적 강인함에 따른 나름대로의 아름다움도 가지고 있는 자존심 만땅의 종족들인 것이다.

어쨌든 마계 역시 아름다운 세계였다.

　다만, 지금은 마계의 봄이 아닌 가장 혹독하고도 긴 마계의 겨울이었다.

　이 겨울은 마계에서 살아가는 마족들조차 모두 피하는 형편으로 겨울이 끝날 때까지는 마계의 거성 판도에모니움에서 지내는 시기였다.

　판도에모니움의 주인인 마신(魔神)이 부재중이지만 100명의 마왕들이 그들을 통제하고 있다. 그들에게 이 계절은 겨울나기를 위한 엄청난 양의 일감에 치여 과로사(過勞死) 직전으로 치닫는 괴로운 계절이기도 했다.

　발에 치이는 서류, 서류, 서류에 마왕들이 치를 떠는지라 이 시기만큼은 모든 마족들이 마왕의 눈치를 보며 살살 피해 다닌다. 과로로 인한 스트레스가 팽배할 대로 팽배해 있어 조그만 자극에도 분노가 터져나와 애꿎은 화풀이 대상이 될 수도 있기 때문이었다. 그래서 이 시기에 판도에모니움에 들어온 마족들은 자신에게 부여된 영역에서 나오는 것을 자제하며 숨죽이고 있는 것이다.

　특히 북쪽 궁에 처소가 정해진 마족들은 더 더욱 몸조심을 한다. 마신(魔神)의 부재로 인해 더 더욱 일감이 많을 수밖에 없는 마신 직속 보좌관인 루시퍼의 거처이기 때문이다. 보통 마왕들이 처리하는 서류가 눈으로 훑는 것만으로도 돌게 만들 정도로 많은 양이라지만 직속 보좌관인 루시퍼에 비하면 손톱의 때 정도에 불과했다.

　과로사하려면 이렇게 해야 한다는 것을 여실히, 그리고 확실히 알려주려는지 기가 질릴 만큼의 일감에 치이는 루시퍼였기에 그의 거처에서 조금이라도 소란을 떨었다가는 그날로 끝이라는 것을 북쪽 궁의 마족들은 너무나도 잘 알고 있었다. 때문에 북쪽 궁의 겨울은 숨소리조차 들리지 않는 정적에 묻혀야 했다.

북쪽 궁의 실질적인 권력의 중심이라 할 수 있는 리빌른 궁 루시퍼의 거처에서는 그 숨 막히는 정적이 깨어지고 있었다.

"아아아아악. @#%$··#$@$##··&&*%·%%/~"

그건 고함 소리였다. 피 튀기는 듯한 절규와 한계에 다다를 대로 다다라 스트레스가 빵빵해진 존재가 그 스트레스를 이기지 못해 지르는 처절한 비명성이었다.

그 비명성의 근원지는 리빌른 궁의 가장 중심인 루시퍼의 집무실이며, 겨울을 날 때까지 식당과 침실을 겸용하는 루시퍼의 다사다난(多事多難)한 마생(魔生)을 절실하게 보여주는 곳이었다.

발 디딜 틈 없는 건 기본이요, 천장에 닿을 듯 꽉꽉 쌓여 있는 서류 더미는 건드리면 쏟아져 내릴 듯 위태로웠다.

그런 서류 더미의 방에서 루시퍼의 비명은 한참이나 메아리쳤다.

현재 루시퍼의 미모는 환상이라는 말로도 부족했다. 허리까지 늘어지는 물빛 머리카락과 마족의 정점에 선 자라고는 믿을 수 없을 만큼 정광이 가득한 핏빛 눈동자, 창백하리만큼 곱고 흰 피부까지 솜씨 좋은 장인이 공들여 깎아 만든 듯한 미모는 누구라도 탄성을 지르게 만들 정도였다.

항간에서는 그를 마계의 꽃이라고 부르기까지 하니 그의 미모가 어느 정도인지 예상할 수 있을 것이다.

또한 루시퍼는 보통의 마왕들과는 달리 온화함마저 가져 수많은 마족들의 경외와 존경의 대상이었다. 하지만 비명을 지르는 동안 청년의 표정은 그야말로 악귀의 형상 그 자체였다.

거처 안에 가득가득 채워졌다가 이제는 허공을 펄럭이며 날아다니는 종이들 사이로 청년 루시퍼는 머리를 쥐어뜯고 있었다. 며칠을 씻

지도 못했는지 헝클어진 머리칼이나 구겨질 대로 구겨져 버린 옷매무
새가 무척이나 안스러워 보였다.

루시퍼의 아름다움은 입신의 경지이며 온몸 자체에서 기품이 넘쳐
난다는 둥의 항간의 소문을 듣고 찾아온 그를 사모하는 수많은 마족들
의 뒤통수를 10톤 망치로 후려갈겨 개박살 내고도 남을 만큼의 모습이
었다.

물론 그가 폭주하는 이유를 아는 다른 마왕들은 루시퍼의 이런 망가
진 모습에 대해서 그다지 신경 쓰지 않았고 다른 마족들은 안다 하더
라도 감히 말할 수 없었다.

어쨌든 루시퍼는 지금 발광도 그냥 발광이 아닌 지랄발광, 개발광을
떨고 있는 중이었다.

그리고 그런 그의 옆에는 사가타너스가 한숨 섞인 동정을 내비치고
있었다. 그는 운반하는 것만으로도 질려 버릴 만큼의 막강한 질과 양
을 자랑하는 일감을 루시퍼에게 열심히 나르던 일등 비서관이었다.

그는 인내가 바닥나 버린 자신의 상관에게 조용히 속삭이는 어투로
성실한 비서관의 태도를 보여주는 말 한마디를 던져 주었다.

"루시퍼님이 지금까지 처리해 온 속도를 꾸준히 유지하신다면 열흘
안에 해결될 거라 봅니다만."

하지만 그런 성실함도 때와 장소를 가려야 한다는 만고의 진리를 사
가타너스는 아직 잘 알지 못했던 모양이다. 열흘이라는 단어에 거의
날아가기 직전의 이성을 가까스로 부여잡고 있던 루시퍼의 머리 속에
서 '뚜욱!' 하며 끈이 끊겨 떨어져 나갔다.

항간에서는 끈을 '인내'의 상징이라고도 하며, 사회라는 울타리를
무난하게 넘어갈 수 있도록 만들며, 또한 생활에서 필수 불가결하게 가

지게 되는 '참는 자가 이긴다' 는 단순한 진리를 알게 해준다.

"씨앙~! 날 죽여랏! 난 더 못해에에에! 크아아아아아악!"

사실 사가타너스는 루시퍼의 인내가 거의 한계에 다다른 상태였음을 이미 알고 있었다. 하지만 사정이 이런 걸 어쩌겠는가.

그리고 솔직히 이 시기 때마다 반복되어지는 일인 데다 이 시기만 되면 때맞춰 미친 듯이 발광하는 자신의 상관도 정말 끈질기다는 생각만 들뿐이었다.

하지만 완전히 이해가 되지 않는 것도 아니었다.

마계의 겨울은 순수한 어둠으로 이루어진 세계답게 극히 일부의 빛만이 허용될 뿐이다. 태고적 멸함의 힘을 타고나 어떠한 육신의 고통도 배제되며 철저한 어둠을 지향케 한 마족들마저 치를 떨게 만드는 계절이어서 모두가 휴식을 갈망하는 시기인 것이다.

동시에 마왕들에게는 엄청난 일감에 치여 과로사의 위험이 높아지는 시기를 겸하기도 하여 수왕 루시퍼의 제1비서관인 그를 비롯해 마왕을 보좌하는 비서관들에게는 가장 신경을 곤두세워야 하는 때이기도 했다. 마왕의 정신과 건강 상태를 체크해 관리해야 하는 것이다.

그런 면에서 사가타너스는 노련한 경험자로서 상관의 발광 시기에 맞춰 아주 침착하게 한마디 해줬을 뿐이었다.

"서류는 두고 가겠습니다."

"또 쌓인다~! 아아악, 안 돼! 싫어……!"

털썩.

서류가 놓여졌다.

휙.

사가타너스가 등을 돌렸다.

"난 아무것도 안 들려. 엇! 댁은 누구? 난 아무것도 안 들리고 안 보여요. 난 누구?"

"……."

"아아, 세상은 너무 아름다워. 랄라랄라~"

광년이 낌새마저 보였다.

어디선가 샤라랑 불어오는 바람에 풀어헤친 머리칼을 흩날리며 현실 도피적 성향마저 비치는 상관을 향해 사가타너스가 중얼거렸다.

"하긴 미칠 때도 됐지. 암, 벌써 몇 년짼데."

그리고는 동정의 빛이 절실히 묻어나는 시선으로 한번 쳐다보곤 외면해 버렸다.

"후우."

루시퍼와 비교해 봐도 그다지 빠지지 않는 미모의 적발 청년은 여인의 손처럼 곱고 가녀린 손으로 조금 앞으로 내려온 머리칼을 단정하게 쓸어 올렸다.

그 뒤 자신이 내놓은 말로 그나마 평정을 유지해 왔던 상관의 눈을 까뒤집히게 하고는 그동안 꾹꾹 눌러왔던 마력을 풀 가동시키게 하는 사건을 벌이게 하며, 그나마 순서대로 배열해 뒀던 서류가 상관의 마력에 휩쓸려 일부 소실, 일부는 미처리 서류와 섞이는 불행을 연출하는 것을 지켜보아야 했다. 그에 따라 사가타너스의 이마에도 적지 않은 미세한 혈관이 하나둘씩 늘어가고 있었다.

물론 상관의 심정을 모르는 것도 아니었다. 그의 심정도 루시퍼와 별반 다르지 않은 형편이었다. 하지만 저건 무언가 싶었다. 방금 전까지만 하더라도 '세상은 참 아름다워' 포즈로 하늘을 향해 두 팔 벌리고 미친놈처럼 웃고 있던 상관이었다. 그런데 지금은 서류의 바다 속에서 어떻게 찾았는지 모를 한산한 바닥에 쪼그리고 앉아 손바닥으로 그림을 그리며 음울한 오로라를 마구마구 표출하고 있었다. 그 광경을 보면서 절로 터져 나오려는 한숨을 애써 삼켜야 했다.

그는 날이 갈수록 늘어가는 흰머리를 떠올리며 스트레스로 쑤셔오는 관자놀이를 꾹꾹 눌렀다.

머리가 아팠다. 정말 상관만 아니라면 콱 때려주고 싶을 정도였다. 그럼 좀 속이 풀릴 듯싶었다. 마왕을 모시는 모든 비서관들이 자신과 별반 다르지 않은 상황을 겪고 있을 것이고, 이와 비슷한 상상을 하며 부글부글 끓어오르는 분을 삭이고 있을 것이 분명했다.

사실 루시퍼의 인내는 거의 한계에 다다른 상태였고, 더 이상의 이성을 유지할 힘도 잃었다. 그는 저러다가 빛나리가 되지 않을까 염려스러울 정도로 머리카락을 쥐어뜯고 있었다.

하지만 그가 발광하든 말든 시종들은 사가타너스가 미리 귀띔한 대로 줄줄이 사탕처럼 서류를 쌓아놓고 유유히 사라졌다.

그렇지 않아도 넘쳐 나던 일감에 오히려 높으면 높을까 결코 낮지 않은 천장을 향한 서류 탑이 쌓였다. 그걸 본 순간 루시퍼는 거의 새파랗게 질려 또다시 머리를 싸잡고 발광했다.

완전 망가져 버린 상관을 향해 사가타너스는 열렬한 동정의 시선을 보내주며 그를 달래고자 입을 열었지만 돌아온 건 '닥쳐!' 라는 한마디뿐이었다.

그 한마디에 사가타너스는 발끈했지만 그는 루시퍼에게 속한 마족이었다. 상급자에 대한 철저한 신뢰와 충성을 바탕으로 깔고 있는 마족으로서 그는 차분하게 진정을 권고했다. 하지만 여전히 루시퍼의 발광은 사그라질 생각을 하지 않았다.

“후우, 제발 진정하시죠. 루시퍼님마저 이러시면 어쩝니까?”

“네가 내 사정이 돼봐! 나, 난! 절대로 진정 못해! 절대에에에~ 아 아아악! 창생와 파멸의 아버지시여, 정녕 이 불쌍한 자식을 죽이려고 하십니까! 제발 죽이려거든 곱게 죽여달란 말입니다!”

오히려 창생과 파멸을 탄생시킨 태고의 조물주 이름까지 불러대며 루시퍼는 지랄발광을 떨고 있었다.

콰아앙!

다시 시작된 발광은 그동안 인내심 하나로 누르고 눌러왔던 극도의 스트레스를 터져 나오게 했고 줄기줄기 뿜어져 나오는 마력으로 인해 엄청난 굉음과 함께 한쪽 벽이 날아가 버렸다. 또한 일차적으로 처리 하기 위해 서류를 쌓아뒀던 탁상이 뒤집혀져 날아갔다.

하지만 그런 그의 발광에도 사가타너스는 눈 하나 깜짝하지 않고 묵 묵히 서류를 사수할 뿐이었다. 잘못했다가 소실되거나 찢어진다면 일 이 배가될 것이 자명했기에 일등 비서관으로서 가져야 할 사명인 일의 무난한 처리를 위해 그는 하나의 서류라도 사수하기 위해 열심히 희생 하고 있는 것이다.

하지만 아무리 빠르고 신속하게 움직여도 더욱 강해지는 마력과 마 력의 여파로 인해 흩날리는 문서의 양이 늘어가고 때로는 몇십 개씩의 서류 뭉치가 말 그대로 소실되는 것을 피눈물을 머금고 지켜볼 수밖에 없었다.

이번만큼은 자신도 어찌해 볼 도리가 없다는 심정으로 사가타너스 는 특유의 포커페이스를 조금도 흐트러뜨리지 않고 조용히 그의 발광 이 가라앉을 때까지 기다려 주기로 했다.

어차피 저렇게 한차례 난리법석을 피우고 나면 다시 원래의 차분하고 냉정한 상관으로 돌아와 다시 쌓여 있는 일을 처리할 것임을 경험으로 잘 알고 있는 사가타너스였기에 가능한 결론이었다.

루시퍼는 마신의 직속 보좌관이었고 마신이 하지 못하는 일을 충실히, 그리고 완벽하게 할 책임이 있었기에 아무리 지랄발광을 해봤자 어차피 일은 그의 손으로 마무리 지어야 했다.

게다가 저렇게 설쳐도 다른 마왕들처럼 폭주(暴注)하는 경우는 없었기에 시종은 가벼운 걸음으로 물러났던 것이다.

물론 그 발광으로 방이 조금 작살나기야 했지만 책임감이 강한 천하의 루시퍼가 일 처리를 확실하게 하지 않는 경우는 없었다.

물론 그의 고함 소리에 북쪽 궁의 분위기가 더욱 싸늘해진 것은 어쩔 수 없는 일이었지만 말이다.

한참을 악악거리던 루시퍼가 진정되어 가는 기미가 보였다. 그는 잠시 천장을, 방을, 창밖을 둘러보고는 고개를 푸욱 숙이며 어깨를 축 늘어뜨리고는 하다가 그만둔 서류 정리를 위해 책상에 앉았다.

'흑흑, 내 인생이 그렇지 뭐. 착하게만 살아온 내가 왜 이런 고생을 해야 돼. 흑흑. 주군도 밉고 겨울도 밉고… 다 밉다. 흑흑흑.'

속으로 아무리 구시렁거려도 도움의 손길은 오지 않음을 루시퍼는 너무 잘 안다. 그래서 조용히 체념하고 서류를 집어 들었다.

그리고 이번에 그가 집어 든 서류에는 구구절절 내용은 길었지만 그는 오랫동안 서류를 다루면서 생겨난 직관력으로 요점을 축약할 수 있었다.

내용은 대충 이러했다.

마족들 싸움에 궁 한쪽 박살. 보수 바람.

서쪽궁 결계 흐뜨러졌음. 보수 바람.

마계의 경계부에 침입해 온 신족 다수 체포. 지하 감옥에 구금 중. 사형 윤허 바람.

루시퍼의 머리는 맹렬하게 회전했다.

성벽 보수야 잠시 마계로 놀러 온 드워프 족들에게 부탁하면 될 것이다. 그들의 손재주는 모든 종족이 알아주고 판도에모니움 건축 때도 많은 도움을 준 종족이니 깨끗하게 보수될 것이다. 그래서 궁 보수 건 옆에 '드워프 족에게 도움 요청'이라고 멋들어진 필체로 사인과 함께 썼다. 그리고 결계 보수는 고위 마족 중 제법 실력이 되는 풍마족에게, 신족들 사형 건은 현 마신님이 신계와 했던 평화 조약이 유효하니 힘만 빼앗고 돌려보내라고 쓰고는 사인했다.

그리고 다음 서류로 넘어가 내용을 잽싸게 살폈다. 그의 손놀림은 더욱 빨라지고 그의 눈은 열기를 더해가며 빠르게 서류를 훑어 내렸다.

벼룩의 간만한 변화이긴 했지만 조금씩 조금씩 바닥을 보이는 일감을 보며 루시퍼는 흐뭇해하는 한편 이렇게 살아야 하는 자신의 마생을 한탄했다. 그러면서도 손길은 늦춰질 생각을 하지 않았다.

하지만 역시 속으로 쌓여온 불만은 어쩔 수 없는지 그의 입은 끊임없이 불평 불만으로 가득 찼다.

"실수였어… 내 생애의 최대 실수였어. 그날 내가 왜 그 자리에 있었으며 왜 그런 부탁을 덥석 받아들였는지… 흑흑. 내가 제정신이 아니었던 게 틀림없어. 흑흑… 도로 안 물러주나. 이대론 난 더 이상 못 살아. 이대로 도저히 못산다고. 대체 언제까지 이러고 살아야 돼, 사가타너스!"

피눈물을 뿌리면서 탁상에 털버덕 쓰러지며 절규 비슷한 마생 한탄을 하는 루시퍼였다.

일에서는 어떤 허점도 용납치 않는 사가타너스 역시 이 시기만 되면 저렇듯 망가져 버리는 상관에게 한심함보다는 절절한 동정의 감정을 느끼곤 했다.

하루 이틀도 아니고 벌써 천 년 간이었다.

정확하게는 천 년을 하루 앞둔 이 시기까지 상관이 겪어온 말로 다 할 수 없는 마족 승리의 현장을 지켜봐 온 그였다.

말이야 바른말이지 그의 상관이 누구인가. 마계의 사왕 중 일좌인 수왕(水王)의 직책을 가졌으며 마왕들 중 단 네 존재에게만 허용되는 '마신왕' 이라는 칭호를 부여받은 존재였다.

현 '마신' 이 부재중인 지금, 약육강식의 법칙을 따르는 마족 세계에서 마계가 인정하는 강자이며 현명함과 아름다움으로 존경을 받아온 가장 고위급이며 원로급의 마왕 중 하나인 것이다.

수왕이라 지칭되는 것으로도 알 수 있듯이 그의 상관은 네 종족 중 가장 수가 적으며, 현명하여 마족들 사이에서 독특한 이미지로 알려진 마계수 계열의 마족들을 대표하는 마신왕이었다.

마신왕이란 또 무엇이냐? 간단하게 설명한다면 마왕들 중에서도 월등히 뛰어난 존재들에게만 주어지는 칭호라고 할 수 있는데 그 직책 역시 복잡한 의미를 담고 있었다.

그리고 그것에 대해 설명하자면 마신왕을 또 다른 뜻으로 불리우게 하는 '공명자' 에 대한 설명을 해야 한다.

알다시피 마계의 주인은 마신이다. 마신은 바로 '파멸과 절망' 이라 지칭되어져 굳어진 어둠의 정의를 '안식' 이라는 정의로 바꾸어 존재하게끔 만드는 존재였다. 모든 마족들이 태어나면서 갖는 본능적인 충성심을 받는 존재로 부모와 다를 바 없었다. 그런 만큼 마신에게 가지는 마족의 믿음과 신뢰는 상당했다.

이유는 알 수 없지만 마족은 본능적으로 파괴를 지향하면서 동시에 평화와 안식이 공존되길 희망하는 기이한 족속들이었다. 끊임없이 강해지길 희망하면서도 자신이 원할 때에는 한없이 약해지길 원하는 종족인 것이다.

마신은 강해지길 원하는 마족들에게 있어 존경의 대상인 동시에 도전의 대상이 되어주었고, 또한 약해지길 원할 때에는 그 약함을 감싸 보호하며 지켜주길 바라는 바램의 대상이기도 했다.

그렇기에 마신은 마계의 모든 종족들에게 있어 필수 불가결한 존재로서 변함없는 애증의 대상이 되어왔다.

그런 마족에게 있어서 공명자는 큰 의미를 갖는 이름이었다. 공명은 마족들의 성마식과 동시에 갖는 의식으로 평생을 섬길 군주를 정함과 함께 어른임을 입증받는 관건인 것이다.

게다가 공명자는 마신 외에 그들의 자의로 택할 수 있는 또 한 명의 주군이라 자유방임적인 성향이 강한 마족들에게는 아주 매력적인 의식이 아닐 수 없었다.

마족들이 중요시하는 것은 우선적으로 '마신'에 국한되어 있다. 하지만 마신은 그들에게 힘을 빌려주고 그 힘을 통제하는 조절자로서 존재하며 자신들을 향해 무한대로 희생하는 존재라 할 수 있기에 모든 어둠의 아버지로서 필연적인 주종 관계가 이루어진다. 그럼으로써 모든 마족은 자유로운 의사를 벗어나 마신이라는 이름에 묶이게 되어 있었다.

당연히 얽매이는 것을 싫어하는 마족들에게는 은근히 싫어할 수밖에 없게끔 만드는 강제적인 주종 관계인 셈이었다. 그런 만큼 마음으로 섬기고 싶은 이를 자의로 선택하고 싶은 생각이 드는 것은 마족의 본성이라면 본성이었다. 그래서 탄생된 것이 '공명자' 인 것이다.

공명으로 이루어진 주종 관계는 마신의 그것과는 확연히 달랐다. 일반적으로 마신의 힘을 이용해 어둠의 힘을 조절하면서 사용하는 것과는 다르게 공명자들은 혼을 공유하며 서로 간의 마력을 나눌 수 있었다. 평생을 함께하며 설사 따로 떨어져 있더라도 서로를 보호할 수 있는 강제적인 보호력을 띌 수 있는 것이다.

즉, 그들의 관계를 간단하게 말하자면 혼을 공유하며, 힘을 나누고, 서로를 지키는 관계인 것이다. 또한 스스로 선택한 '공명자' 의 명령은 본인에게 절대적이어서 거역하지 않았다.

자의로 택한 것에 대한 맹목적인 믿음을 갖는 마족들에게 있어 공명으로 선택된 주군에 대한 절대적인 복종을 갖는 것은 당연지사였다.

게다가 공명으로 정해진 공명자를 상대편은 주군이라고 불렀다. 이 주군이라는 이름은 마족에게 있어 아주 중요한 안건일 수밖에 없었다.

주군을 섬기고 섬김을 받는다는 건 힘의 강함을 인정받는 하나의 지표였다. 하급 마족은 중급 마족을, 중급 마족은 상급 마족을, 상급 마족은 그보다 더 높은 계열의 마족을 섬기는 피라미드 식의 계약 관계를 이루는 질서를 만들 뿐 아니라 통제의 역할을 하기도 했던 것이다.

물론 마신의 명령은 공명자끼리 통하는 그들만의 교류를 훨씬 웃도는 공명의 힘을 가져 마신이라는 이름에 도전할 수 없도록 되어 있었다.

하지만 그것 역시도 신이라는 어둠의 주인 된 자의 권한과도 같은

것이라 마족들의 절대적인 충성을 받는 절대자이기에 갖는 지배권의
일부였을 뿐 공명자들끼리 갖는 깊은 신뢰로 묶여진 정신적 교류와는
거리가 있는 것이었다.

그 덕분에 마신은 타 마족들에 비해 마음을 나눌 존재가 없어 고독
할 수밖에 없는데, 물론 그 기능을 대신해 주는 반려가 있긴 하지만 그
건은 교합(交合)의 달이 뜨는 날에만 가능한 교류였다.

마신왕이라는 직책은 마신의 공명자라는 하나의 계급과도 같은 것
인데 마신의 공명자로 뽑힌다는 것은 본인에게는 물론이요, 그와 가까
운 존재들에게는 엄청난 명예라고 인식되었다. 그 탓인지 모두가 마신
의 공명자가 되길 바라지만 마신의 가공할 만한 정신력을 감당하고 살
아남는 의지체는 드물었다.

당연히 역대 마계 역사상 그 수가 극히 적었다.

하지만 이번 대의 마신은 마신왕이 네 명이었다. 그것도 화, 수, 풍,
지 네 종족들의 대표자들이 모두 마신왕의 호칭을 받아 마계를 완전
축제 분위기로 바꾸어놓기도 했다.

물론 마신이 마계를 비울 경우 모든 것을 책임져야 하는 것이 그들
이니만큼 엄청난 부담감을 지우기도 했지만 마족들로서는 마신을 가까
이에서 모실 수 있는 마신왕이라는 존재들에게 크나큰 존경심을 보였
다.

마신왕 중에서도 공명을 가장 확실하게 느끼는 존재가 수왕 루시퍼
로 마신의 공명자라는 이름 역시 루시퍼 본인에게는 엄청난 명예가 아
닐 수 없었던 것이다.

다만 마신이라는 작자가 마계를 내팽개쳐 두고 천 년이나 부재해 온
탓에 일에 치여 과로사할 뻔한 적이 한두 번이 아닌 루시퍼로서는 거

품 물고 발광할 망할 놈의 명예였지만 말이다.

하여튼 마신왕은 모든 마족의 특별 보호 대상이며 우대해야 할 존재였다. 드래곤 족으로 친다면 헤츨링과도 비견될 존재인 것이다. 물론 그 특별 대우가 루시퍼 본인으로서는 아주 짜증나는 것이었다.

게다가 마족 모두 공명자 공명자하며 노래를 부르게 하는 데는 공명자가 자신의 목숨을 대신할 수 있다는 사실에 기인하는 바가 컸다. 원리는 알 수 없지만 공명자와의 관계에 있어 대체적으로 약자가 강자에게 희생하는 것을 순리로 쳤다. 약한 존재가 강한 존재에게 바치는 마지막 충심의 표출로 전투 중의 고위 마족이 죽음 직전에 내몰렸을 때 대신 죽어주는 것이다. 그런 존재는 잠재적인 필요성이 많았다. 전투에 거의 미쳐 사는 마족들에게 있어 아주 소중한 소모품인 것이다.

마신이라는 직책 역시 무사히 등극했다 하더라도 많은 형제들과 골육상쟁을 벌여 그 힘을 키우는 것이 전통이니만큼 위험 요소가 다분했다. 그런 탓에 자신을 대신해서 죽어줄 수 있는 공명자란 존재는 매우 매력적인 존재가 될 수밖에 없는 것이다.

게다가 마신의 공명자들은 대대로—몇 명 안 되지만—자신의 충실한 수하들 중에서 배출되어 뒷탈 역시 없었다.

어쨌거나 마신이 부재중인 지금 마계의 어떤 이보다 존경받아야 할 루시퍼가 지금 일에 치여 과로사 직전에 내몰려 발광하는 신세가 되어 버렸다. 천 년 전 갑자기 인계로 내려가 소식이 끊어져 버린 자랑스러운 '공명자' 때문에 말이다.

사가타너스가 보기에 그의 상관인 루시퍼 말고도 세 명의 마신왕들 역시 비슷한 지경에 빠져 있을 테니 좀 덜 억울해하고 있겠지만 그의 팔자가 기구하다는 것은 변함없는 주지의 사실이었다.

그 사실을 루시퍼도 잘 알고 있는지 표정은 음울하기 그지없었다.

마른 펜촉에 잉크를 적시며 막 정리가 끝난 서류를 한쪽으로 밀어놓고는 다른 서류에 손을 뻗던 루시퍼의 손끝이 한순간 떨렸다.

두근. 두근. 두근.

루시퍼는 곧장 터질 듯 뛰노는 심장 소리에 놀라 반사적으로 가슴을 부여잡았다. 이유를 알 수 없지만 온몸의 감각이 꿈틀거리고 있었다.

"뭐, 뭐지?"

처음에는 낯설었지만 점차 흥분과 희열로 몰아가는 느낌이 들었다.

공백이 있긴 했지만 확연하게 느껴지는 이 느낌은 그가 알고 있는 것이었다.

"공… 명(共鳴)?"

무슨 말을 내뱉었는지조차 알 수 없었다.

루시퍼는 벌떡 몸을 일으켰다. 그리고 한 치의 망설임도 없이 서류를 던져 버리고 밖으로 뛰쳐나갔다.

마족은 동족의 기운에 공명한다. 그걸 이용해 친분이 있는 이가 자신이 있는 곳을 알리고 자신의 존재를 맞이할 수 있도록 정중하게 먼저 알리는 하나의 신고식과도 같이 사용한다.

하지만 루시퍼가 이번에 겪은 공명은 단순한 공명이 아니었다. 그의 몸 세포 하나하나를 미칠 듯이 흥분하게 하고 희열로 몸이 떨려오게 하는 공명이었다.

자신의 이성을 이토록 잃게 만드는 존재란 과거의 마계에는 없었다. 자신을 이토록 흥분시킬 수 있는 존재는 단 한 분뿐이었다.

그는 미친 듯이 달렸다. 한산하던 복도를 달리면서 워프하면 금세 도착할 곳을 왜 이렇게 미친 듯이 뛰어 달려가야 하는가에 대해 심각하게 고민했다. 하지만 그런 고민과는 아랑곳없이 그의 육체는 마구 달리고 있었다.

어디로? 그건 몰랐다. 그저 그를 이끄는 곳으로 달려나가고 있을 뿐이었다. 이건 예감이기에 맞을 수도 있고 맞지 않을 수도 있지만 지금 자신이 느끼고 있는 이 강렬한 감각에 대한 확신이 있었다.

"설마……."

루시퍼는 매혹적인 붉은 입술을 살짝 깨물며 마계의 하늘을 주시했다.

봄이 멀지 않아 그다지 침침해 보이지 않는 검은 마계의 하늘이었다. 언젠가 보았던 청명한 물질계의 하늘과는 다른 마계 특유의 하늘을 주시하면서 빠르게 훑었다. 그러다가 어느 한곳에 시선이 멈춰졌다.

보였다! 확실하게!

혹시나 눈이 잘못된 것이 아닌가 싶어 몇 번이고 눈을 부벼가며 그곳을 보았다.

"아… 아……."

그리고 곧 이어 확연하게 망막에 새겨지는 광경에 루시퍼는 저도 모르게 탄성을 내질렀다.

수마족 특유의 푸른빛 눈동자가 희열로 물들었다.

짙은 묵빛인 마계의 하늘을 모두 뒤덮을 듯 위용을 뽐내고 있는 그것에서 자신의 주인만이 갖는 강렬한 이미지가 느껴졌다.

지이이이잉—

어떤 말도 없이 그저 뇌리 속에 강렬하게 내리꽂히는 무언의 외침이 있었다. 왕의 귀환을 알리는 그분의 외침이었다!

공명(共鳴)은 강렬해졌다.

"오… 오……!"

마궁에 기거하던 모든 마족들이 울부짖었다. 기쁨의 환호성을 지르며 광란에 휩싸였다. 그리고 그 광란의 중심에서 루시퍼도 웅대한 포효를 내지르고 있었다.

마계는 그렇게 기쁨과 환희에 휩싸이고 있었다.

*　　　*　　　*

어떤 형상도 존재하지 않았지만 정돈된 느낌이 드는 무형의 공간이었다. '형상'은 없으되 '존재'하는 묘한 정적을 유지하는 세계였다.

그 세계에 나뉘어진 두 공간이 보였다. 깊은 호수의 표면처럼 고요하고 잔잔한 '탄생'과 사막의 유사처럼 빠져들면 헤어 나올 수 없는 '죽음'이 서로 어우러져 공존하는 세계였다.

어둠과 빛이 조화된 그곳, 아니, 서로를 밀어내지 않고 서로 감싸주고 있는 조화로움이 묻어나는 그 공간은 고요했다.

어떤 이는 그 고요함을 두고 생을 사는 자의 영화로움이요, 평화로움이라 말할 것이고 어떤 이는 소름 끼치는 귀신의 비명이라고 할 것이다.

무엇도 강요하지 않고 강요받지 않는 철저한 자유로움이 주어지는 세계 속에 두 존재가 있었다. 각자의 영역으로 보이는 '형상' 안에서 미동도 없이 나른한 미소를 짓는 두 존재는 무어라 형용할 수 없는 성스러움과 위엄을 드러내고 있었다.

누구도 범접치 못할 듯한 모습의 그들이었지만 느낌은 상반되었다.

무엇이라도 감싸 안을 듯한 따스함과 자비로움을 담은 존재와 일체의 섞임도 없는 철저한 '지움'의 존재였다. 서로가 상반됨을 나타내듯 그들의 두발(頭髮)은 희고 검었다.

그렇게 서로가 철저하게 달랐지만 그들은 서로가 조화를 이루고 있었다. 서로에게 정해진 영역 내에서 움직이면서 그들은 항상 함께하고 있었던 것이다.

영원히 움직이지 않을 듯 멈춰 있던 한 존재의 얼굴이 움직였다.

―예상보다 빠른걸.

무엇인가 만족스럽다는 듯 입을 연 존재의 음성은 매우 즐거워 보였다. 노래를 부르듯 미려한 음성이었다. 그리고는 청아한 웃음을 흘렸다. 웃음마저 너무 깨끗해서 현실감이 없는 맑음이었다. 하지만 무척이나 기분 좋아 보이는 존재와는 다르게 철저히 '검다'는 느낌의 존재는 무척이나 마음에 들지 않는다는 듯 차갑게 응수할 뿐이다.

―빠르지. 누가 도와줬는데… 빠르지 않을 리가 있겠나?

―후후, 하긴.

잠깐 동안 사색에 빠진 듯 보이던 존재는 가볍게 웃었다.

섞임이 전혀 없는 철저한 흑빛은 그런 웃음마저 마음에 들지 않는다는 듯 코웃음을 치며 단정하지만 정결하게 늘어뜨린 백발을 잡아채 입을 맞추었다. 순간 아무런 감정을 담고 있는 것 같지 않던 흑안(黑眼) 속에 어떤 감정이 깃들었다.

―하지만… 네가 그들에게 그렇게 빠져 있지만 않는다면 방해하지 않을 거야.

그것은 진한 욕구(欲求)였다. 누군가가 본다면 광기마저 느껴지는 강렬한 집착이었다. 하지만 백발의 존재는 그런 집착에 익숙해졌다는 듯 여전히 잔잔한 미소를 짓고 있을 뿐이었다. 오싹함마저 느껴지는 지독한 소유욕이 오히려 기쁘다는 듯 존재는 맑게 웃어주었고 그 미소에 흑발의 존재는 피식 웃어버린다. 백발의 존재가 존재하는 빛을 집어삼킬 듯 일렁거리던 어둠은 어느새 사그라든 지 오래였다.

존재는 손에 쥐고 있던 백발을 아쉬운 듯 내려놓으며 조용히 중얼거렸다.

―오랜만에 '초월자' 들의 회합이 열리겠는걸?

―아아… 아마도 '잊혀진 창조에 속한 자' 가 되어버린 불쌍한 이들이 모두 모이겠지.

―그래, 바로 그들이 경멸해 오던 '창조에 속하지 않은 자' 를 위해서.

둘은 미소 지었다. 마치 이 의외의 사건에 즐거워하는 듯 은근한 조소마저 띠고 있었다. 그런 그들의 변화에 잘 정돈된 빛과 어둠이 움찔거리며 고요하게 가라앉아 있던 무형의 공간이 잔잔하게 흔들렸다.

그 흔들림은 위협적이지는 않았지만 무의식적인 경계심을 불러일으켰다.

두 존재들은 그런 흔들림마저 즐기는 듯 각자의 색과 닮은 온화함과 차가움을 담은 눈을 감았다. 곧 있을 변혁을 기대하며 존재와 세계는 다시금 고요함이라는 유혹적인 홀 속으로 잠기고 있었다.

이곳은 세계 안의 또 다른 세계.

하늘 위의 하늘.

잊혀진 초월자의 세계.

그리고 그 세계에서의 두 초월자들은 이제 더 이상 말할 가치를 느끼지 못한 듯 다시 자신만의 세계에서 융화되어 가고 있었다.

3

계속된 여행

대륙 아틸란타.

고어로 잊혀진 신의 대륙이라는 뜻을 가진 이 대륙은 조물주가 만들어낸 가장 완벽에 가까운 피조물들이 '꿈'의 시작을 알린 고향이다. 말 그대로 태어나서 자라고 쇠약해져 사멸하며 생명력을 나누어 스스로의 힘으로 생성 발전하는 '의지체'의 광기가 이루어낸 완성된 공간이었다. 또한 신이 인간에게 준 자연이란 최대의 선물이었다.

자연은 인간과 대립하지 않고 생명적 자연의 일부로서 포괄하며 동시에 인간에 대하여 동질적으로 조화하고 신(神)마저도 거기에는 내재적이다.

그런 가운데 존재하는 완성된 예술품들은 갖가지 자연의 형상을 띠며 자연을 음미하게 하고 그 속에 존재하는 수많은 자아체들의 마음을 아울러 왔다.

어떤 욕심도 없이, 자신을 바라보지 않더라도 오로지 자아체들을 지켜봐 왔으며 초월자의 의지를 담아 끝없이 베풀고 돌봐왔다.

짧은 세월 동안 담게 되는 마음속 분노를 잠들게 하고 슬픔을 아름다움으로 승화시키는 정화제와 같다.

정교하게 다듬은 듯 겹겹이 얽혀 장엄함을 연출하는 산도, 사계절마다 가공할 만한 광기로 생명을 품고 그 생명을 거두어가는 대지도, 그 어떤 세계에서도 보기 힘든 넘쳐 나는 마나(Mana)도 태고적 초월자가 이 땅에 안배한 선물일 것이다.

또한 초월자가 자신 외의 것에 대한 '광기'로 이루어낸 피조체(被造體)들은 하나하나의 형상을 자랑하듯 다른 개성과 매혹을 내보이며 결코 잊을 수 없게 만드는 형상들의 박물관을 만든다. 누구라도 이러한 '자연'이라는 이름이 주는 아름다움을 거부할 수 없으리라.

수많은 자연학자들과 여행의 풍류(風流)를 즐기는 모험가들에게 대륙에서 가장 아름다운 곳이 어디냐고 묻는다면 그들은 주저없이 한곳을 말할 것이다.

설산(雪山)이며 영산(靈山)이라 불리는 페이란 산맥이다. 자연의 모든 아름다움이란 아름다움이 총동원되었다고 할지라도 도저히 표현키 힘든 곳이다. 대륙의 어떤 산과도 극명한 대조를 보이는 장엄한 산줄기, 일 년 내내 변함없이 흰 눈, 신비로움을 더하듯 산 정상을 가린 흰 구름은 이 산을 영산(靈山)이라 불리우게 하는 데 결정적인 역할을 했다.

게다가 이곳은 대륙에서도 알아주는 신수와 환수의 서식처로 알려져 학자들은 물론 사냥꾼들이 노려왔던 곳이다.

설산은 대륙에 사는 이들의 경외와 두려움을 함께 받아왔다.

적막일까.

설산의 환상적인 아름다움과 비견되듯 쓸쓸하리만치 고요한 동굴 속에서 어떤 소리가 가득 차고 있었다.

퐁. 퐁. 퐁. 퐁.

천장에 고여 있던 물방울이 바닥에 몸을 부딪치며 동굴 내벽을 울리는 소리로 탈바꿈했다.

그곳은 설산의 동굴 내부였다. 수십 년, 혹은 수백 년 간 동굴의 천장에서 조금씩 아래로 발을 늘어뜨리며 기이한 모습으로 자라난 석순이 은은하면서 환상적인 매력을 풍겼다. 땅속의 왕국, 동굴 깊숙한 곳에는 웅장하고도 화려한 지하 궁전이 모습을 드러내며 넓은 광장을 이루고 있었다.

그 기기묘묘한 석순이 얽히고설켜 환상적인 미를 창출해 내는 공간 속에서도 이질적인 푸른 빛이 영역을 이루고 있는 곳이 있었다.

그 빛은 눈부신 빛과 달리 모든 것을 품을 듯 따뜻했다. 다른 것을 배척하여 몰아내는 빛과도 다른 밤의 달과 같은 은은한 빛이었다.

얼핏 보아도 마음을 따뜻하게 데워주는 듯한 그 빛은 반투명한 동굴 안의 종유석들을 더욱 아름답게 빛나게 했다.

어떠한 흠집도 용납치 않겠다는 듯 완벽한 아름다움의 시각 효과를 이뤄내며 어둠의 향연(饗宴)에 빠져 있던 동굴 속에서 누군가의 웃음소리가 울려 퍼지고 있었다.

"호호호."

차릉— 차라랑.

그리고 빛의 가닥일까? 한 가닥 한 가닥의 얇은 빛이 어둠 속에 드러났다. 얽힐 듯 얽히지 않으며 퍼져 나가는 것은 누군가의 머리칼이었다.

대기의 음율을 일으키듯 완벽한 흐름을 타며 흩날리는 은발은 어둠 속의 아름다움을 창출하던 동굴 속에서 우아한 굴곡을 드러냈다. 그리고 모든 것을 무릎 아래로 둔 자만이 갖는 고고함과 오만함을 드러낸 녹빛 눈동자와 오뚝하지만 지나치게 날카롭지 않은 코는 살짝 벌려진 붉디붉은 입술과 적당한 조화를 이루고 있었다.

어떤 흠도 용납치 않겠다는 듯 완벽하게 조화를 이룬 외모의 여인이었다.

"호호호호, 까르르르, 호호호."

공기의 진동처럼 울리는 웃음이었다. 은발의 여인은 너무도 즐겁다는 듯이 웃고 있었다.

일견 차분할 듯 보이던 여인은 녹빛 눈동자에 방울 진 물기를 머금으며 살짝 벌려진 입술 사이로 옥처럼 고운 웃음소리를 내고 있었다.

여인의 웃음소리는 불길할 정도로 적막한 동굴의 분위기와도 별개인 무거움을 연출했다.

휘이잉.

갈라진 동굴의 보이지 않는 틈새 사이로 바람이 불어왔다. 차갑지만 습한 동굴의 공기를 휩쓸어 바쁘게 밖으로 몰아 나가 버리는 바람이었다. 바깥에서 바람을 이끌고 동굴 안으로 발을 디딘 어린 바람의 정령들은 호기심 가득한 눈길로 아름다운 동굴의 광경을 구경하다가 이윽고 중심에서 웃고 있는 여인을 발견하고는 두려운 듯 움찔거리며 그녀를 비켜 지나갔다.

그녀는 자신에 대해 두려움으로 위축된 정령의 존재를 알면서도 웃음을 멈추지 않았다.

휘오오오.

그녀의 웃음소리에 잔뜩 쫄아 있던 정령들은 그녀를 비켜 지나가자 안도의 숨을 내쉬다가 곧 뭔가를 발견하고는 깜짝 놀라 몸을 움찔 떨었다.

동굴 밖에서 햇살에 비춰 보았다면 맑아 보였을 푸른 그 '무엇'. 모든 것을 집어삼키는 탐욕스러운 어둠 속에서도 결코 동화되지 않고 나름대로의 빛을 유지하고 있는 둥근 무언가에 정령들은 깊은 호기심을 드러내며 맴돌았다.

그들의 호기심을 자극하고 있는 것은 반듯하게 누운 채 호수 속을 부유하고 있는 인영이었다. 그리고 정령들의 순수한 눈동자에 비추어진 어떤 형태에 대해 정령들은 수다를 떨었다.

가느다란 가닥이 보였다. 중력의 법칙이 통하지 않는 물속으로 보이는 인영의 모습은 동굴 속의 환영과 어우러져 아름다움과 신비로움을 드러내 보이고 있었다.

―사람이야.

―사람… 사람이 저곳에 있는 거야.

―신기한 인간. 하지만… 깨끗해. 기분 좋아.

―후후후.

―후훗, 예뻐.

정령들이 어디에서 끌고 들어왔는지 알 수 없는 작은 바람에 허공 위 호수(湖水)의 수면이 흔들렸다.

보글보글.

중력의 법칙을 벗어나 허공을 부유하는 호수 속에 잠자듯 잠긴 인영 (人影)의 살짝 열린 입술 사이로 살아 있음을 증명하는 작은 공기 방울 이 토해지고 있었다.

―예뻐… 사람이야.

―잔다. 예쁜 영혼. 갖고 싶어.

장난스런 정령들은 꺄르륵 웃으며 허공에 뜬 호수 속으로 파고들어 그것을 간지럽혔다.

하지만 여인의 차가운 눈빛에 정령들은 두려움에 질린 모습으로 만 지작거리던 손길을 거두며 사라졌다.

정령들의 수다로 그나마 조금 살아났던 분위기가 다시 침체되었으 나 여인은 아랑곳하지 않는 듯했다. 그녀, 미르는 방금 전의 웃음 따위 는 모조리 지워 버렸다는 듯 차분하게 가라앉은 미소를 지으며 호수를 응시했다.

가느다란 가닥이라고 여겨졌던 것은 머리카락이었다. 흑빛의 장발 이 잔잔한 물살에 의해 떠올려져 제멋대로 흐트러져 있었다. 그 흐트 러짐은 마치 가인이 춤추는 듯해 보기 나쁘지 않았다. 오히려 동굴 속 의 어둠과 어우러져 신비로움을 더하는 듯했다. 하지만 그 신비로움의 절정은 다음 순간에 이루어졌다.

가닥가닥 끊어지듯 인영의 몸에서 조금씩 흘러나오기 시작한 것이 있었다. 빛이라 말하기도, 어둠이라 말하기도 어려워 마땅히 정할 수 없는 애매모호한 빛줄기가 바람에 흔들리는 촛불의 일렁거림처럼 가닥 가닥 조금씩 뭉쳐져 '구' 의 형상을 만들더니 호수의 표면 위에 하나씩 떠올랐다.

구의 형상은 세 개였다. 붉고 푸르고 흰, 동굴 속의 어둠을 환히 밝히는 색색의 구였다.

불꽃처럼 넘실거리며 타오르는 붉음의 빛이 흘러나오고, 푸름의 빛이 붉음을 집어삼키고자 달려들며, 하얀 빛이 붉음을 일깨워 힘을 심어준다. 서로가 서로에게 영향을 주고받는 형태의 구를 보면서 여인은 무엇이 그토록 즐거운지 깔깔 웃으며 웃음기가 가득한 어조로 말했다.

"이제 나오는 건가?"

자신감이 넘쳐 나는 그녀의 음성에서는 뭔가 예측대로 돌아간다는 듯 뿌듯함과 함께 안도감이 느껴졌다. 그 구가 이루어낼 형상에 대해 알고 있는 듯 녹빛 눈동자는 약간의 긴장감이나 경계심도 비추지 않았다.

그리고 그녀의 말에 반응하듯 처음에는 자갈돌보다 작아 보였던 구가 크게 휘어졌다가 조금씩 꾸물꾸물거리며 어떤 형상을 만들고 있었다.

많이 진정된 듯했지만 아직 감정의 여파가 남아 있는 듯 눈물이 고인 눈동자로 호수 속의 인영과 구를 번갈아 주시하던 미르는 빙긋 웃었다.

"참으로 소심한 작자들이라니까. 후훗."

뭔가 예측대로 돌아간다는 사실에 그녀의 목소리에서 뿌듯함과 함께 짙은 안도감이 느껴졌다. 그 구가 이루어낼 형상에 대해 알고 있는 듯 녹빛 눈동자는 약간의 긴장감이나 경계심도 비추지 않았다.

그렇게 얼마나 오랫동안 호수 속의 인영과 구를 번갈아가며 바라보고 있었을까. 구는 완전한 형상을 이루어냈고 세 개의 구는 어느새인가 인간의 형상을 유지하고 있었다. 미르는 형태를 이루어 존재해 삼인이 되어버린 '구'들을 향해 살짝 고개를 숙이며 웃어 보였다.

"정말 시간은 정확하게 맞춘다니까. 호호호… 아닌 척해도 걱정은 되었던 모양이지요. 후훗."

포옹!

미르는 짓궂은 미소를 띠며 공중 위의 호수 속에 손을 집어넣었다.

물컹한 해수면의 감촉에 미르는 얼굴에 웃음기를 담아내며 손끝으로 인영의 뺨을 만지작거렸다. 부드럽지만 묘한 집착이 담긴 그 손길에 색색의 구들은 기이한 울림을 발했다. 그 울림에는 범인이라면 결코 무시할 수 없는 힘이 담겨 있었으나 안타깝게도 여인은 범인의 범주를 벗어난 존재였다.

웅웅웅.

구들은 그런 그녀의 태도가 마음에 들지 않는 듯 울림이 조금 거칠어지고 흐릿한 적의를 비췄다. 하지만 그녀는 눈 하나 깜짝하지 않았다. 오히려 구들의 그런 경계음을 조소하듯 비웃으며 조용히 호수에서 등을 보였다.

"대화를 원하지 않았던가요, 그대들?"

오히려 구들에게 살아 있는 인간을 대하듯 하대하며 오만하게 턱을 위로 치켜 올렸다.

매섭게 치켜떠진 여인의 눈매는 차가웠지만 희미한 조소로 가득했다.

"그렇다면 나와요. 언제까지 그런 모습으로 있을 셈이죠?"

이런 형태의 대화는 짜증이 난다는 듯 날카로운 질책이 묻어 나오는 음성이었다.

세 개의 구는 '웅웅' 거리다가 그녀의 질책이 불쾌한 것인지 거칠게 항의하는 듯한 거친 울림을 흘려냈다.

하나 그것도 잠시 잠깐이었을 뿐 곧 방금 전과 다름없는 울림을 흘리며 침묵했다. 그러다 곧 밝고 푸르고 흰 빛의 가닥이 구에서 뿜어져 나오며 어떤 형상을 만들어내기 시작했다.

눈부시지만 결코 거북스럽지 않은, 나름대로 빛의 이미지를 형상화시킨 그것은 우아한 빛의 춤사위 바로 그것이었다.

탄생의 신비로움을 담은 자연의 세 가지 빛.

풍(風), 수(水), 화(火).

부족함이 있으나 그 부족함을 메우려는 듯 세 가지 각각의 특성을 뿜어내는 가닥은 조화를 이루며 형상을 만들어 토해내고 있었다.

그리고 구의 형태와 이미지를 그대로 담은 빛 속에서 웅크리고 있던 형상이 몸을 조금씩 꿈틀거리며 움직였다.

가장 먼저 움직임을 보인 것은 어디서 불어오는지 알 수 없는 바람에 가닥가닥 흔들리는 은은한 청발이었다.

그것은 수(水).

정제된 순수한 수(水)의 빛깔이었다. 생명을 품으며 동시에 생명의 삶을 주관하는 물의 색깔이었다. 그리고 그 빛깔과 어우러진 금안(金眼)은 묘한 위압감을 품고 있었다.

그리고 적발. 그것은 화(火).

타오르는 듯한 화염은 모든 것을 집어삼켜 버리는 파괴적이고 강렬함이 넘쳐흐르는 화려한 적발의 형상으로 바뀌었다. 유희를 즐기듯 화려하고 정열적인 적빛의 형상은 매혹적인 미를 돋보이게 했다.

그리고 백발. 그것은 풍(風).

언뜻 아무것도 없는 듯하지만 순수한 설경의 빛을 담은 순결함과 어떤 틀에도 얽매이지 않는 자유스러움이 기이하게 조화를 이룬 바람이었다.

풍, 수, 화의 빛이 형상을 띠며 점차 확연한 사람의 형태를 갖추었다. 어느 피조물보다 안정적인 신의 형상인 사람의 형태였고, 사람이 추구하는 완벽한 미의 형태였다. 그 형태가 완성됨을 기다렸다는 듯 동굴의 빛무리가 한층 더 그 형상을 밝혔다.

아름다움, 우아함, 고귀함, 오만함.

온갖 미사여구를 붙인다 해도 표현키 힘든 삼 인의 용모에 여인에게 내쫓기듯 주변을 서성이던 정령들은 탄성을 지르며 그들의 주위를 맴돌았다.

거부감없이 그들을 끌어당기는 매혹적인 향에 취해 정령들의 움직임은 한층 달뜨고 있었다. 세 존재는 그런 정령들을 어우르듯 살짝 미소를 지어 보였다.

그들은 사방신(四方神)이었다. 제국의 황도에서 잠시 모습을 드러냈다가 그들의 주인인 '한' 에 의해 봉인지로 내쫓겼던 청룡, 백호, 주작이었다.

사방신의 수좌이며 한의 최측근인 청룡왕 윤의 자아는 잠시 깊은 잠에 빠졌다가 깨어난 때문인지 안개라도 끼인 듯 멍한 상태였다. 왜 자신이 여기에 있는지, 여기가 어딘지, 또 자신이 누구인지조차 분간하기 힘들 지경이었다. 그러다가 조금 시간이 흐르자 나는 누구이며 왜 이곳에 있는지 떠올릴 수 있었고 현실에 대한 자각과 동시에 흐려졌던 초점이 돌아오며 흐릿했던 그의 금안이 날카롭게 변했다.

현재의 상황을 인식한 탓이었다. 물론 그 상황에 따른 인식도 한몫했지만 어디선가 들려온 여인의 음성이 더 큰 영향을 미쳤다.

"이제야 나오셨군요."

듣기 좋은 미려한 음성이었다. 하지만 그 음성에는 조금의 호의도 담겨 있지 않았고 오히려 비웃음이 넘쳐 났다. 막 자아를 일깨운 윤(潤)의 인상을 구기기에는 부족함이 없을 정도로 적의 어린 말투였다.

윤은 잠시간 불쾌감을 주었던 적의에 아랑곳하지 않으며 표정을 다시 차분하게 가라앉혔다. 또한 윤과 마찬가지의 이유로 넋을 빼놓고 있던 두 사람도 흐트러졌던 몸을 가다듬고 몸을 긴장시켰다.

그런 그들의 태도에는 여유로움이 넘쳐흘렀다. 그런 여유는 자신들의 강함을 자부하는 자만이 갖는 오만함에 가까운 당당함이었다.

그 여유에 적의를 비치던 미르는 또 한 번 숨이 넘어갈 듯 깔깔 웃었다. 한껏 오만한 포즈를 취하며 그녀를 바라보고 있던 세 존재는 얼굴을 살짝 찡그리며 불쾌감 어린 시선을 보냈다.

미르는 자신에게 향해진 그들의 불쾌감 어린 얼굴을 하나하나 바라보다가 어느 한 존재에게 시선이 멈췄다. 동굴의 칠흑 같은 어둠마저 살라 버릴 듯 타오르는 적발의 여인 미르였다.

주작왕 미르는 은빛의 여인을 향해 의미 모를 미소를 지었다. 그 미소는 반가운 친인을 보는 듯 다정스러움이 깃들어 있었으나 동시에 처절한 증오와 환멸이 가득한 시선이기도 했다.

그 시선을 확연하게 느낀 은빛 미르의 눈동자가 기이하게 빛났다. 마치 그녀와 만나길 기다렸다는 듯한 시선이었다. 하지만 그것도 잠시 잠깐 동안이었을 뿐 곧 은발의 미르는 조소를 보냈다.

적빛의 미르는 그런 여인의 태도에 입술을 꼬옥 깨물며 미미한 분노를 드러냈다. 하지만 그것마저도 곧 사라졌다.

동굴 안을 완벽하게 가득 메운 물 내음에 가장 민감하게 반응한 것은 역시 윤이었다. 사방신 중 수의 영역을 가진 청룡왕인 그가 청아한 물의 향기를 민감하게 알아채는 것은 당연한 일이었다.

무언가를 찾는 듯 윤의 금안이 동굴의 허공을 응시하기 위해 살짝 들려졌다. 그러자 깊은 바다의 색을 품은 그의 머리칼이 어둠 속 동굴 안의 몽환적인 빛무리와 어우러졌다. 그의 고귀하게까지 보이는 청발은 장인이 섬세하게 깎아 만든 듯한 얼굴 선을 살짝 가리며 아래로 늘어뜨려졌다.

"저곳인가?"

차분하게 가라앉은 시선이 그 무언가를 주시했다. 윤의 물음에 키득거리고 있던 미르가 짙은 미소와 함께 고개를 끄덕였다.

미르는 호수 앞을 가리던 몸을 비켜섰다. 푸른빛의 휘장이 드리워진 듯한 호수 속의 인영이 완벽하게 그 모습을 드러냈다.

시야에 들어찬 인영의 모습에 윤의 금안이 크게 떠졌다. 그는 물속을 부유하듯 떠 있는 인영의 모습에 감정을 주체하지 못하고 몸을 떨었다.

두근, 두근, 두근.

무언가 막혀 있던 감정이 봇물 터지듯 쏟아지는 느낌에 윤은 숨 쉬기조차 힘들었다. 그를 힘들게 만들고 있는 그 감정은 바로 환희와 격정, 그리고 안쓰러움이었다.

누가 말릴 새도 없이 빠르게 호수 안으로 손을 뻗었다. 시리도록 차가운 물의 냉기가 손끝에 닿아 오싹함이 느껴졌으나 그의 손길에는 조금의 주저함도 없었다.

오로지 자신의 손끝에 닿은 그에게만 시선을 향하며 염려스러움과 안쓰러움이 가득 묻어나는 표정을 짓던 그는 갑작스레 뭔가를 떠올린 듯 일자 입술을 살짝 깨물었다.

"후우."

윤은 무의식적으로 숨을 내뱉었다.

'예상대로의 진척인가?'

주인이 각성을 하고 자신들을 향해 질타했을 때부터 이런 상황에 대한 건 이미 정해진 일이었다. 하지만… 윤은 뭔가 단단히 결심한 듯 주인의 모습에서 시선을 떼었다. 마치 더 이상 바라보는 것조차 괴롭다는 듯 윤의 금안은 고통으로 물들어 있었다. 하지만 곧 잠시 감겼다가 다시 떠진 윤의 눈에서는 더 이상의 떨림도 없었다. 그저 지극히 담담한 모습으로 돌아와 있었다.

"꿈을 꾸시는 건가?"

"훗, 그래요. 내가 저 아이에게 안배한 기회죠. 현실의 벽을 깨기 위해서."

그녀는 유혹적인 미소를 지으며 긍정했다. 그리고는 윤이 어떤 반응을 보일지 기대하듯 장난기로 눈을 반짝이며 바라보았다.

여인은 그가 당연히 자신에게 감사해할 것이라고 여긴 것인지 시종일관 자신만만한 태도였다. 하지만 윤은 그런 여인의 기대를 코웃음으로 무시해 버렸다.

그녀는 불쾌한 듯 잠시 표정을 구겼다가 곧 피식 웃어버렸다.

윤은 그 웃음이 왠지 비웃음처럼 느껴졌다.

"너에게 그런 부탁 한 적 없다."

미르의 눈동자는 윤의 금안을 매섭게 응시했다. 그녀는 그의 뒤를 떠받치듯 서 있는 두 존재를 하나하나 시간을 두어 주시하더니 불쾌함이 역력한 모습 그대로 몸을 돌려 버렸다. 보고 있기만 해도 짜증이 난다는 듯한 모습이었다.

하지만 그 짜증은 오래가지 않았다. 그녀는 다시 돌아서고는 지극히 자연스러운 미를 발산하며 이 세계의 것이 아닌 이질적인 기를 풍기는 세 존재를 향해 살포시 웃어 보였다.

꾸며진 듯한 미소였지만 신의 실수라고밖에 말할 수 없는 환상적인 미모였기에 조금도 어색하지 않았다.

눈에 보이게 꿍꿍이가 가득한 미소였지만 세 존재는 모두 무시했다.

미르는 살짝 미소 지으며 호수 곁에 서 있는 윤을 지나 물속의 인영에게 손을 뻗었다.

그 여인의 손이 인영에 닿자 세 존재는 움찔거리며 은근히 경계와 살의를 비추었다. 여인은 아랑곳하지 않고 손끝에 닿은 인영의 따뜻한 감촉을 느끼며 고요한 신색으로 그들을 주시했다.

입가에 매달던 미소를 지워 버린 그녀는 그들에게 속삭였다.

나직한 목소리였지만 세 존재들이 모두 들을 수 있었던 듯 조금은 안도하고 조금은 난감해하는 표정들이었다. 하지만 그다지 나쁜 내용은 아니었던지 세 존재 간에 대화가 오고 갔다. 그 대화는 그들만이 알아들을 수 있는 암호화된 메시지가 대부분이었다.

마지막으로 나온 그녀의 말에 윤이 고개를 끄덕임과 동시에 그들의 입가에는 서로 만족스러움이 배어 나오는 미소가 머금어졌다. 그들이 동시에 고개를 주억임으로써 그들만이 알아들을 수 있는 비밀 대화는 끝이 났다.

모두가 만족할 만한 결론을 얻은 듯 그들의 표정은 밝기만 했다.

하지만 뭔가 마음에 들지 않는 부분이 있는 듯 적발의 미르는 얼굴이 찌푸려져 있었다.

그들은 호수를 옆에 두고 서로 마주 보며 서 있었다.

"당신의 이름은?"

입을 연 것은 윤이었다.

"미르."

미르는 웃으며 대답했다.

하지만 자신이 원하던 대답이 아니었던지 윤의 표정은 냉담했다.

"계약됨으로 묶여진 거짓된 이름이 아닌 진실된 그대의 이름을 원하고 있는 거다. 진정 우리와의 믿음을 원한다면 진실의 이름을 말하라."

미르의 녹안이 살짝 흔들렸다. 그리고 기다렸다는 듯 떨리는 입술을 열어 살짝 미소를 지어 보였다. 아름답고 단아하지만 요사스러운 미소와 함께 흘러나온 단어가 있었다.

"루시티나."

그 이름은 잊혀진 이름이었다. 있으되 존재할 수 없는 신인의 이름이었다. 그들은 드러날 수 없는 신족의 그림자였다.

미르, 아니, 루시티나는 빙긋 웃으며 고개를 숙였다.

"루시티나 윈 메시아."

윈 메시아. 이름을 밝힌 그녀는 우아한 자태로 세 존재를 향해 처음으로 호의를 찬 미소를 짓고 있었다.

보글보글 보그르르.

공기 방울이 인영의 입속에서 빠져나오는 소리가 들렸다.

안정적인 것과는 거리가 있는, 거칠고 힘들게 내뱉어지는 그 소리에 자리에 있던 모든 존재의 시선이 호수에 닿았다.

그리고 그것을 기다렸다는 듯 천천히 꿈틀거리기 시작하는 인영의 모습에 네 존재는 숨 죽이며 침묵했다.

설산 속 동굴의 공기는 또다시 술렁이고 있었다.

*   *   *

　뭔가 멍한 의식 속에서 반쯤 잠을 자던 나의 자아가 감각을 인식하면서 순간적으로 느낀 것은 왠지 모르게 내 몸을 압박하는 듯한 갑갑함이었다.

　온몸의 근육이 모두 끊어진 듯 나의 몸을 이리저리 흔드는 난폭한 듯하면서도 고요함과 따스함을 품은 기류에 마치 인형극의 인형이 된 것 같은 느낌마저 든다.

　보글보글… 보그르르.

　기묘한 감각에 닫혀 있던 입이 열리자 나는 입 안을 간질이며 빠져나가는 무언가에 화들짝 놀랐다. 폐에 채워졌던 청아한 무언가가 급속도로 사라지면서 옥죄이는 이 느낌이 생소했다.

　나는 무의식적으로 눈을 의식했다. 감겨진 눈은 깜깜한 어둠만을 인식했다. 밝은 곳을 원하는 본능적인 욕구를 위해 살짝 감겨진 꺼풀이 들어 올려졌다. 그럼으로써 보게 된 무언가에 나는 잠시 멍하게 있을 수밖에 없었다.

　그것은 엷은 막이었다. 내가 있는 곳은 하늘하늘 흔들리는 수면의 바다였다. 하늘색이 배어든 채 나를 누르고 있는 것은 물이었다.

　고여 있는 곳이 아닌 지상에서 1~2m 상공에 부유한 호수 속에 인어마냥 푸욱 잠겨 있었다. 물이라는 것을 인식했기 때문일까.

　부글부글부글… 부그르르.

　나의 입에서 급속도로 공기가 빠져나가며 산소 부족을 호소했다.

　"$%@#$@#$!"

누군가가 나에게 뭐라 뭐라 소리치고 있었지만 아무것도 알아들을 수 없었다.

사람들이 가장 강하게 갖는 본능이 종족 번식욕과 생존욕이라고 했던가. 나는 숨이 막혀 질식하는 듯한 고통 속에서 살기 위해 몸을 뒤틀었다.

보글보글.

입을 열어 마법이라도 써볼 요량이었으나 그 시도는 입속으로 들어오는 물과 입속에서 빠져나가는 공기에 의해 막혔다. 당연히 더욱 빨리 찾아든 산소 부족에 따른 혼미와 고통스러움에 얼굴이 일그러졌다.

그 고통 속에서 지쳐 갈 즈음 내가 잠겨 있던 호수의 잔잔했던 기류가 갑자기 술렁였다. 이 의외의 상황은 둔해진 감각으로도 확연히 느껴질 만큼 거칠어졌다. 그리고 곧 이어 이어진 상황에 나는 눈을 부릅뜰 수밖에 없었다.

세상에… 물이… 물이 갈라지고 있었다. 모세의 기적도 아닌데 물이 갈라지고 있었던 것이다.

그리고 내가 산소 부족으로 고통스러워하는 것을 알기라도 하는 것마냥 나를 갈라진 물 틈으로 밀어내고 있었다.

"커억, 캑! 캑! 콜록콜록."

우씨… 물을 먹은 게 확실했다. 그것도 상당히 많이.

내 몸을 토해내듯 밖으로 밀쳐 낸 호수는 대기의 수분 속으로 흩어지듯 조금씩 흐려졌다.

그동안 나는 꾸역꾸역 내가 삼킨 물을 토해냈다.

눈물이 핑 돌았다. 대체 이게 무슨 일인가 싶었다. 뺨에 찰싹 달라붙은 흑발을 떼어내 물을 토하면서 고운 눈가에 물기를 짜냈다. 새하얗게 빈 의식을 앞세운 채 맹렬하게 물을 토했다.

누런 위액을 침과 함께 마지막으로 토해낸 나는 뒤집어지는 속을 진정시킬 수 있었다.

마침 나의 등을 두드리는 손길에 힘없이 고개를 돌렸다. 누군지 모르겠지만 고맙다고 말하기 위해서였다.

"괜찮으십니까?"

중후하면서도 편안한 느낌의 낯익은 목소리에 몸을 추스르던 나는 곧 몸의 긴장을 풀었다.

푸른 머리칼, 그리고 금안. 익숙한 이의 모습에 힘이 빠져 버린 걸 거다.

조금 몸을 추스르는가 싶던 내가 갑자기 힘을 빼자 윤이 황급히 나를 안았다. 옆에 있던 백발의 륜은 치유의 바람술을 써주었다.

아직 내 머리는 멍한 상태였고 윤과 륜은 나를 부축하며 걱정스러운 눈길로 바라봤다. 나는 염려하지 말라는 제스처를 취하며 조용히 그들에게 몸을 기댔다.

봉인지에 있어야 할 이들이 이곳에 있다는 사실을 떠올리곤 인상을 썼다. 하지만 나중에 벌을 받겠다며 나를 진지하게 내려다보는 그들의 시선에 그냥 허탈하게 웃을 수밖에 없었다.

분한 듯 입술을 깨물며 거리를 두고 있는 주작 미르의 시선에도 그저 달관한 고승처럼 담담한 상태를 유지했다.

조금 맑아진 머리에 조금씩 의식되는 무언가에 나는 쓴웃음을 지었다.

떠올라 버렸다. 한의 기억이, 영진의 기억이, 그리고 카인의 기억이.

자세히는 기억나지 않았지만 부분부분 강렬하게 넣은 것은 확실히 머리 속에 각인되었다. 그 모든 것이 나의 일부가 되어 있었다.

그리고 지금 나에게 남은 것은 허무함과 갑갑함이었다. 계속되는 기억의 혼재에 장수라는 나의 자아가 뒤틀리며 흔들리고 있었다. 고통을 주고 있었다.

그러한 것들은 모른 채 편하게 장수로서, 평범한 퇴마사 집안의 자식으로서 살았다면 좋았을까? 한 명의 원혼을 잡기 위해 넘어온 이게였다. 그런데 내가 이곳에 넘어오지 않았다면 정말 아무런 고통도 없이 살 수 있었을까? 정말 편해지고 싶은데…….

"휴."

절로 한숨이 새어 나왔다. 안락함조차 내게 주어지지 않는 듯했다. 묘하게 현실감없는 지금의 상황에 나는 조금… 아주 조금 지쳐 있었다.

나는 자조 어린 미소를 띠며 고개를 허공으로 올렸다.

동굴인가.

아주 아름답군. 옛날 수학 여행에 가서 봤던, 이름은 기억나지 않지만 꽤나 이름있던 동굴 안의 광경과 비슷했다. 차가운 공기도 그렇고 동굴 안의 종유석이 수면의 그림자에 반사되어 반짝이는 모습도 환상적이었다. 동굴 안의 광경은 눈요기로 딱 알맞아 보였다.

정말 나도 모르게 편하게 늘어져 버린 모양이다. 살짝 눈을 덮는 속눈썹이 파르르 떨렸다.

현실을 인식함과 동시에 내 머리 속을 맴도는 어떤 기억에 혼란스러워져 그 어떤 이성적인 판단도 할 수 없었다.

이번에는 피였다. 꿈이라고 하기에는 너무도 생생한 감촉이었다. 살과 근육을 가르며 피를 뒤집어쓴 나의 모습이 떠올랐다.

"욱."

뭔가 뜨거운 것이 식도를 타고 올라왔다. 나는 그대로 주저앉아 목 안의 뜨거운 것을 게워내기 시작했다. 비릿한 피와 함께 신내가 진동하는 누런 위액을 토해냈다.

더 이상 게워낼 것이 없을 때까지 게워낸 나는 자조 어린 미소를 지었다. 아무런 공포도 절망도 없었다. 지극히 당연한 것을 인정한다는 느낌으로 묵묵히 내가 토해낸 멀건 액체를 쓰게 바라보면서 잠시 곤란해진 호흡을 가다듬었다. 그리고 나도 모르게 종유석에 편하게 등을 기대 버렸다.

정신을 맑게 하는 차가움에 고요히 미소를 지었다. 그렇게 늘어진 나에게 윤들은 공손히 시립한 자세로 걱정스러운 눈길을 보냈다. 나는 그런 그들의 시선이 부담스러워 외면했다.

동정 어린 시선이라 보통 때라면 화를 냈을 테지만 지금은 저 눈길이 고마웠다. 이 감정을, 이 비참함을 알아준다는 것만으로도 나는 지금 고마울 뿐이었다.

누구라도 좋으니까 지금의 혼란스러움을 식혀주고 위로해 줄 누군가가 필요했다. 말로 할 수는 없지만 이 답답한 가슴을 기댈 누군가를 절실히 원하고 있었다. 그것이 설사 동정으로 다가오는 것이라고 할지라도 말이다

윤들은 이런 내 마음을 잘 아는 듯 바라보는 시선이 한층 안정적으로 변했다.

물론 적발의 미르는 안색을 굳히며 매섭게 나를 노려보았지만……. 훗!

뭐 어떠랴. 잠시 동안의 안락함에 취해보는 것도 좋을지도.

어쨌든… 나는 깨어났다. 그 꿈을 다시 꾸고 싶지는 않지만 이 안락
감은 아직 포기하고 싶지 않았다.
그냥, 그것뿐이야.

4

시작된 여행

그는 바빴다. 그랬다. 정말 눈코 뜰 새 없이 바빴다.

자신에게 앞 다투어 몰려드는 결재 서류와 시행 명령서. 원없이 일 감에 파묻혀 있었다.

하루에 해가 뜨고 지는 것을 보는 것조차 드물어졌다. 식사조차 거 르는 시간이 많았다.

당연히 그는 불만이 많았다. 하지만 그 불만을 속으로 삭여가며 일 해 나가는 그의 모습에 모든 이들은 이렇게 말했다.

대단하다고. 구웃이라고.

하지만 그는 그런 그들을 향해 이렇게 말할 것이다.

"씨앙! 바빠 죽겠는데 그 딴 헛소리를 지껄이려거든 죽어!"

라고.

이곳은 가이칸 제국의 수도였다. 저기 바빠서 눈 돌아가고 있는 그는 바로 제국의 제1공작이며 현 황제의 장인이었다. 동시에 엠플러 가디언이라 불리우는 황실비밀수호결사대의 책임자이기도 하여 명함 한 번 다양한 위인인 리보아 공작이었다.

황제에게는 리본이라고 불리기도 하는 그는 지금 매우 바빴다. 아울러 기분이 몹시 더러웠다.

붉게 충혈된 눈이나 평소 깔끔한 것을 따지던 그의 옷차림이 상당히 망가져 버린 것은 자꾸 쌓이는 일감 때문이었다. 때문에 공작 자신은 화가 머리끝까지 올라와 있었다.

조금만 더 그에게 스트레스를 준다면 당장 저택이 뒤집어지고 이곳이 불태워지는 사태가 벌어질 수도 있었다. 그런 일촉즉발의 아슬아슬한 순간을 연출하는 공작의 모습에 시종은 숨 죽였고 일감을 가져오던 대신들의 손길도 조심스러워졌다.

하지만 그 조심스러움이 공작에게 어떤 위안이 될 수 있을지는 미지수였다. 특히 그 상황이 그의 귓가에 들어간 지금에서는.

"망할! 아직도 찾지 못했다는 건가!"

콰앙!

공작의 쥐어진 주먹이 테이블을 가격했고 그의 앞에서 어쩔 줄 모르고 고개를 숙이고 있는 이들의 몸을 더욱 굳어졌다.

공작은 자신이 원하는 것을 듣지 못했다는 사실에 불쾌함과 불만감으로 심기가 가득 채워져 있었다.

4대신들은 고개조차 들지 못하고 고개를 푹 숙였다. 그와 눈을 마주치지 않고자 눈을 질끈 감은 이들도 있었다. 공작의 심기를 거슬렀다가는 어찌 될 것인지 너무도 잘 아는 그들로서는 고위 귀족의 자존심 따위는 멀리, 아주 멀리 날려 버렸다. 그저 고개를 바닥으로 숙여 버릴 수밖에 어찌해 볼 도리가 없었다. 게다가 공작을 분노케 한 이 일에 한해서는 더욱 그러했다.

"황제가 사라지셨다. 그런데 어디서도 발견 못했다. 그것도 모든 정보망을 동원했는데 흔적조차 못 찾는다는 게 말이 되느냐? 어디 한번 말해 보시오!"

제국의 주인이 사라졌다. 황실의 주인이며 동시에 그들의 충심의 대상인 제국의 영광된 주인의 행방이 묘연해졌다.

모든 방법을 동원해 대륙을 샅샅이 뒤져 가며 행방을 찾았지만 조금의 흔적도 발견되지 않았다. 정보 길드장으로서 대륙의 정보를 몽땅 끌어들이다시피 하며 행방을 찾았건만 행방불명이었다. 용병 길드장에게 요청한 공문으로 대륙의 용병들을 수배해 행방을 찾았건만 행방불명이었다. 마법사 길드장 시져의 권한으로 모든 마법을 동원했지만 행방불명이었다.

리보아 공작은 거의 이성을 잃어버렸다.

제국의 주인이 없어졌다.

아무것도 아닌 듯하지만 이건 심각한 일이었다. 제국의 주인이 없어짐에 따라 제국은 지금 눈에 띄게 흔들리고 있었다. 흑발의 황족을 향한 맹목적인 신뢰와 믿음으로 유지돼 오던 제국이 주인이 사라짐에 따라 크게 동요하고 있었다. 황제가 있지 않으면 이 제국은 없는 것이었다. 신하인 그들 역시 마찬가지로 그 의미를 잃었다.

황제가 사라짐에 따라 황족들은 황제의 자리에 노골적인 욕심을 보이고 있었다.

현명한 황제의 결단으로써 유지돼 온 제국이었다. 그런 황제가 없어지자 리보아 공작에게 제국의 모든 일들이 주어졌다. 리보아 공작은 황제의 행방을 찾기 위해 사방으로 뛰어다녔다. 하지만 흔적은 없었다.

황제를 상해하였다는 이유로 폐위당한 황후의 부친인 탓에 근신하고 있던 공작이 정계로 다시 돌아옴과 동시에 제국은 어느 정도 안정을 되찾았다지만 문제는 여전히 심각했다.

황제의 행방이 모호한 지금 황실은 수많은 황족들의 권력 다툼으로 들썩이고 있었다. 황제의 태사의를 향해 탐욕스러운 손길을 보내고 있었다. 황제가 벌인 숙청에서 살아남았던 일부 귀족들이 그 황족들에게 대거 쏠리고 있는 실정이었다.

물론 친황제파의 세력에 비하면 새 발의 피였지만 어쨌든 귀찮은 세력이 형성되어 가고 있었다. 또한 태후궁의 움직임 역시 심상치 않았다.

하스 황자를 앞세워 무슨 음모를 꾸미는지 그의 오라비인 백작 역시 기민한 움직임을 보이고 있었다. 미치고 팔짝 뛸 상황이건만 당사자인 황제가 없어져 버린 상태에서 공작이 뒷수습을 맡고 있었다.

지끈거리는 관자놀이를 쿡쿡 쑤시며 거친 숨을 몰아쉬는 공작의 모습에 다른 이들은 약간 켕긴다는 듯한 표정을 지었다가 공작의 째림을 받고 고개를 황급히 숙여야 했다.

공작은 정말 마음에 들지 않았다. 하나같이 그의 심기를 거스르는 일밖에 없었다.

하나밖에 없는 딸이, 미우나 고우나 곱게 길러왔던 딸이 황후의 자리에서 내쳐졌을 때도 공작은 아무렇지 않았다. 하지만 정신이 나간 듯 멍한 표정으로 천장만을 보고 있는 딸의 모습이 떠오르자 그의 주름진 이마의 주름이 더욱 깊어지며 안쓰러움만이 더했다. 하지만 그뿐 공작의 마음은 냉정 그 자체였다.

황제에게 해를 끼친 것만으로도 대역죄인과 동등시하는 제국의 풍토에서 살아남은 것만으로도 황제의 황후에 대한 감정이 어떠한 것인지 알 수 있었다. 그래서 조금 속상했을 뿐 어면 언급도 피했었다. 하지만 황제의 부재 소식만은 달랐다.

공작은 묘하게 불쾌해져 오는 감정에 입술을 지그시 깨물었다. 일을 하는 동안 후작을 외면했고 대신들을 외면했다. 하지만 이것만은 참을 수 없었다.

"왜 못 찾는다는 거야, 이 무능력한 것들아!"

이번 일만큼은 조심하고 또 조심했지만 공작은 치솟는 짜증과 초조함에 노호성이 터져 나와 버렸다. 대신들은 공작의 분노를 달래고자 전전긍긍했다.

황제의 부재와 공작의 분노에 대신들은 초조해져 있었다. 그렇지 않아도 불안하던 제국의 균형을 그나마 지켜주고 있는 것이 공작이었다. 공작은 황제를 대신하는 역할도 했다. 공작마저 사라져 버린다면 제국의 국정은 마비되어 버릴 것이 자명했다. 대신들은 어떻게든 그런 상황만은 피하기 위해, 공작의 비위를 맞추기 위해 식은땀을 흘려가며 그에게 변명 아닌 변명을 할 수밖에 없었다.

그런 대신들의 마음을 모를 리 없던 리보아 공작은 곧 호흡을 고르며 애써 몸을 진정시키고자 했다. 그 모습에 대신들은 안도했고 곧 평안한 신색으로 돌아온 공작에게 미안함과 송구스러움의 시선이 반반씩 섞인 눈빛으로 무언의 사죄를 했다.

리보아 공작은 그들의 모습에 골치 아프다는 듯 안색을 찡그렸다.

몇 날 며칠 동안 잠도 제대로 못 잤다. 이 자리에 있는 이들도 마찬

가지일 테지만 일에 치여 살면서 황제의 부재를 메우느라 고생한 것에 비하면 아무것도 아니었다.

매년 주고받는 삼 국과의 국내외 외교 문서에서부터 최근 시작된 국가 개혁 건과 함께 조심스럽게 추진 중인 그것까지, 리보아 공작은 주야를 잊고 바쁘게 뛰고 있었다.

게다가 요새 들어 국경 지대에서 심심치 않게 일어나는 국가 간의 긴장 상태는 그를 더욱 바쁘게 하는 데 한몫 단단히 하고 있었다.

우선 테프투스 왕국과 푼트 왕국의 보이지 않는 반목에 대한 중립책이 문제였다. 로드 왕국에서는 그 작은 나라에서 뭘 더 바라는 건지 왕위를 두고 내전이 벌어질 낌새를 보이고 있어 그 내전을 말려야 할 것인지 결정해야 했다.

전쟁 종식을 주장하는 제국의 풍토상 그들을 향한 왕국 안정 대책과 내전을 막는 방법 역시 요구되고 있었다.

자칫 잘못했을 경우 천 년 간 평화를 지켜온 제국 황족의 명예가 훼손될 수 있었다. 그러하기에 리보아 공작은 더욱 조심스러워지고 신중해질 수밖에 없었고, 그 일을 처리하는 데 드는 시간과 결론을 내리기까지의 잡무는 더욱 번잡해질 수밖에 없었다.

게다가 그의 골머리를 앓게 만드는 것은 바로 얼마 전에 알게 된 사실이었다. 제국의 가장 충실한 속국이었던 크리아디아 공국 국경에서 대대적으로 움직이기 시작한 군대였다.

군대의 훈련이라고 단순하게 생각했던 제국이었지만 크리아디아 공국에 심어뒀던 간자에게서 날아온 짧은 전문으로 인해 그들은 경악에 빠지게 되었다.

배반(背反), 그리고 전쟁 선포!

지금 크리아디아의 정예병이 뜬금없이 제국을 향해 칼과 창을 겨누고 달려오고 있는 것이다.

당연히 공작으로서는 미치고 팔짝 뛰게 만들기에 부족함이 없는 진행이었다.

알다시피 그는 엠플러 가디언이다. 황제의 권리를 대행하며 황제 외의 누구에게도 명령받지 않는다. 설사 다음 황제의 자리를 약속받은 황태자라 할지라도 황제의 위에 오르기 전까지 그에게 한 수 접어줄 수밖에 없는 권한과 권력이 있었다. 또한 대대로 황후를 배출해 왔으며 황제의 최측근으로서 황실에 맹목적인 충성을 바쳐 황제의 전적인 신임을 받아온 가문의 수장이었다.

그런 막강한 권력을 지닌 엠플러 가디언에게 필연적으로 요구되는 것은 범인보다 뛰어난 신속한 판단력과 유능함이었다. 그들의 그러한 면모야말로 대대로 황제가 원하던 이상적인 군신 간의 계약 관계를 유지하는 데 필수 불가결한 요소였다. 만약 그것을 충족시키지 못했을 경우 당대의 엠플러 가디언의 존재 가치는 사라진다. 황제를 위한 방패막을 자처하지만 필요없어지면 가차없이 버려지는 것이 엠플러 가디언인 것이다.

리보아 공작은 더욱 심해지는 두통에 눈을 질끈 감았다.

그의 가문은 황제의 그림자다. 그럼 그 그림자란 무언가? 양지에 내리쬐는 햇살에 반사되어 비추어진 어둠의 음각(陰刻). 항상 곁에 있지만 보지도 않고 인정해 주지도 않으며 외면당해 짓밟혀도 그 곁을 따르는 것이 그림자다.

그림자의 시초이자 리보아 가문의 시조(始祖)인 에드릭 리보아는 초대 황제 아르미안의 오른팔이었으며 황제에 대한 지극한 애정으로 맹목적인 복종과 충성을 바친 공신 중의 공신이었다.

그는 현명하면서도 한편으론 냉혹했다. 그는 보랏빛 눈의 마신과 피의 계약을 맺어 황제를 보호하는 한편 황제에게 대항하는 자를 죽일 수 있는 권한을 마신에게 주었다.

그리고 후손에게는 엠플러 가디언이라는 이름을 주어 마신이 황제를 해할 수 없도록 방어막으로 썼다. 마신이 초대 황제에게 가졌던 그 맹목적인 집착을 막기 위해 자신의 핏줄이 끊길 때까지 황제의 자손에게 손을 댈 수 없게 만드는 계약을 통해 황제의 후손에게 쏟아질 마신의 광기를 자신의 후손들에게 돌렸다.

그 계약에는 자신의 사후 이백 년 내에 자신의 핏줄을 모두 죽일 수 없다면 황제의 자손과 자신의 후손들에게 손댈 수 없다는 조항을 못 박아두었다.

이후 제국이 세워지고 초대 황제의 붕어와 뒤따르듯 그의 시조가 사망하게 되자 계약에 의해 리보아 공작가의 핏줄은 대부분 죽어야 했다. 반려를 잃은 절망으로 이지를 거의 상실한 마신의 분노가 무의식에 내재된 계약에 의해 리보아 공작가에게 향해진 결과였다.

마신의 분노가 어느 정도 진정된 시점에서 공작가의 핏줄들은 혈육을 늘리기 위한 처절한 몸부림을 보여주었다. 수많은 여인들과 합궁하여 자식을 낳았으며 그 자식들 중 일부는 철저하게 숨겨 미친 마신의 손길에서 보호하여 가문을 잇게 한 것이다.

그렇게 이백 년 동안 리보아 가문은 끈질기게 황실의 곁에 존재했다. 그들의 존재 의의는 그것 하나였다. 그 후에는 계약에 의해 마신의 일방적인 리보아 가문을 향한 살육도 사라져 지금에 와서는 가문의 극히 일부만이 아는 사실이 되어버렸다. 리보아 가문의 황제에 대한 맹목적 충성에는 그러한 사연을 가지고 있었다.

하지만 그 충심은 철저하게 포장되어 꾸며진 주종 관계를 연출해 오기도 했다. 황제와 엠플러 가디언의 관계는 미묘하기 짝이 없는 것이었다.

그러한 가운데 특별하다면 특별한 관계가 바로 현 황제 카이스 진엘 가이칸과 리보아 공작이었다. 장인과 사위라는 관계가 있긴 했지만 그건 다른 역대 황실의 기록에도 심심치 않게 있어온 일이었다. 그들이 특별한 이유는 역대 황제와 리보아 공작의 불편했던 관계가 아닌 친밀한 관계를 유지하고 있다는 점이었다.

리보아 가문은 황실 비호 세력으로서 황제가 접하는 것을 보고 들으며 황제와 동등한 발언권과 권위를 가졌다. 제국에서 무능한 황제가 나오지 않은 것도 리보아 공작가의 노력이 이룩한 결과라고 할 수 있었다.

제국을 세운 황제가 똑똑했다지만 그 후손까지 마찬가지일 리는 없었다. 수많은 나라의 역사를 들추어봐도 무능하거나 폭군의 성정을 가진 왕이 있어왔던 것처럼 제국에도 그러한 가능성은 다분했다.

사실 역대 황제 중 진정한 현군이라 불리울 이들은 손꼽을 정도였다. 그것을 커버하고 무능함을 유능함으로 철저히 바꾼 것이 리보아 공작가였다.

또 앞서 설명했듯 황제의 그림자는 그들뿐이었다. 그림자라 불리는 만큼 황제의 모든 악명을 뒤집어썼고 또한 악명을 자처하는 경우가 다반사였다. 황제를 위해 그에 반하는 모든 존재를 척살하는 일은 그들 가문이 대대로 해온 일이었다.

그런 만큼 당대의 가주들은 자연스레 황제의 대리권을 쥐게 되었다.

무능한 황제의 명이라면 신하들은 받들지 않았다. 오로지 리보아 공작가가 내리는 명령과 판단을 기다렸다. 수대에 걸쳐 수많은 일을 완벽하게 처리하고 황실을 지켜온 그들을 향한 무한한 신뢰가 바탕이 되어 너무도 자연스레 그리되었다.

그러면서도 리보아 공작가는 결코 다른 마음을 가지지 못하는 계약으로 인해 황실에 매어 있어야 했다.

그런 리보아 공작가의 위세와 힘은 황제가 무능하면 할수록 강해졌던 만큼 역대 황제들이 가장 마음에 들지 않아 했던 것이 그들이었다. 독재자들도 가끔 나왔던 제국이었으니 황제의 행사에 이것저것 간섭하고 어떨 때는 황제를 능가하는 세력으로 압박하는 리보아 가문을 좋게 본 황제들은 거의 없었다. 항상 곁에 두었지만 황실을 지키기 위한 보루로써 황제와 신하로서 철저한 벽을 두었던 것이 그들의 관계였다.

황제와 리보아 공작가 사이의 삐걱이는 관계는 수많은 비사를 남겼다. 작게는 리보아 공작가에 대한 공식 석상에서의 모독 정도였고 크게는 공작가의 사람들을 죽이는 등의 일로 황제는 그들 일족에게 못마땅한 감정을 드러냈다.

리보아 공작가에 대한 황제의 가혹한 분풀이는 다양한 형태를 띠었다. 황제가 당대 가주의 자식에게 얼토당토않은 죄를 뒤집어씌워 가주의 앞에서 고문을 하는 경우는 아주 흔한 일이었다. 가주의 아내를 강간해 자신의 첩으로 맞는 황제도 있었다. 리보아 공작가의 여주인들은 대대로 대륙에서 손꼽히는 미인이 많았던 탓이다.

그로 인해 마음이 흔들리지 않도록 가주가 될 자는 사랑을 하지 말라는 가법(家法)까지 있었다. 그만큼 그들에게는 아내가 황실의 첩으로 가는 경우가 흔했기에 아예 맞은 아내를 그냥 황제에게 바치는 가주도 있었다.

무능하다는 이유로 그들에게 휘둘리던 황제였지만 신음이나 원망조차 내지 못하는 그림자에게 살육과 분풀이라는 형태로 되갚는 악순환이 계속되었던 것이다.

그러한 절대자라는 황제의 뜻에 유일하게 대항하고, 그 뜻을 꺾어 관철시킬 수 있으며, 황실 비밀 세력이라는 황제조차 알지 못하는 막강한 집단을 통솔하는 리보아 공작가에 대해 황제는 거부감과 두려움을 느꼈던 것이다.

황제는 흑발이어야 한다는 법규로 인해 유능, 무능을 떠나 황위를 잇게 한 때문에 일어난 비사였다.

이러한 과거로 인해 황제와 리보아 공작은 정무 외에는 철저한 무관심의 벽을 세워두고 서로를 견제하고 경계해 왔다.

그러한 관계가 청산된 것은 선대 황제부터였다. 웃기게도 한 명의 후궁 때문에 일어난 일이지만 그로 인해 리보아 공작은 어느 시대보다 가까운 주종 관계로서 선대와 아주 각별한 우정을 나눈 사이였다.

그로 인해 황권은 리보아 공작가라는 절대적인 우호 세력으로 다져지고 이대에 걸친 유능한 황제들 덕분에 황실 안팎이 아주 튼실해졌다.

그리고 그 시기를 기다렸다는 듯이 초대 황제의 현신이 현 황제의 몸을 빌어 나타나 정복 전쟁을 추진했다. 대륙의 반 이상을 차지하고 있는 제국이기에 영토 욕심은 아니었다.

가이칸 제국은 강대국이었다. 대륙 내 모든 나라의 종주국으로서 일개 황족이 타국에서는 한 나라의 국왕과 대등한 대접을 받는 초강대국이었다. 대륙 역사상 절대 권력의 최고, 최대 상징인 것이다. 국민들의 제국에 대한 자부심이 남다를 수밖에 없었다.

하지만 그런 제국이 병들었다. 그간 지속되어 온 기사와 무력에 대한 천시 풍조의 만연으로 인해 타국에 대한 제국의 지배력이 차츰 약화되어 가더니 이제는 위험 수위에 다다랐다. 제국의 불안 요인이 커진 것이다.

이러한 시기에 강대국인 제국이 대륙 전체를 또 한 번 호령하고 지배권을 확립하는 전쟁을 일으키는 것에 대해 공작은 대환영이었다. 그래서 군대를 비밀리에 육성하고 전쟁에 필요한 물품 등을 빈틈없이 챙기면서 전쟁의 시작 시기만을 손꼽아 기다려 왔다.

그런데 이 중요한 시점에 황제가 사라져 버린 것이다. 전쟁의 정당성과 명분을 주창해 줄 이가 사라져 버리자 난감해진 건 공작이었다. 한시라도 빨리 추진해야 할 전쟁이 황제가 사라짐으로써 미뤄지고 있었다.

제국의 모든 군수권을 쥐고 통솔하는 황제가 사라져 버린 것만으로 제국에는 치명적인 구멍이 생겼다. 아무리 공작이 황제의 대리인이라 할지라도 지금 새로이 편성된 기사단은 대부분 황제의 절대적인 추종자들로 이루어져 있어 대부분의 정예 기사들이 황제가 있어야 움직인다는 것이다. 공작이 황제의 최측근이고 총애받는 신하라 할지라도 그의 명령을 따를지는 미지수였다.

게다가 황실과도 개인적인 문제가 발생했다. 바로 황실 종친과의 노골적인 권력 다툼으로 황제가 사라지기 직전부터 시작된 싸움이었다.

황제와 비등한 권리를 가졌으나 황제의 그림자로 순응하고 황권을 다지는 데 지대한 공헌을 해온 그들 가문이었지만 황실에서는 나름대로 가장 껄끄럽고 거치적거리는 것이 리보아 공작가였다.

황실과 동일한 권력을 가진 리보아 공작가인만큼 드러나지 않은 작은 싸움은 셀 수 없이 많았지만 그의 대처럼 노골적인 적대와 위협을 받지는 않았었다. 황실의 권리를 지키기 위해 종친 측에서 견제하고 비방하는 것이 적대적 행위의 전부였다.

그 싸움이 극심해지지 않은 것은 서로의 생존을 위한 암묵적 합의 덕분이었다.

특히 황실에 있어 엠플러 가디언들은 절대적으로 필요한 존재였다. 마신이 폭주할 때마다 목숨을 지켜주고 악업을 모두 뒤집어써 주는 그들의 존재는 아주 달가운 존재였던 것이다.

하지만 지금은 사정이 달라졌다. 마신은 제정신을 차리고 황실의 종친들이 기다리고 기다리던 태황제가 부활했다. 그것도 종친과 직계 혈연 관계에 있는 황제 카이스의 몸을 빌어 완벽하게 부활한 것이다.

하늘에 두 태양이 있을 수 없음에도 리보아 공작가는 황제의 뜻에 유일하게 대항하며 황제가 무능하다는 판단이 내려지면 황제를 능가하는 권력을 휘둘렀다. 그로 인해 종친들의 눈에 거슬려 왔지만 황실의 생명을 대신한다는 이유로 살려뒀던 제물이었다.

그러나 이제 황제의 목숨을 위협하는 존재가 사라진 이상 황실에 있어 거슬리는 장애물에 불과한 리보아 가문을 내치기에는 더없이 좋은 기회가 돌아왔다. 그들은 공작을 제거하기 위해 눈에 불을 켜고 그의 일거수일투족을 감시하고 있을 터였다. 리보아 가문을 막무가내로 내칠 수는 없으니 타당한 명분을 찾기 위해서일 것이다.

공작으로서는 철저하게 몸을 낮출 수밖에 없는 것이 지금의 현실이었다. 황후였던 딸이 황제의 몸에 상처를 입혀 폐위된 상황에서 돌발적인 황제의 부재로 인해 대행인이 되고 말았다.

책임이 막중해진 만큼 이제 작은 실수 하나라도 종친들은 몰아세워

댈 것이니 어찌 공작의 마음이 편할 수 있겠는가. 공작으로서는 몰려드는 엄청난 일감에 따른 과로와 스트레스로 거의 폭발 직전에 이른 상태였다.

그런 판국에 또다시 전쟁이 일어나 버린 것이다. 그것도 그의 소관에 있던 제국의 절대 우방이라 할 수 있는 크리아디아 공국이 상대였다.

공작의 속이 끓다 못해 터져 나갈 지경인 걸 모를 리 없는 대신들은 착잡한 표정으로 입을 다물고 있다가 터져 나오는 공작의 분노에 결론도 내리지 못하고 흩어졌다.

비록 전쟁이 발발되기는 했지만 본격적인 전쟁이 터지려면 오 개월은 걸릴 것이라는 판단이 내려진 상태였다. 이번 건을 해결하기 위한 방도를 찾기에 부족함이 없는 충분한 시간이었다. 그런 만큼 대신들은 한창 신경성 두통에 시달리는 공작에게 왈가왈부하지 않고 더 이상 머리가 복잡해지지 않도록 물러날 수 있었다. 그런 배려를 알기에 공작은 그들을 잡지 않았다.

"후우."

혼자 남은 공작은 한숨을 내쉬었다. 이후 이 상황을 타개할 방법을 떠올리기 위해 고심했지만 떠오르는 방도가 있어도 결과는 참담할 뿐이었다. 초유의 천재라 인정받던 그도 이 상황을 원만하게 해결할 방도는 떠오르지 않았다.

황제가 있었다면… 그나마 자신에게 우호적인 황제라도 있었다면 이렇게 비참한 상황에는 이르지 않았을 것이다.

공작은 이를 악물고는 자리에서 일어났다.

답답했다. 가슴 한구석이 꽉 메어와 도저히 갑갑한 방에 있을 수 없었다. 평소 좋아하던 조용한 서재도 다 짜증스러웠다.

쏴아. 쏴아. 쏴아.

방을 벗어나니 정원이 보이는 탁 트인 복도 너머로 비가 쏟아지고 있었다. 억수같이 쏟아지는 장대비가 답답한 마음을 조금이나마 씻어 주는 느낌이었다.

하지만 그것도 아주 잠시뿐이었다. 쏟아지는 것은 한숨이었고 대지를 때리듯 떨어지는 빗소리는 자신을 향해 비웃는 것처럼 느껴져 그의 한숨은 더욱 깊어질 수밖에 없었다.

공작은 냉정해지기 위해 머리 속의 잡념을 털어내며 복도를 걷기 시작했다. 목적지도 없이 그저 발길에 이끌려 가고 있었다.

아무런 목적 없이 얼마나 걸었을까. 어느 건물 앞에서 공작의 발걸음이 멈춰졌다.

정원을 꾸미는 데 상당한 정성을 쏟아 붓는 여느 귀족가의 정원은 발끝에도 미치지 못할 만큼 아름다운 별채가 눈앞에 있었다.

어느새 별채 앞에 서 있다는 사실에 공작 자신도 당황스러운지 잠시 주춤거렸지만 곧 들려온 어떤 소리에 그대로 몸이 굳었다.

"호호호! 깔깔깔! 까르르르!"

비바람 소리에 묻혀 잘 들리지 않았지만 그건 여인의 웃음소리였다. 공작에게는 아주 익숙한… 그래서 더욱 그의 안색을 어둡게 했다.

공작은 드물게 서글픈 표정을 지으며 별채 앞에서 한참 동안 서 있다가 뭔가를 결심한 듯 안으로 발을 내디뎠다. 안에 들어가 공작이 본 것은 난잡하게 어지럽혀진 방과 팔짝팔짝 뛰어 돌아다니며 웃고 있는 한 여인의 모습이었다.

꿀빛 머리칼이 날렸다. 공작이 애정을 가졌던 여인의 것과 같은 색의 머리칼을 가진 미녀였다.

"꺄르륵. 캬하하하."

쨍그랑! 부욱. 푹.

여려 보이는 인상의 그녀는 손에 잡히는 대로 부수며 찢고 있었다. 웃는 것만이 자신의 가치를 알리는 일인 양 고음으로 웃었다.

공작은 마음속에서 우러나오는 슬픔과 절망으로 처참하게 구겨졌다. 그녀는 전 황후였으며 정신 이상을 일으켜 폐위되었다고 세간에 알려진 리보아 공작의 딸 로위나 드 리보아였다.

황후의 자리에서 내쫓겨 돌아온 딸을 바라보고 있기만 해도 참담함을 느꼈던 공작은 한동안 딸과의 만남을 거부해 왔다. 하지만 핏줄이라는 것이 무엇인지 일주일에 서너 번씩 딸이 있는 별궁 드림 가든(Dream Garden)으로 향하도록 만들었다.

드림 가든은 꿈의 환상이 아니고서는 이렇게 아름다울 수 없다는 찬사를 얻으면서 정식 명칭으로 칭해졌지만 세간에 공개된 적이 없는 곳이었다. 이 별궁의 사용 용도가 미쳐 버린 엠플러 가디언의 전속 요양소였기 때문이다.

엠플러 가디언의 핏줄이 모두 가디언이 될 수 있었던 것은 아니었다. 가디언의 의식을 치르는 와중에 나약한 혈족은 미쳐 버리는 경우가 많았다. 그런 일족들을 죽을 때까지 가둬두기 위해 만들어지는 곳이 드림 가든이었다.

로위나가 가디언의 의식과는 거리가 먼 혈족이지만 공식적으로 미쳐 버린 것은 사실이었고 공작 가문에서 대대로 그래 왔던 것처럼 미쳐 버린 혈족에 대한 보호의 방법으로써 이곳에 옮겨두었던 것이다.

딸은 무엇이 그리도 즐거운지 웃으면서 손에 잡히는 것은 모조리 부수고 있었다. 그런 딸의 모습이 너무도 천진해 보였다. 아마도 그건 딸이 미쳐 버렸기 때문에 가능한 것인지도 몰랐다.

딸의 시중을 들던 시녀들은 그녀의 그런 행동에 어찌할 바를 모르고 발만 동동 구르다가 공작의 방문을 알고 무척이나 반겼다.

시녀들도 사람이니 미친 사람을 돌보는 일이 어찌 그리 달갑겠는가.

그나마 아비는 알아보는지 그가 나타나면 조금 얌전해지니 시녀들로서는 매우 반가운 존재가 될 수밖에 없었다.

하지만 공작이 로위나를 바라보는 눈길은 여전히 착잡했다.

"식사는 했느냐?"

"아직 들지 않으셨습니다. 워낙 저희들의 말씀은 들으려고도 하지 않으시는지라……."

말끝을 흐리는 시녀의 대답에 고개를 끄덕인 공작은 음식을 내오도록 지시했다. 그는 식사 준비를 위해 빠르게 사라지는 시녀들에게 눈길조차 주지 않은 채 자신의 품에 부비부비 몸을 비벼대는 딸의 머리를 쓰다듬어 주었다. 고양이처럼 나른한 미소를 짓는 로위나의 모습은 아름답다기보다 처연해 보였다. 공작은 묵묵히 딸을 침대로 데려가 앉혔다.

드르륵! 탁탁.

시녀들은 그들 앞에 큰 테이블을 놓고 그 위로 막 준비한 식사를 바쁘게 차렸다. 준비된 식사는 맛깔나게 잘 양념된 따끈한 고기 수프, 막 만든 듯 김이 모락모락 나는 빵, 그리고 와인이 전부로 무척 소박했다. 공작과 로위나의 식성은 비슷해 시녀들이 번거로울 일은 없었다.

공작은 담담하게 빵을 고기 수프에 찍어 입 안에 넣고 씹었다. 맛은 몰랐다. 빨리 식사를 끝내고 로위나에게 음식을 먹일 생각뿐이었다.

딸은 자신이 먹기 전까지는 식사를 권해도 응하지 않기에 빨리 식사를
끝내야 했다. 빵을 꾸역꾸역 삼킨 공작은 마지막으로 와인으로 입 안
을 깨끗하게 헹구어내듯 단숨에 들이켰다. 그리고는 딸의 몫으로 놓인
수프를 들어 올리고는 한 스푼 떴다.

가문을 위해 바치다시피 한 딸이었지만 로위나의 연정을 모르지도
않았다. 아비 된 자로서 딸의 사랑을 위해 처음으로 가문의 후광을 업
어 얻어진 황후의 자리였다. 하지만 지금과 같이 되고 보니 딸에게 너
무도 미안했다. 그는 그 죄책감을 조금이라도 덜고 싶은 마음에 미쳐
버린 딸에게 매달리고 있었다. 조금이라도 딸에게 잘해주고 싶었다.

예전부터 불쌍한 아이였다. 가문의 결합으로 얻은 아이였기에 이렇
다 할 사랑을 준 적도 없었다. 하지만 누구보다 밝은 성정을 지녔고 여
린 마음씨에 모두가 사랑했던 딸이었다.

미쳐 버려 황후의 자리에서 내쫓긴 이후로 대여섯 살의 어린아이처
럼 변해 버린 딸의 모습에 공작은 그저 슬플 뿐이었다.

"아, 하거라."

"우웅! 아~"

공작은 슬픔을 애써 참기 위해 무뚝뚝하게 말하며 수프를 딸의 입에
가져다 댔다. 그러자 로위나는 음식 냄새가 싫은 듯 주춤 물러났지만
리보아 공작의 매서운 눈초리에 울상을 지으며 입을 벌려 수프를 삼켰
다. 마치 썩은 물을 먹은 것처럼 인상이 구겨질 대로 구겨졌다. 하지만
특유의 천진난만한 인상 탓이었는지 거북스럽지 않고 오히려 귀여워
보였다.

"우엑. 왝!"

스튜와 함께 빵을 몇 번 씹는가 싶던 로위나가 인상을 팍 구기더니

갑작스럽게 씹고 있던 음식을 그대로 바닥에 토해 버렸다.

뭐가 그리도 불쾌한지 한참 동안 헛구역질을 하던 로위나는 고개를 숙인 자세로 살짝 눈을 올려 앞에 있는 공작을 향해 시선을 주었다가 몸을 굳혔다. 그녀는 공작이 다시 떠준 수프를 보곤 인상을 팍 구기면서 도리질쳐 먹기 싫다는 것을 온몸으로 표현했다. 공작은 말없이 수프를 떠밀었고 로위나는 거부했다.

로위나가 음식을 거부할수록 조금씩 굳어지는 공작의 모습에 그녀는 하얗게 질리며 주춤거렸다. 사실 그녀는 아무것도 알지 못하는 어린아이의 상태였지만 음식을 남기는 것을 공작이 싫어한다는 걸 본능적으로 알았다.

공작도 딸이 자신의 눈치를 보는 것을 모를 리 없었다. 고개를 푹 숙인 채 눈동자만 위로 올려 눈치를 보는 딸의 모습이 상상외로 귀여워 웃음이 터져 나오려고 했지만 애써 무시무시한 표정을 지었다.

그렇게 하지 않으면 로위나가 다음에 또 음식을 거부하거나 함부로 할 가능성이 있었기에 사전에 방지하고자 하는 것이다. 그러자 그녀는 더욱더 위축되어 고개를 푹 숙였다.

눈치를 보는가 싶던 그녀는 공작의 품에 파고들며 애교를 부렸다. 뺨에 입을 맞추고 귀엽게 웃어 공작의 화를 풀어보고자 노력하는 모습에 공작은 웃음이 터져 나올 뻔했지만 초인적인 인내심으로 그 웃음을 참아낼 수 있었다.

온몸을 바쳐 떤 애교에도 그가 변화없자 로위나는 울상이 되었다가 고개를 푹 숙인 채 다시 입을 벌림으로써 항복을 표했다.

공작은 자신이 건넨 수프를 로위나가 씹어 삼키는 것을 보고서야 빙그레 웃을 수 있었다.

하지만 로위나의 표정은 여전히 어두웠다. 억지로 음식을 먹고 있는 기색이 역력했다. 하지만 공작에 의해 자꾸만 터져 나오는 헛구역질을 삼키며 음식물을 꼭꼭 씹어 삼켜야 했다.

하지만 식사를 반도 채 끝내지 못한 상태에서 로위나는 다시 심한 구토 증세를 보여 더 이상의 식사는 어려워졌다.

공작은 걱정스러운 마음에 딸의 등을 두드려 지금까지 먹은 것을 게 워내게 했다. 하지만 음식물을 게워내기는커녕 헛구역질만 계속하자 공작도 은근히 걱정이 되어 인상을 찌푸렸다. 그러자 기다렸다는 듯이 30대 중반의 학자 타입의 남자가 재빨리 다가와 그녀를 진맥하기 시작 했다.

그는 하리온 스리디엘이라는 이름의 의사로 공작이 로위나에게 붙 여둔 전속 의사였다. 하리온은 스리디엘 자작가의 서출이었지만 의술 분야에 있어서는 누구보다 유능했고 특이하게도 엘프를 스승으로 두었 다. 신의라고 불리울 정도로 의술 솜씨도 뛰어나 공작의 총애를 받다 가 그의 딸인 로위나의 병세를 돌보기 시작한 이였다.

그가 공작가의 전속 의사로서 일한 지 십여 년이었다. 나름대로 의 술에 대한 자부심을 가지고 있던 그는 정신 이상으로 내쫓겨온 가주의 딸이자 전 황후에 대한 동정에 가까운 연민을 가지고 있던 터라 그녀 에 대한 병세를 정성껏 돌봐왔었다.

잠잘 때와 간단한 사적인 일을 해결할 때를 제외하면 항상 그녀의 곁에 있던 하리온은 그녀가 갑작스럽게 헛구역질을 하는 모습에 상당 히 염려스러웠다. 하지만 공작이 옆에 있었기에 나서지 못한 채 눈치 만 보고 있어야 했다. 그러다가 공작의 암묵적 허락이 떨어지자 날듯 이 그녀의 곁에 다가가 손목을 짚었고 진지한 태도로 그녀의 상태를 살폈다.

하리온은 강하게 뛰는 맥의 느낌에 순간 몸을 굳혔다.

'구슬이 굴러가듯 원활하게 흐르는 이 흐름은… 설마……'

하리온은 순간적으로 떠오른 생각에 고개를 급히 젓고는 절로 떨려오는 손끝으로 다시 그녀를 진맥했다. 그는 혹시 잘못되었는가 싶어 몇 번이고 반복해서 진맥하고 검사했다.

하지만 결과는 동일했다. 틀림없었다. 자신의 진맥이 틀림없다면…

'그렇다면… 이건……'

하리온은 흥분과 기쁨으로 몸을 부들부들 떨었다. 그리고 천진한 표정으로 생글생글 웃고 있는 그녀의 얼굴을 한번 뚫어지게 쳐다보다가 빠르게 그녀를 향해 한쪽 무릎을 꿇었다. 절대적인 예의를 표하면서도 무언가 희열에 벅찬 듯 몸을 부르르 떨고 있었다.

그의 그런 모습에 당황한 것은 공작이었다. 서출이라는 이유로 괄시받고 내직에 진출하지 못했지만 의술 하나로 성공해 신의로까지 불리어진 하리온이 갑작스럽게 자신의 딸에게 고개를 숙이며 몸을 떨고 있자 '이게 대체 무슨 일인가' 싶었다.

"하리온, 대체 무슨 일인가? 빈 마마께 무슨 큰 문제라도 있는 건가?"

"아니요. 아닙니다. 아무 문제 없습니다. 하하하! 있을 수 없는 일이지요."

치솟는 불안감을 감추며 공작이 물었지만 하리온은 호탕하게 웃으며 대답했다.

그는 공작과 로위나의 얼굴을 번갈아가며 쳐다보다가 다시 한 번 그녀를 향해 몸을 굽혀 극상의 예를 취하고는 일어섰다.

그리고 얼굴에는 흥분을 감추지 못한 채 소리쳤다.

"경사지요! 가문의 경사이며 나라의 경사이오이다! 경하드리오이다, 공작 각하!"

"경사? 그 무슨 소린가?"

"하하하하! 공작 각하, 정녕 축하드리오이다! 하하하하!"

"허허, 대체 무슨 소리를 하는 겐지 모르겠군. 축하고 자시고 이유를 알아야 기뻐할 것이 아닌가."

까닭없이 즐겁게 웃고 있는 하리온의 모습에 답답하다는 듯이 공작이 낯을 찌푸렸다.

"빈 마마의 회임을 진심으로 경하드리옵니다!"

그 말에 공작은 머리가 띵해지는 것을 느꼈다. 그는 곧 자신의 귀를 의심했고 다음 단계로 자신의 정신 상태를 의심했다.

하리온이 싱글벙글 웃으며 다시 한 번 반복해 설명하자 공작의 눈이 부릅떠졌다. 그리고 당연한 반응처럼 공작의 눈이 로위나에게 향했다.

공작은 경악으로 가득 찬 시선과 믿을 수 없다는 표정을 숨기지 않은 채 그녀를 바라보았다.

하지만 그녀는 꺄르륵 웃고 있었다. 아무것도 모른다는 표정으로, 그녀의 천진한 웃음소리는 별궁 안을 가득 채우고 있었다.

"아, 아이? 아… 이? 아이? 아이. 후후후. 캬하하하하. 후후훗! 꺄륵! 후후훗! 아기, 아기래! 아기… 후후후."

그녀는 누군가에게 말을 걸듯 꺄르륵 웃으면서 자신의 배를 쓸고 있었다. 눈가에 맺힌 물기가 또르르 뺨을 타고 흘러내리면서도 기쁜 듯 활짝 웃고 있었다.

그리고 그날 늦은 오후, 폐위되었던 황후 로위나의 회임 소식이 대
륙에 널리 퍼졌다.

3145년 5월, 제국에는 전쟁의 발발과 동시에 혼돈의 씨앗이 잉태되
고 있었다.

5

지친 된 여행

쏴— 쏴—

내가 의식을 차린 직후 바라본 하늘에선 구멍이라도 난 것처럼 비가 내리고 있었다.

쩝… 파란 하늘을 기대하고 있었는데… 좀 아쉽다고 느끼는 지금의 나.

이 상황에 이딴 생각이나 하고 있어야 하는 작금의 현실에 나도 모르게 한숨을 푸~욱 내쉬고 있었다. 우선 지금 내가 있는 곳을 소개하자면 동굴이다.

이 동굴에서 지금 뭘 하느냐…….

훗훗훗… 끓어오르는 분노로 인해 나에게 찾아든, 결코 달갑지 않은 이 피곤함 때문에 아파오는 미간 사이를 플러스된 불쾌감으로 꾹꾹 누르며 어깨를 부르르 떨고 있다. 그렇다. 지금 나는 분노하고 있었다.

왜? 나의 분노를 알고 싶을 것이다.

이유를 말한다면 아주아주 간단하다.

"배고파."

그렇다. 지금 나는 아사 직전에 놓여 있었다.

으음… 짱돌 날릴 준비를 하는 독자들이 나의 신안에 포착되었다. 하지만 그대들, 내려달라. 나는 지금 절박하다. 내 심정 아무도 모른다.

지금 내 눈앞에 풀이라도 있다면 뜯어 먹고 싶을 정도로 지금 나의 뱃속에서는 먹을 것을 달라는 기염을 토하고 있다.

왜 그렇게 배고프냐고 묻는 독자들 또한 있을 것이다. 하지만 생각해 보라. 우선 나는 깨어나자마자 묘한 불쾌감에 토했다. 그 불쾌감의 강도는 매우 심해서 정말 원없이 나를 토하게 만들었고 정신없이 속의 것을 게워내고 더 이상 나올 것이 없어 진정이 되었을 때 내 속은 깨끗하게 비워져 있었다.

자, 그럼 여기서 또 한 번 생각을 해보자. 나는 지금까지 아무것도 먹은 것이 없다.

독자들은 알 것이다. 사람들이 살기 위해선 어떻게 해야 하는지를……

우선 영양을 보충해 주는 식사를 해야 하고 수면을 취해야 하며 생리적인 현상을 해결해야 한다. 이중에서 중요하지 않은 것은 없다.

살려면 영양 보충을 위해 먹는 것은 필수요, 낮 동안의 노곤함을 풀기에 수면보다 편한 것이 또 어디 있으며, 또한 생리적인 현상은 몸속에 독소를 배출하여 몸을 정상화시켜 준다.

하지만 이중 단연 내게 중요한 것을 꼽으라고 한다면 영양 보충이었다.

사람은 살려면 먹어야 한다. 또한 금강산도 식후경이라는 말이 있듯이 나는 지금 식사를 절실히 원하고 있었다.

"이봐, 배고프다니까."

먹을 것에 대한 욕구로 나의 음성은 쫘~악 깔린 음성으로 애걸하듯 말했지만 동굴의 주인으로 보이는 인영은 눈 하나 깜짝하지 않는다.

당연 배고픔으로 눈이 뒤집어지기 일보 직전이었던 내게 있어서 지금 이 상황은 아~쭈 불만스럽기 그지없었다. 깨어나고 얼마의 시간이 흘렀는지 가늠할 수 없건만 지금 나는 이대로 말라 죽는 건 아닌지 심히 고민에 빠지게 되었다.

지금 내 모습이 또 어떠한가…

각설하고 말한다면 지금 난 묶여 있다.

빛의 실처럼 생긴 것이 내 양팔과 발을 묶고 다시 몸통 전체를 정말 꼼꼼하게 꽁꽁 묶어 움직임을 사전 봉쇄하고 있는 것이다.

정말 누가 묶었는지 존경스러울 정도로 꽁꽁 묶어났다. 젠장.

이래 봬도 육체적인 힘에는 자신이 있어서 새끼손가락보다 조금 더 굵어 보이는 이 빛 정도는 내 몸속에 내재된 신기로도 충분히 풀 수 있을 거라 생각하고 힘을 써봤지만 허사였다.

이 빛은 바깥에서 흘러 들어오는 자극을 흡수하는 성질이 있는지 되려 꽉 조이기만 했다. 흐미, 열받는 거……

그렇다고 배고픈 이 상황에 열내서 더 배고파지고 싶지 않아 얌전히 먹을 것을 요구해 봤지만 무시… 하아~ 대체 이 여자 지금 뭐 하는 짓이난 말이다!! 얼굴은 멀쩡하게 생겨갖고!

어쨌든 나는 지금 인내의 한계를 시험받고 있는 것이다. 그것도 인간의 가장 절실한 생존 본능에 의거한 인내를 감내하는…….

"이 삐리리~야! 지금 내가 밥 달라고 하는 말 안 들려!!"

그리고 그 인내가 거의 한계에 다다름과 동시에 나는 뻗쳐 오른 열로 벌겋게 달아오른 얼굴을 한 채 소리쳤지만 코웃음도 안 친다. 순간의 왕.짜.증.

내면에서 스멀스멀 기어 올라오는 분노에 치를 떨고 있는 나를 다정스럽게―우엑―바라보는 저… 저 가증스러운 넌! 저년이~!! 으흠흠흠……. 실수다. 나는 엄연한 페미니스트. '여' 로 정정하는 바이다. 어쨌든 저 가증스러운 여에게 나는 지금 무시무시한 원념을 토해내고 있는 중이다. 왜? 라는 의문을 갖는 독자들이 있을 것이다.

의문이 들지 않는다면 그냥 들어라. 나도 지금 상황 파악이 전~혀 되지 않고 있는 상황이니까. 우선 내가 기억나는 부분부터 말해 준다면 깨어나자마자 낯익은 머리 셋과 낯선 머리 하나가 있었다.

심한 토혈 때문에 별로 염두에 두지 않았지만 토혈이 가라앉기가 무섭게 나를 둘러싸 사 인의 불꽃 튀기는 쟁탈전 비스무리한 설전이 벌어졌는데 사 인의 설전이라고 하기보다는 이 인의 설전에 가까웠다.

설전의 주인공은 주작 '미르' 와 이름 모를 은발의 여자.

굉장히 아름답긴 했지만 창백한 달빛을 담아낸 듯 찰랑이는 머리칼이 왠지 차가워 보여서 그다지 호감은 가지 않았다.

오히려 나의 눈길을 묘하게 잡아채는 이질감에 오히려 반감만 들었을 뿐이다.

너무도 친숙한 느낌에 되려 나에게 경계심을 불러일으켰던 것이다.

게다가 평소에 나에게 불만이란 불만은 몽땅 부려온 미르가 무엇 때문인지 저 여인에게 엄청난 적의를 들러내 보이며 내게 다가오는 것조차 허락하지 않았다는 사실.

물론 윤과 류도 마찬가지로 눈앞의 여인에 대해 좋은 감정은 없었는지 그녀를 말릴 생각은 하지 않고 오히려 온몸으로 말없이 그녀에게 동조해 주었다는 사실까지 나의 당혹감을 더욱 깊게 하는 데 일조해 줬다.

그렇다면 또 왜 내가 이렇게 묶여 있느냐?

그건 모른다. 왜냐고? 세상에서 제일 잼있는 게 싸움 구경이라고 수많은 범인들이 강조해 왔듯이 나는 낯선 존재와 언성을 높이고 있는 나의 싸랑하는 신수들의 모습을 바라보며 구경하다가 깜빡 잠들어 버린 것. 그리고 깨어나 보니 내 몸이 이렇게 꽁꽁 묶여 있고 윤들은 조~기 비 오는 동굴 밖에서 처량하게 서 있는 것이다.

평소에 내 옆에 찰싹 들러붙어서 떨어지려고도 하지 않으려던 것들이 조기 멀리 떨어져 있는 것이, 그것도 죄인처럼 꽁꽁 묶여 있는 내 모습에 눈 하나 깜짝하지 않고 그저 묵묵히 바라보고 있다는 것이 더욱 놀라운 일이었다. 물론 약간의 살기와 이 가는 소리가 섬뜩하게 들리기야 했지만 펄펄 날뛰고도 남을 저 열혈 신수들이 조금의 미동도 보이지 않은 채 빗속에 서 있다는 것이 아주 놀랍지 않은가. 평소라면 왕~ 어떤 배라먹을 자식이 이딴 짓을 한 거야! 너냐? 죽어!! 라고 소리치며 동굴을 다 아작 내고 내 주위 십 리 밖을 깨끗하게 날려 버렸을 녀석들이… 역시 세상은 오래 살고 볼 일이야… 암. 하지만 내가 느낀 신기함도 잠시뿐이었다.

아무리 신기한 광경이라고 할지라도 지금 머리 속에는 단 한 가지의 생각만이 가득 차 있다는 지금 어찌 그런 광경을 눈여겨보리오.

방금 전에도 강조하고 또 강조했듯이 밥!! 내게 중요한 것은 생존의 욕구를 만족시켜 이 빈곤한 배를 채워줄 음식이다. 미각과 청각을 즐겁게 학대(?)시켜 줄 행위를 나는 절실히 원하고 있는 것이다! 오오옷……!

내가 만약에 이런 타지에서 죽는다면 분명 사인은 아사일 것임을 본인은 확신하는 바이다.

우오오오오오… 밥… 밥… 밥… 바아아아압… 브아아아압!!

"밥 줘, 밥 줘, 밥 줘, 밥 줘, 밥 줘, 밥 줘, 밥 줘, 밥 줘… 밥 줘어어어어어~"

쫘~악 깔린 음성으로 나는 절절한 심정으로 요구했지만 여자는 그저 싱글벙글 웃으면서 손바닥으로 입술을 살짝 가리며 고음으로 홋홋홋… 웃어 젖힌다.

망할!! 지가 무슨 여왕인 줄 아냐. 개폼 잡기는… 아아… 눈 버리겠어.

십수 년 간 순결하게 고이 지켜온 눈이 더럽혀졌어. 젠장, 빨리 흐르는 물에 가서 씻어야 되는데. 그래, 중국 고사에도 그런 비슷한 이야기 있다.

누군지 모르겠지만 어떤 왕이 초야에 묻혀 사는 알아주는 선비였나 학자였나 하는 넘한테 가서 중책을 맡기려는데 그 말에 귀가 더럽혀졌다고 흐르는 물에 귀 씻은 넘. …아마 맞을 거다. 틀리면 말구… 어쨌든 지금 나는 당혹감과 뒤따른 배고픔에 인내의 극한을 시험받고 있는 중인 것이다. 게다가 더 믿을 수 없는 것은 저 여자의 말 한마디에 내 옆에서 절~대로 안 떨어질 것같이 찰싹 붙어 있던 녀석들이 전부 다 비 오는 동굴 밖에 시립해 있다는 사실이다.

그것도 사신들이, 그것도 수신(水神)인 윤이 비를 막지 않고 그대로 그래, 그으대에에로오 처량하게 비를 맞은 채 미동도 없이 죄인처럼 무릎을 꿇은 채 나를 쳐다보지도 않는다는 사실이었다. 오오오오옷~ 왠지 사극에서나 보던 고독한 무사의 모습을 연상… 이 아니라 지금 주인이 배고파 죽겠다고 말하는데 조기서 뭐 하는 짓이냔 말이다.

날 꽁꽁 묶어놓고 공주병 말기 암 환자처럼 가증스럽게 예쁜 척 웃어대는 저 망할 년!! 흠. 다시 수정. 저 망할 여자를 잡아서 패대기쳐야 하는데 거기서 대체 뭐 하는 짓이야아아아~!

힝~ 배고파 죽겠는데… 흑흑…….

"배고프십니까, 황상(皇上)? 홋홋홋, 그러니까 제가 기껏 힘들여서 만들어 준 건 왜 안 드십니까? 괜히 안 드신다고 개기니까 그 꼴이죠."

파직!

오옷, 내 연약하디연약한 피부를 뚫고 나오는 이 익숙한 음향이여… 그 이름은 혈관 마크라. 우오오오오옷! 지금 저… 저 말아먹을 망할 년이 지금 나한테… 나한테… 저딴 소리를 해? 난 눈이 뒤집어졌다.

"구해준 걸 안 먹었냐고? 니가 먹어봐. 그게 먹을 거냐! 세상의 독이란 독은 다 풀어 넣어도 그보단 낫겠다, 이논아!! 썅! 내가 무슨 철벽 위인 줄 아냐?! 그 딴 걸 어떻게 먹어! 차라리 굶고 말겠다아!!"

"그럼 굶으세요. 호호호호."

…결론 한번 시원하게 내린다. 젠장, 이게 아닌데…….

"진짜 배고프다니까. 그리고 날 왜 이렇게 묶어놓는 건데? 풀어줘. 당신한테는 이제 부탁 같은 건 안 한다. 차라리 내가 밥해 먹을 테니까 풀어줘."

정말 배고픔에 이성을 잃다시피 한 내가 애걸 아닌 애걸까지 했지만 그녀는 나의 애절한 시선에도 눈 하나 깜짝하지 않고 고개를 젓는다.

그렇다. 저 여자는 나한테 음식을 만들어줬었다.

이 동굴 속에서 어떻게 구했는지 지글지글 끓이고 다지고 구워서 나한테 줬다. 아주 향긋한 냄새가 일품이라서 나도 아주 기대를 걸고 먹어봤지만 그 맛은 가히… 절망적이었다.

쓰고 맵고 짜고 시고. 한 가지의 맛만이 아니라 나름대로 네 가지의 맛이 과도하게 돌아가면서 미각을 고문하는데… 나는 난생처음으로 나의 예민한 감각을 원망하고 저주했다.

이딴 걸 음식이라고 주다니… 음식을 가리는 건 아니지만 내가 평소에 먹어왔던 황제의 밥상이 그리워졌다. 그렇다고 저 여자가 만든 건 안 먹는다. 차라리 내가 직접 만들어 먹지. 이 줄만 끊어준다면 말이다.

"홋홋홋, 그건 싫은데요?"

"마~앙할아알!!"

말… 말이 안 통한다. 저 여자, 분명히 이 상황을 즐기고 있는 게 틀림없어!!

쌍!! 깨어나자마자 이 대체 무슨 꼴이냔 말이다. 그것도 이 어둠침침한 곳에서 묶여 있는 신세라니… 대체 여기가 어디야?! 누가 나한테 설명이나 좀 해달라고.

나는 나름대로의 이 상황에 따른 혼란에 인상을 구기며 이미 몇 번이나 살펴본 주변으로 시선을 돌렸다. 우선 내가 인식했던 것을 정리해 본 바론 내가 있는 동굴은 매우 크고 넓었다.

사방 자체가 어두워서 보통 범인이라면 자세히 볼 수야 없겠지만 평소 단련된 예민한 시각으로 동굴의 규모를 대충 짐작할 수 있을 정도는 되었다. 사실 내가 이곳이 동굴이라는 것을 알게 된 것도 비몽사몽

한 가운데서 항상 느껴오던 대기의 기운과는 사뭇 다른 동굴 특유의 냉한 기운을 느낀 탓이었다. 게다가 이 칠흑 같은 어둠이란…….

하지만 광석이 포함되었기 때문인지 은은한 빛으로 동굴 내벽 천장에 담긴 기기묘묘한 형태의 종유석과 웅덩이처럼 고인 물의 막이 오랜 세월 동안 틈이 벌어진 천장 벽 사이로 파고들어 희미한 빛의 길을 만들며 나름대로의 환상적인 광채를 비추고 있는 곳이었다.

그리고 그 동굴의 광채 속에 있는 별반 반갑지도, 그렇다고 싫지도 않는 그들의 모습을 하나하나 번갈아 바라보면서 나는 우선 배고픔에 울부짖고(?) 있는 쓰린 배를 위로하며 지금의 상황에 이르기까지의 과정을 정리해 봤다.

우선 나는 꿈속에서 한과 영진의 기억을 공유했다. 빌어먹을 정도로 피를 묻혔고, 누군가의 것인지 모를 광기를 내뿜었었다. 그리고 그 광기에 혐오감을 느끼며 꿈에서 쫓겨 나오듯 밖으로 튀어나왔다. 동시에 나는 토혈을 했다.

그때 내 의식은 멍한 상태였지만 내가 꾸었던 꿈을 나의 무의식은 빠르게 각인시켰고 꿈속에서 내가 느낀 기억의 혼돈 따위는 모조리 지워지고 없었다.

마치 처음부터 그 기억들이 하나였던 것처럼 나는 자연스럽게 그것을 받아들이고 있었던 것이다. 물론 육체가 토혈에 시달리기야 했지만 어쨌든 토기가 멈춰지고 의식이 맑아지자 당연 나는 인상을 팍 찡그렸었다.

결코 달갑지 않은 친숙해진 불쾌감. 마치 누군가의 각본대로 휘둘린다는 느낌에 나는 인상을 구겼고 힘이라곤 거의 빠져 버린 몸을 억지로 움직여 꼴사납게 누워 있는 몸을 바르게 했다.

하지만 이유는 모를 정말 말도 못할 두통 때문에 겨우 등만 똑바로 했을 뿐이다.

그리고 조금 복잡한 심정을 다스리고자 사방을 향해 시야를 돌렸을 때 그때야 나는 어둠 속에 있다는 것을 알았다. 원체 육체적으로나 정신적으로 단련되어 어둠 속에서도 대낮처럼 사물을 판별하는 데 별반 어려움을 느껴본 적이 없었던 터라 지금까지 몰랐던 것뿐이었다.

어둠이라는 것을 인식하기가 무섭게 나는 잠시 동안 남과 다른 육체에 약간의 불편함과 씁쓸한 감정을 느꼈지만 곧 나를 향해 공손히 시립하고 있는 셋과 허리를 꼿꼿하게 든 채 나를 내려다보는 은빛의 여인을 볼 수 있었다. 지금 날 꽁꽁 묶은 채로 극악한 음식을 만들어 나의 미각에게 엄청난 고문을 안겨준 그 여인 '루시티나'가 말이다.

이름도 나중에서야 알았다. 정중한 소개로가 아니라 루시티나와 미르가 말싸움하는 도중에 튀어나온 이름으로… 그리고 그들의 싸움이 한창 절정에 다다를 때쯤 지루하기도 하고 피로함이 쏟아져 그냥 잠들어 버린 것이다.

그 담부터는 무슨 이야기가 오고 갔는지 나도 모른다. 다시 말하지만 깨어나 보니 나는 묶여 있고 사신들은 밖에서 비를 맞고 있었으니까… 또한 지금 나한테는 이 모든 상황보다는 우선시되는 배고픔에 시달리고 있는 중이 아닌가(오옷!! 감정이 복받쳐 오르누나)!

이리저리 상황을 추론해 보고자 했지만 지금 난… 흑흑… 배고프다. 이 배고픔이 해결되기 전까지는 난 암것도 못한다구. 흑, 나에게 밥을 달라아아아~ 안 그럼 나 파업할 꺼! 추우욱… 어깨가 처지는구나…….

힘도 없고… 나도 몰라. 이제… 밥만 주면 해결되는데… 흑흑…….

"훗훗훗."

그래도 저놈은 아직도 웃고 있다. 빌어먹을, 무진장 불쾌하다.

처음 봤을 때도 그랬지만 지금은 더하다.

여인은 아름다웠다. 창백한 달빛이 출렁거리듯 흘러내리는 머리칼부터 마치 여신이 강림한 듯 범접키 힘든 위엄과 평범한 인간으로 보기에는 뭔가 특별한 이질성은 나의 심성을 흔들어놓기 충분했던 것이다. 물론 이성으로써가 아닌 말로 표현하지 못할 다른 무엇인가를 나는 그녀에게서 분명히 느꼈다. 그래서 경계하고 또 경계하고 있는 중이었다.

물론 나를 주시하고 있던 여인은 내가 자신을 경계하는 것을 알고 있는지 나의 이런 태도가 못내 아쉬운 듯 매우 섭섭해하는 표정을 지었지만 나는 눈 하나 깜짝하지 않았다. 오히려 정체를 밝히라는 무언의 압박까지 비쳤지만 그녀가 아랑곳하지 않고 변함없는 시선으로 나를 바라보고 있자 괜스레 이상한 감정이 들어 인상을 구겼다. 잠시 동안 그녀를 주시하자 뭔가를 내게 말하려고 하는 듯 입술을 열려는 것이 보여 나름대로 그녀를 바라보고 있는데 어디선가 들려온 앙칼진 음성이 나를 잡아챘다.

"입 닥쳐!!"

목소리는 밖에서 들렸다. 동굴의 공기를 진동시키며 울림으로 나와 여인의 시선이 돌려졌다.

그리고 시선이 멈춘 곳에서 일그러질 대로 일그러진 모습으로 인상을 쓰고 있는 어떤 이를 볼 수 있었다. 타오르는 붉은 머리칼의 여인 '미르' 였다.

사방신 중 불의 여왕이며 남쪽의 주인인 봉황(鳳凰)이 낯선 여인을 향해 급작스럽게, 대기를 조각조각 낼 듯한 날카로운 적의(敵意)를 드러내고 있었다. 나조차도 잠시 질릴 정도의 냉혹한 살의마저 느껴지는 적의였지만 낯선 여인은 그런 것 따위는 염두에 두고 있지 않다는 듯 오히려 코웃음만 쳐댔다. 나를 중심으로 서로를 노려보는 그들의 뒤에서 파도가 치고 번개가 치는 환각이 보인 건 나의 착각이려나…….

어쨌든 내 머리 속에서 독한 년들이라는 생각이 절로 들 정도로 둘 사이에 흐르는 적의는 방금 전 있었던 설전에서 보았던 것과는 다른 어떤 것이 느껴져 나도 모르게 헛숨을 들이켰다가 내뱉을 정도로 차가웠다.

"함구해. 그걸 말한다면 넌 내 손에 죽는다."

"어머나, 난 싫은 걸. 왜 내가 그래야 하는데?"

"그럼 널 내 손으로 죽인다."

"넌 날 못 죽여."

설전이라고 하기보다는 내가 모르는 어떤 것으로 다투는 것도 같은데…….

의아한 마음에 물어보려고 했지만 밖에서 미동도 없이 추적추적 내리는 비에 홀딱 젖은 모습으로 온몸으로 절.대.로. 끼.어.들.지. 마. 라고 말하고 있는 윤과 류의 눈동자에 나도 모르게 쫄아 깽깽 몸을 움츠리며 물러서야 했다.

게다가 윤과 류마저도 둘 사이에 기묘한 분위기의 정체를 아는 듯 은근히 동조하는 모습을 보이니… 나야 처음으로 고의인지 자의인지 모를 '따' 를 당하게 된 것이다.

깨어나서 먹을 것에 대한 욕구로 눈이 뒤집어지기 일보 직전이었던 내게 있어서 지금 이 상황은 아~쭈 불만스럽기 그지없었다.

서럽기도 했다. 흑. 게다가 배고프기까지 한데 밥도 안 주고…….

"그래, 싸워라, 싸워. 나도 이제 몰라… 쳇……."

배고픔도 배고픔이었지만 이대로 내가 말한다고 들을 것 같지도 않은 분위기라 그냥 주린 배를 움켜쥐고 외면해 버렸다. 저렇게 원없이 싸우다가 지치면 관두겠지… 라는 아주 단순한 생각에 의거한 판단이었다. 그 판단은 정확했다. 무슨 이유에선지 더 이상 싸움이 길어지는 것을 원치 않았던 건지 윤은 미르와 루시티나를 떼어놓고 우선 싸움을 중지시켰다.

물론 그래 봤자 서로 바라보는 눈길이 곱지 않다는 것은 모르는 사람이라도 알 정도였으니 할 말은 다한 셈이다. 쩝… 나야 뭐 싸움이 빨리 끝났으니 좋기야 좋지만…….

"싸움 끝났냐?"

지나가는 투로 묻는 내게 고개를 끄덕임으로써 긍정하는 그들을 보며 안심한 나는 그때서야 내 시야에 익숙한 머리 셋에게 절절한 공복에 따른 당연한 권리를 행사할 수 있었다.

어떻게? 이렇게.

"밥 줘."

…라고…….

그리고 나는 만찬을 즐길 수 있었다. 루시티나라는 여자도 날 묶어놓은 건 장난이었는지 그냥 풀어줬다. 헤헤, 밥도 먹고 기분 조타… 헤헤.

음식에 고기가 없는 게 아쉬웠지만 그래도 배를 채울 수 있다는 것만으로도 어디냐 싶은 심정으로 맛나게 그것을 씹어 삼켰다.

어디서 구했는지 모르겠지만 싱싱한 과일도 있었고 아무런 양념도 되지 않아 씁쓸한 맛이 느껴지긴 했지만 생야채도 나름대로 먹을 만했다. 먹으면서도 서로가 서로에게 경계를 멈추지 않는 그들을 보며 나는 맹렬하게 뇌를 풀 가동시키고 있었다.

무슨 이유에선지 모르겠지만 저들 사이에 내가 모르는 어떤 일이 있었던 것이 틀림없어 보였다.

하지만 그렇다고 내가 함부로 물어볼 수도 없는 일이니 그냥 넘어주기로 하고, 지금 내가 왜 여기 있는 것인지부터 생각해 봐야 했다.

와삭… 사과로 보이는 과일을 한 입 베어 물었다. 과일의 단맛이 입 안에 싸아 퍼지면서 약간의 만족감을 느낀 나는 조용히 머리를 정리했다. 우선 지금 여긴 황궁이 아니었다. 이런 상황에서는 지나가던 개도 알 것이다. 왜 여기에 있는지 모르겠지만 자신이 느끼기에 여기서 황궁은 멀리 떨어져 있는 것이 틀림없었다.

무슨 이유에선지 나는 황도를 떠나왔고, 지금 내 곁에는 이 세계의 황제로서 대우하는 존재들에게서 떨어진 상태다. 어찌 된 게 평소 내 곁에서 떨어지려고 하지 않던 유논의 기운도 완전히 사라지고 없었다.

그리고 나에게 남아 있는 이라곤 눈앞에 있는 사신들과 낯선 은빛의 여인 루시타나뿐이다. 모두 나에게 나름대로 호의적인 기색이지만 그건 어디까지나 나에게만 국한된 일인지 그들 사이에서는 나에게도 훤히 보이는 경계심이 가득하다. 어째서일까…….

내가 느끼는 감각으로는 낯선 여인도 사람은 아니다. 몸에서 풍기는 기류도 그렇지만 사람이라도 보기에는 불안전한 부분이 너무 적다. 어느 정도는 완성된 몸과 능력을 갖추고 있었다.

더 이상의 발전의 소지도 보이지 않는 정지된 육체와 정신을 가지고 있었다.

　그렇다는 말은 조물주가 돌리는 수레바퀴로 인해 돌아갈 수밖에 없는 운명의 생명체라는 말이 된다. 수레바퀴 밖의 존재인 인간이 아닌 것이다. 인간이라면 저런 정적을 품을 수가 없었다. 멈춰진 정적(靜寂)은 끊임없이 반복하고 날아가는 인간들만의 추진성과는 먼 관계다.

　물론 보통 내가 느껴온 신들의 정적보다는 조금 덜하지만 달라도 확실히 달랐다.

　저 여자는 신족이었다.

　과거에 나의 아들을 죽인 타락한 신족의 핏줄인 것이다.

　그리고 내 예상은 정확하게 들어맞았다. 식사 중에 자신에게만 박힌 나의 시선의 의미를 알았던지 여인은 자신의 정체를 밝혔던 것이다.

　"전 루시타나 윈 메시아. 신인(神人)의 대표자랍니다. 이계의 왕을 만나뵈어 영광입니다."

　"신인(神人)? 신족의 하나인가……?"

　"아니요, 신족은 아닙니다. 굳이 설명해 준다면 신족과 인족의 사이에서 태어난 혼혈이라고 할 수 있죠."

　루시타나는 알 듯 모를 듯한 미소를 지으며 자신의 일족의 기원을 말하고 있었다.

　"혼혈……?"

　"말로 표현하자면 그렇다는 거죠. 하지만 저희 신인들은 신족과 인족과의 화합을 위해 만들어진 차원의 주시자들의 귀와 눈으로써 일해온 음지의 종족이죠. '태고의 맹약' 으로 지배자와 피지배자로 나뉘어질 때부터 존재해 왔습니다. 저희 종족의 기원을 설명하려면 매우 길기 때문에 간단하게 설명드린다면 음… 황상(皇上)께서는 신족 하면 무엇이 떠오르십니까?"

"그거야 빛."

"네, 빛이죠. 신족은 빛입니다. 태어난 속성이 빛이니 모든 만물을 밝히고 그 빛으로 생명을 상징함으로써 만물을 지배합니다. 쉽게 속성을 표현한다면 그들은 태양이죠. 모든 것을 밝히는 데 무리가 없는 눈부신 태양. 하지만 그 태양은 모든 것을 밝힘에 오만합니다. 그 빛은 세상 구석구석을 밝히기에 오만하고 자만하죠. 그리고 그 빛은 화려하기 짝이 없죠. 가식적일 만큼의 화려함. 빛 외의 것은 받아들이지 못하는 고지식함. 아마도 그것은 자신에게 대항할 이가 없는 것에 따른 당연한 결과물처럼 타락이 뒤따른 것은 자명한 것이겠죠. 그 증거로 이미 신족은 한번 타락했었으니까요. 어쨌든 조물주께서는 어디까지나 신족을 대리자로서 그 빛을 맡겼다는 사실을 잊고 타락할 것임을 알고 계셨습니다. 그 타락을 막기 위해 만든 것이 바로 우리 신인들이죠. 신족의 그림자로서 타 종족과의 화합을 꾀하기 위해서 저희들의 피에는 인족처럼 정해진 흐름을 거스를 수 있는 운명을 부여해 주셨고 정해진 한도를 벗어나지 못하는 타 종족들보다는 비교적 자유로운 삶을 보내는 권리를 얻게 된 겁니다. 흠… 말이 좀 길어졌네요. 어쨌든 결론은 저흰 신족은 아닙니다. 그렇다고 인족도 아니죠. 그러니 절 그렇게 적대하지 말아주세요, 황상(皇上)……."

루시티나는 내가 황제라는 것은 아는 듯했다.

그녀가 우선 자신의 정체를 밝혔으니 나도 나를 소개해야 할 것 같았다. 어차피 황제라는 것은, 아니, 간단하게 내 소개만 하면 될 거다.

“나는 카이스 진 엘 가이칸. 카인이라고 부르면 된다. 알다시피 제국의 황제.”

“……”

“소개 끝이야. 뭘 쳐다보는데? 밥맛 떨어져. 고개 돌려.”

“…소개 한번 간단해서 좋군요.”

“칭찬 고마워.”

어쨌든 다시 난 음식을 먹었고 그녀가 허탈한 듯 물러나자 사신들이 다가왔다. 아까 전에는 오라고 해도 안 오더니 쌍방에 무슨 대화가 오고 갔던지 사신들이 내 옆에 찰싹 달라붙어 있었다. 어차피 나에게 뭔가 묻고 싶은 것이 있을 것이니 별반 막고 싶은 생각은 없었다.

“‘꿈’ 은 꾸셨습니까?”

“으적, 꿀꺽. 그래.”

“그렇다면 이제부터 어쩌실 생각입니까?”

“으적, 여행.”

“어디로?”

“사막. 현무의 영역으로 간다.”

“그렇습니까… 공간을 열까요?”

“그래, 하지만 어차피 내가 깨어난 걸 그 영감탱이도 알고 있을 테니까 느긋하게 가면 된다.”

“그렇군요. 하긴, 깨어나지 않은 이는 현무뿐이니…….”

“알면 됐어.”

나는 밥 먹는 데 계속 질문을 하는 윤이 괜히 못마땅해 심통난 음성으로 말을 끊으며 얼마 남지 않은 과일을 아작 내는 데 열을 올렸다. 하지만 윤의 질문은 계속되었고 나는 귀찮았지만 대답해 줄 수밖에 없었다. 봉인지에 당장 내쫓아버리고 싶었지만 윤은 아예 대놓고 버티며 안 간다고 하는데 어찌해 볼 방법이 없었다.

힘은 거의 돌아왔지만 카인이라는 인간의 육신으로 그 힘의 5할도 소화치 못한 상태에서는 힘으로 윤을 누른다는 게 불가능했기 때문이다.

그냥 묵묵히 음식을 삼키며 윤의 질문에 대답해 줄 수밖에(아아… 약자의 설움이여… 나 정말 왕 맞는 건지 의심스럽다. 자까, 주거랏!!).

하지만 그건 그거고 이건 이것.

푸헤헤헤… 완벽하게 배를 채웠다. 에너지 충전 완료. 무후후후, 난 이제 무적이다. 날 에너쟈이져라 불러다오. 푸하하하하.

그리고 배가 부름으로써 오는 포만감에 행복감에 젖은 나를 향해 부드럽게 웃는 윤에게 머쓱한 듯 고개를 돌려 버렸다.

조금 껄끄럽기도 했고, 문제는 사실을 알고 난 뒤부터 저들을 당당하게 바라보기에는 너무 미안했기 때문이다.

자격지심일 수도 있었지만 나로 인해서 저들이 얼마나 많은 희생을 치러야 했는지, 그리고 지금도 얼마나 희생하고 있는지 알게 된 이상 저들을 지금까지 원망만 했던 것이 얼마나 잘못된 일인지 알게 된 상태였다. 무조건 그들을 향해 윽박질렀던 나에 대한 반성일지도 몰랐다.

나는 바닥에만 시선을 두고 있는 윤들을 향해 살짝 고개를 숙였다가 들었다.

이건 사죄다. 나의 행동에 대한 미안함을 최대한 표현한 행위였다.

더 이상 철없는 어린아이처럼 저들을 대하지 않으리라…….

나는 수없이 깨물었던 입술을 또 한 번 깨물었다.

나는 지금 힘이 넘쳤다. 어느 정도 나에 대해 각성도 했겠다, 배고프
다 못해 아플 지경이었던 굶주림도 적당히 해결되어 영양식을 섭취함
으로써 불만족을 만족으로 바꿨다.

현재로써는 불만이 없었다. 비 오는 것만 빼면 말이다.

나는 정체를 밝혔지만 여전히 경계 대상일 수밖에 없는 신인 루시티
나에게 시선을 돌렸다.

어차피 나는 여행을 할 거고 사신들이야 나를 당연히 따라올 것들이
다. 하지만 저 여인은 달랐다. 어찌 됐든 나하곤 남이고 적인지 아군인
지 구별조차 할 수 없었다.

나는 아직 정체가 완전하지 않은 존재를 반길 만큼 무지하지도 않
다. 고로 나는 저 여자와는 헤어질 생각이었다. 죽일 수 있다면 죽이는
것도 한 방법일 테지만 저 여자는 신족이다. 자신을 신인이라고는 했
지만 어쨌든 신족에 속해 있고 자를 함부로 죽였다가는 오히려 나만
난감해질 테니 죽일 수는 없고 그냥 여기서 빠이빠이하는 것이 제일
무난한 방법이었다.

이미 나는 저 여자와 헤어진다는 쪽으로 생각이 기울어진 상태.

"당신은 이제 어쩔 거지?"

호의가 있는 것도 아니지만 적의가 담겨 있지도 않은 담담한 말투.
적당히 감정이 조절된 음성이었다.

"당신은 신족이라며. 이곳에 놀러 온 모양인데 돌아가지 않을 텐
가?"

좋게 말해서 그냥 너네 집 가라는 말을 돌려서 말한 거지만 그녀는
순진한 척 눈을 크게 뜨며 모른 척 반문한다.

"무슨 말씀이시죠, 황상?"

지금 내가 한 말의 의미를 알 텐데도 저런 반응이라니 상당히 짜증이 났다. 그래서 단호하게 말했다.

"난 당신 싫어. 그러니까 당장 사라져 주면 좋겠군."

그래, 난 저 여자가 싫었다. 저 여자의 눈빛이 나에게 닿는 것이 불쾌했다.

"제가… 싫어요, 황상?"

욱씬. 또 가슴이 아팠다.

깨어나면서부터 이렇다. 저 여자의 눈빛이 내게 닿을 때마다 가슴이 묘하게 아팠다. 괜한 신경질에 나조차 놀랄 지경이다.

"그래."

담담하게 말했지만 속은 거칠게 뛰는 심장 때문에 등 뒤로 식은땀이 흐를 정도다.

빌어먹을, 빨리 저 여자를 떼어내야겠다는 생각이 절로 들었다.

장난기에 가득한 저 눈동자가 싫다. 자꾸만 내 심장을 유린하는 저 눈동자가 싫다.

나는 인상을 펼 생각도 없이 동굴 밖의 하늘을 주시했다.

여전히 우중충한 하늘…….

맑은 하늘을 보고 싶은 내게는 매우 안타깝고 불쾌한 광경일 수밖에 없었다.

그렇다고 자연의 법칙을 거스를 수도 없는 일. 추적추적 내리는 비를 보며 나는 파란 하늘을 볼 수 없음에 따른 아쉬움에 젖었다. 하지만 나름대로 감정을 추스르기 위해 바라본 비 오는 날의 하늘도 나름대로 볼 만했기에 그럭저럭 표정 관리가 가능해졌다.

비가 완전히 멎으려면 꽤나 시간이 걸릴 것 같았다.

우르릉… 우르릉…….

검은 구름 사이로 옅은 뇌의 빛이 보였다. 이젠 천둥까지 칠 모양이다. 어찌 보면 하늘을 보는 것도 여인을 보기 싫어 딴청을 피우는 것이었지만 여인은 이런 내 행동에 별로 불만을 갖지 않는 모양이다.

하지만 나는 보았다. 아무렇지도 않은 척 웃고 있지만 동공 깊숙한 곳에 내재된 슬픔을…….

짜증이 더해졌다. 여인의 눈빛을 볼 때마다 아무렇지 않은 척했지만 저 상처 입은 듯한 여인의 눈동자를 볼 때마다 내 심장은 거칠게 뛴다.

정말 저년이 싫다. 기회만 된다면 죽이는 것이 좋을지도…….

이런 감정은 나에게는 그리 달가운 감정이 아니니… 최대한의 방해거리는 없어지는 것이 나에게 도움이 되는 것이다. 하지만 저 여자를 잡아먹지 못해 안달이던 사신들이 그녀와의 동행을 원하고 있었다. 빌어먹을, 대체 뭐야, 이 상황은. 아까 전에는 서로 싫어 치를 떨던 녀석들이 왜 저 여자와 동행을 원하는데……?

불만스러운 눈길로 윤들을 바라봤지만 그들은 그저 데려가는 것이 좋다는 표정만 지어 보인다. 쳇, 좋다 이거야. 어차피 적이라고 판단되면 내 손으로 죽이면 그만이다.

나에게 필요하면 곁에 두는 것이고 필요없어지면 그때 가서 처리하면 그만이다.

그렇게 생각하면서 나는 애써 여인에 대한 살심을 눌렀다.

어쨌든 나의 여행에 동행자로 루시타나도 포함되었다.

비가 그치면… 추적추적 내리는 이 비만 그치면 시작코자 하는 여행이니까…….

나는 난생처음 해보는 여행에 대한 약간의 불안감과 기대감에 약하
게 숨을 들이켰다.

우르릉… 쾅쾅~

아아… 결국 천둥이 친다.

천둥은 하늘의 연회. 어둠 속을 수놓는 뇌(雷)의 정령들의 시간.

그들의 춤을 추며 활기를 띠는 시간. 나는 그들의 춤을 감상한다.

어둠이라는 무대 위에서 재량껏 화려함을 드러내는 그들의 실력을
품평한다.

힘이 넘치는 아름다운 춤이다. 하지만 그만큼 위험한 춤…….

고래로부터 생명체에게는 경외감과 두려움을 안겨주어 온 빛의 정
령들이 춤을 추는 시간.

나는 짧지만 결코 잊을 수 없게 머리 속에 각인시키는 어둠 속의 향
연을 바라본다.

그리고 그 향연이 절정에 오르길 기다리며 속삭인다.

"역시 싫어, 저 눈은……."

당장 뽑아버리고 싶을 정도로 녹빛 눈동자는… 환멸스럽다.

하지만 이런 나의 마음과는 별개로 밤의 향연은 여전히 아름답기만
하다.

6

시작된 여행

반투명한 형상이다.

빛을 투과시키며 신비로운 음색에 흐릿한 부드러움으로 시야를 사로잡는 빛.

결코 배척하지 않는 자연을 닮아 있는 빛.

그 빛의 중심, 금색의 구 속에 한 존재가 잠들어 있었다.

언제부터인지는 몰랐다.

하지만 빛의 존재는 꽤나 오랫동안 잠들었다는 것만 추측될 뿐, 반딧불처럼 작은 빛들이 그 존재의 빛에 닿으려고 다가서지만 그 빛의 형언함과 범접치 못한 기운에 황망히 물러섰다가 다가서길 반복한다.

웅… 웅… 우웅…….

울림이었다.

존재를 담고 있는 금색의 빛은 조용히 떨리며 정적의 공간을 울리고 있었다. 빛 속에 잠긴 듯 잠들어 있는 존재의 눈으로 보이는 곳은 살짝 꿈틀거린다.

오랜 잠에서 깨어나듯 파르르 떨린 속눈썹이 보인다. 깨어나는 징조인가…….

작은 빛의 구들은 그런 존재의 모습에 환호하듯 춤을 춘다. 존재의 깨어남에 기뻐하듯 빛들은 반복적으로 반짝이고 있었다

그리고 그 반짝임이 가시기도 전에 존재의 눈은 떠졌다.

정광이 흘러넘치는 하늘빛 눈동자.

시리도록 푸른 가을의 하늘을 연상시키는 그 눈이 열리자 빛들은 조금씩 형상을 띤다.

작고 깜찍한 날개를 펼치고 껍질을 깨고 나오듯 잠시 동안 몸을 감추고 있던 빛 속에 조금씩 몸체를 빼낸다. 작은 생명들… 어린아이의 치기 어린 장난기를 담은 어린 존재들… 그들은 정령들이었다.

어린 정령들은 존재가 나오길 기다리는 듯 기대감 어린 눈동자로 거대한 금빛의 구 속에서 걸어나오는 존재를 향한다.

그리고 그 존재가 완전히 모습을 드러냈을 때 정령들은 환호하며 웃는다.

아름다운 얼굴이다. 자연의 격동을 닮은 야성과 부드러움이 녹아난 듯한 미소가 보인다.

그 존재… 정령신왕(精靈神王)은 미소 지었다.

─왕께서 깨어나셨군.

정령신왕 '류이드 엘 시에칸'.

그는 자신의 깨어남에 기뻐하는 자신의 어린 자식들을 향해 숨김없는 기쁨을 드러내고 있다. 그리고 애교를 부리듯 장난을 치는 정령들

의 모습에 기분 좋은 미소를 지으며 의례의 금빛과 함께 사라졌다.

태산이 높다 하되 하늘 아래 뫼
오르고 또 오르면 못 오르겠어? 아무리 힘든 일도
해내고 마는 내가 바로 그런 멋진 남자야!
그 높은 산을 오르다 실패하면 뭐 어때
힘이 들 때면 구름하고 놀다 가면 돼!

인생은 딱 한 번뿐 겁먹지 마!
비겁하게 살지 않는 배짱, 그거면 돼!
남자라면 무릎 꿇지 마 목에 칼이
들어온다고 해도

왜 이리 살아가기 힘이 든 건지.
세상에 태어난 걸 후회도 했어.
모든 게 내 뜻대로 되지 않을 땐
그런 바보 같은 원망도 했어.
하지만 술 한잔이면 언제 그랬냐는 듯
가슴속에는 다시 태양 같은 정열이

어떻게 살고 싶냐고
누가 내게 물으면 거침없이 난
굵고 짧게 살고 싶다고

—주영훈의 Man—

"원하는 걸 모두 준다 하여도~ 기가 막힌 부가 생긴다 해도~ ♩~ 아싸~ ♫~♩ 아싸리 삐야(의미 불명)."

오랜만에 불러보는 고향의 노래였다. 장수의 기억에서 그나마 최근의 노래를 부른 것인데 가사가 꽤 마음에 들었다. 비가 그쳐서 막 동굴 밖을 빠져나온 나는 내 기억 속에 있는 언령 마법을 이용해 여행에 편한 옷으로 갈아입은 상태였고, 나를 호위하듯 따라오고 있는 삼 인 역시 마찬가지로 나와 평범한 복색을 갖추었다.

시간이야 널널하고, 그다지 급한 것도 아닌지라 산길을 따라 쭈욱 내려오는데 해도 저물어서 쉬고 있는 중이었다.

가을이어서 그런지 풀 냄새도 별로 없었지만 콧속으로 거부감없이 파고드는 흙 냄새에 나는 아주아주~ 기분이 좋았다.

그런데 이런 나의 기분을 잡치기 위해서인지 내 앞에 있는 반갑지 않은 인물들이 몰려왔으니… 대체 저것들이 어디서 어떻게 튀어나온 거야?

―왕께 인사드립니다.

"늬들, 왜 왔나?"

정령들이었다.

비가 그치자마자 무슨 이유에선지 고위 정령들이 몽땅 우리의 앞을 가로막았다. 그들의 중심에 한 존재가 서 있었다.

자연과 동화된 듯 거부감을 주지 않는 자연 그 자체인 존재. 그 존재가 나를 보며 웃는다. 우오옷, 싫다. 윤들은 꽤나 저것들을 반기는 분위기지만 난 싫다구우우… 덴장……

―왕을 만나뵈러 왔는데 그런 말씀이라니… 섭섭합니다.

“봤으면 가.”

―아직 소개도 안 했습니다.

“그럼 해.”

짧고 허무한 대화.

하지만 존재는 굴복하지 않고 싱긋 웃으며 자신을 소개하는데…….

―정식으로 저를 소개하겠습니다. 저는 이 설산 페이란의 지기(地祇)를 맡고 있는 정령신왕 류이드 엘 시아칸이라고 합니다.

“그래, 류이드. 다 소개했음 가.”

―이런, 왕께선 제가 온 것이 반갑지 않으신 모양입니다?

“응.”

―흑흑… 섭섭하넹. 그래도 저에게 새로운 삶을 개척할 길을 만들어 주신 분께 감사의 인사를 드리려고 왔는데…….

“하나~아도 안 고마워해도 돼.”

―결초보은(結草報恩)이라고 했어요. 대한의 자랑스러운 남아였던 자로서 어떻게 은혜를 잊을 수 있겠습니까? 은혜는 두 배, 원한은 열 배로 갚는 게 평소 저의 신조입니다.

“그래서?”

―원하는 것 있음 말하십시오. 들어드리겠습니다.

“없어. 쟤네들이 잘 챙겨주는데 뭘 더 바래? 그냥 가라.”

―그렇다면 절 부려먹으십시오. 원하는 게 생기실 때까지 따라가겠습니다.

“그냥 죽어.”

엽기적인 정령신왕이다.

―너무하세요옷! 이 연약한 가슴에 비수를 박으시다니잇!! 왕, 미워.

"나도 너 미워하니까 어서 꺼져."

―흑… 난 버림받았어. 어쨌든 전 따라갈 겁니다.

"그럼 따라오든가."

나의 무심한 말에 또다시 무너지는 정령신왕.

그런 그를 위로하는 사신들.

쩝. 나도 몰라. 맘에 들지 않는 여자가 동행하는 것만으로도 엄청 짜증스러워 죽겠는데 저놈까지 같이 간다면 난 스트레스로 바싹 말라 죽고 말 거라고. 내가 냉정하다고 욕하지 말아. 나도 살기 위해선… 쿨럭. 흠흠… 어쩔 수 없다고. 훌쩍거리며 눈물을 뿌리는 녀석에게는 아주아주 미안함을 느꼈지만 지금 여행에 방해가 될 것 같은 것이 한 명이라도 더 낀다면 나야말로 아주 곤란해진단 말이다.

물론 정령신왕이 약하다는 말은 아니지만 꽤나 거슬리는 존재 때문에 신경을 써야 하는데 저 푼수기 다분한 넘마저 데려간다면 이중고에 시달릴 것이 틀림없어. 난 정말… 저~엉말 편안한 여행을 하고 싶다고.

억! 그러고 보니 정령신왕이 어떤 존재인지 생각해 보는 걸 잊었다.

우선 정령신왕은 말 그대로 정령들의 왕이다. 그렇다고 이렇게 간단하게 설명을 끝낸다는 것은 있을 수 없는 일. 우선 내 머리 속에 들어 있는 정령들에 대해 무엇인지 알아볼까? 가장 기본적으로 말해 본다면 정령은 자연들이 만들어낸 형상이다. 말 그대로의 자연의 깨끗함과 고귀함을 담았으며 자연의 원소인 화, 수, 목, 토의 형상으로 자연의 근원을 표현하는 본질이기도 하다.

하지만 본질에 가까운 만큼 자연의 잔혹함 역시 닮은 것이 정령들인데 그 정령들은 평소 자연의 기운 속에 녹아 모습을 잘 드러내지 않았

다. 정령을 다룰 수 있는 엘프와 일부 정령사들을 제외하고 정령들의
그 모습을 본다는 건 매우 드물었다.

또한 계급 역시 그 능력에 맞춰 정해지는데 계급에 대해 일일이 설
명하자면 내용이 매우 길어지는 관계로 우선 생략하고 정령신왕에 대
한 것만 간단하게 축약해서 설명해 보겠다.

흠흠… 정령신왕은 방금 전에도 말했듯이 정령들의 왕이다.

4원소를 대표하는 4명의 정령왕이 있으나 그보다 더 높고, 정령들의
아버지이며 주인이라고 할 수 있는 것이 정령신왕이라는 존재다. 자연
이 그의 존재를 거부하지 않는 이상 무한에 가까운 수명을 가지고 있
고 엔션트 드래곤에 필적하는 공격력과 자연력을 소유하고 있어 자연
의 흐름을 거스르는 자에게 응징을 내린다 하여 '초월자의 심판자' 라
고 불리기도 한다.

흠흠… 한마디로 아~주우 대단한 존재라는 말이다.

하지만 그건 이 세계의 존재들에게나 통할 말이지 나하곤 전혀 상관
없는 일이었다.

아무리 정령신왕이 강해봤자 오행의 근본이 되는 내 옆에 붙어 있는
사신들만도 못할 것이요, 나만 해도 성룡급 드래곤 정도는 충분히 상대
하고도 남을 실력을 가진 지금 쫄 이유가 무엇인가.

어쨌든 정령신왕에 대해 간단하게 설명해 준다면 저놈은 정령들의
대빵이라는 거다. 저 녀석을 데려간다면 우선 편하기야 하겠지만 날
따라간다고 말하는 순간부터 나를 향해 적의를 불태우고 있는 정령들
의 눈빛이 절대 데려가면 안 된다는 것을 내게 경고해 주고 있었다.

"소개받았으니 더 이상 필요없어. 대신 내가 필요할 때 잽싸게 뛰어
와 주면 되니까. 니 자식넘들 데리고 얼렁 가."

─오옷! 진짜?

"진짜라니까. 거참, 사람만 그렇게 못 믿냐. 내 이름을 걸고 말하는 거니 믿어라!"

─우오옷! 좋아요, 왕. 필요하면 꼭 부르라구요.

"알았어."

기쁘긴 기쁜 모양이지? 하지만 저 얼굴로 활짝 웃으니 예쁜 얼굴이 더 빛을 발한다. 우웃, 눈부시다. 어쨌든 어느 정도 일은 무난히 처리된 것 같군. 훗훗훗. 스트레스여, 영원히 안녕이다! 그럼 문제는…….

"힘인가?"

나는 누구도 눈치 채지 못하게 살짝 인상을 구겼다. 기억도 일부 돌아왔고 반 할 이상의 힘도 내 몸에 확실하게 소화되어 흡수된 것이 확실한데 힘을 사용할 수 없었다.

그래, 문제는 그거다. 쓸 수 없는 강대한 능력. 단전은 흘러넘치는 기로 꽉 찼지만 뭔가가 무거운 것이 얹혀진 듯 턱하니 막힌 느낌이고 육체의 감각도 상당히 떨어진 상태였다.

나와 정신을 공유하고 있는 사신들도 지금 내 힘의 거의 대부분이 사용할 수 없게 된 것을 알고 있었다. 꿈을 꾸고 난 뒤에 일시적인 현상일 거라도 말하지만 나는 상당히 불안한 상태였다.

지금 나는 평소 손가락 움직이는 것처럼 자연스럽게 쓸 수 있었던 힘조차 거의 쓸 수 없게 된 상태였다. 약한 것을 기피하는 것이 인간이라는 족속들이고 나는 그 인간들 중 강자의 축에 속해 있었다.

하루아침에 강자에게 약자로 격하된 상태에서 '아 내가 이리저리 돼서 힘이 없어졌구나 그냥 이대로 살아야지' 하면서 싱글벙글 웃고 있을 수 있겠는가. 절대로 그렇게는 못한다.

지금 나의 심정은 무협지의 표현으로 친다면 고강한 내력을 가졌던 절정고수가 삽시간에 수십 년 간 공들여온 내력을 이유없이 상실했을 때의 허탈감과 자괴감에 비견될 정도. 하지만 다른 점이라고 한다면 나는 힘에 집착하지 않아서 나름대로 침착함을 유지하고 있다는 것이다.

사실 내가 불안감을 느끼는 것은 아직 불안정한 미래 때문에 앞으로 겪을 일에 대비해 나약한 것보다는 강한 육체가 절실히 필요했기 때문이다. 내 곁에 있는 사람들도 강하긴 하지만 근본적으로 강한 힘을 필요로 하는 것은 나 자신이었다.

이런 상황에서 이유도 모르게 힘을 거의 상실해 버렸으니… 오죽 답답하겠는가 이 말이다.

"힘이 빨리 돌아와야 할 텐데……."

적어도 본격적으로 싸움이 벌어지기 전까지는. 걱정시키지 않을 생각으로 혼잣말을 했는데 그들의 귀에 들렸던 모양이다.

나에게 가장 가까이에 있던 류이 말했다.

"초조해하지 마십시오, 왕."

"그래."

"왕께서 꿈속에서 전생의 자아와 접촉하느라 상당한 힘을 소진한 탓일 겁니다. 본디 힘은 왕의 것. 신력은 왕의 의지가 단결되는 순간 잠시 혼선을 빚게 되는 것을 몇 번이나 저희들은 보아왔기 때문에 압니다. 너무 큰 걱정은 옥체에 좋지 않습니다. 마음을 편안히 가지십시오."

"그려그려, 노력은 해볼게."

그날 이후로 입을 꾹 다물고 있던 류이 내게 한 위로의 말이었기에 내놓고 걱정시킬 순 없는 일이라 대답은 했지만 기분이 썩 나아지진 않았다. 아마도 이런 감정이 드는 건 그의 말투 때문일 것이다.

항상 편안한 말투로 나를 동생 대하듯 하던 백호가 나에게 경어를 쓰고 예를 취하는 모습이 거리를 두는 듯해 섭섭했다. 내가 장수로 있을 때 그렇게 날 편하게 대해주던 형 같은 존재가 저렇게 날 대하니 거북스럽기까지 하다.

청룡이야 예전부터 딱딱하게 대했지만 류만큼은 달랐는데… 씁쓸하기만 할 뿐이었다.

어쨌든 힘을 잃은 것은 잃은 것. 힘이 돌아올 때까지 저들의 보호가 절실히 요구되는 상황인 것이다.

여행에 따라오는 불청객 루시티나야 생판 남이고 신인이라고 했으니 어느 정도 능력에 있어 사신들이 신경 쓸 이유가 없다고 판단되니까… 보호 대상에서 제외.

제길, 그러고 보니 여기에서 제일 약한 건 나였다.

순간적으로 느껴지는 쪽팔림과 쫀심!

나 인간 박장수가 어쩌다가 이렇게 됐단 말인가아아~ 우오오옷~ 크흑! 눈물이 앞을 가린다. 흑흑흑! 억울하다. 하지만 이대로 주저앉아 있지만은 않을 것이다! 꼭… 꼬옥 힘을 찾아 나의 권리를 행사할 것이다.

―어라? 왕도 힘을 사용하실 수 없게 된 겁니까?

잠시 약해진 몸에 대한 회의감에 속으로 피눈물을 흘리고 있는 나의 귓가에 포착된 정령신왕의 놀란 목소리가 들렸다.

힘없이 고개를 들어 질문해 온 류이나 녀석에게 시선을 돌리려고 하는데… 헉뜨! 이넘이 내 얼굴 앞에 그 이쁜 얼굴을 바짝 갖다 대고 나의 얼굴에 급격하게 혈액이 몰리게 하는 데 일조한 것. 쿠오오옷! 아무리 이쁜 얼굴이라도 남자는 용서 못한다! 사랑과 정의의 이름으로 나는 이쁜 남자를 거부하겠다! 밧(but) 여자는 참작한다아~

…잠시간의 공상에 빠진 주인공의 농담이었다. 이해해 달라. 흠흠. 어쨌든 그넘이 눈을 동그랗게 뜬 채로 묻는데 힘없이 그냥 대답해 줬다.

"그래."

—에엑?! 정말로요?

"그렇다니까. 자꾸 짜증나게 물을래?"

—아, 아니오, 왕이여. 그냥 조금 놀라서 물어봤을 뿐인데… 불쾌하셨다면 사죄드립니다.

"됐어, 임마."

내 말에 놀라는 녀석이 훤히 보인다. 순간 굉장히 불쾌했다. 그렇지 않아도 힘을 쓸 수 없게 된 것이 짜증스러워 죽을 지경인데 순진무구한 얼굴로 '놀라워라! 나 정말 놀랐어요' 하는 표정을 지으며 쳐다보는 시선에 짜증이 안 날 수가 있나. 악의가 없어 보여 더 열받았다.

지금의 심정으로는 그 무엇도 마음에 드는 게 하나도 없었다. 겉으로 아무렇지도 않은 듯 대답했지만 속은 힘을 잃었다는 것에 따른 상당한 쇼크와 상실감을 느끼고 있는 중이었던 것이다. 나름대로 쌓은 검술 실력이 있지만 보통 기사들을 조금 상회하는 수준인데다가 기는 다루지 못하는 이상 나는 평범한 범인보다 조금 나은 수준의 육체적 조건을 갖춘 이였을 뿐이다.

될 수 있으면 빨리 능력을 회복하는 게 현 상황에서는 좋았다. 게다가 지금에서 알게 된 사실이지만 난 거의 석 달 열흘, 그러니까 정확하게 100일 만에 깨어났다. 이유는 모르겠지만 내가 예의 주시하고 있는 저 여자가 날 이곳으로 납치해 왔고 꿈을 유도했다고 하는데, 그녀는 아무런 간섭도 없이 오로지 내 뇌를 쉬게 하고 무의식적으로 파고들 시간과 공간을 제공해 준 것 외엔 없다고 했다.

왜 납치해 왔냐고 묻자 그녀의 대답은 아주 간단했다.

"예뻐서요. 너~무 사랑스럽고 깨물어주고 싶을 만큼 귀여워서 제가 키우려고 했거든요. 홋홋홋."

어쨌든 여전히 그녀는 내게 경계의 대상이었다. 무조건 조심하고 또 조심해야 할 대상.

―이거 묘한 일인데요, 왕.

그리고 여인을 향해 수그러졌던 살의를 또다시 불태우던 나는 정령 신왕이 나름대로 심각한 표정을 지은 모습에 순간적으로 되물었다.

"왜?"

―그게… 저도 힘이 거의 날아가 버렸거든요. 지금 제가 사용할 수 있는 힘은 4정령왕 수준이에요. 게다가 이 힘도 잘 조절이 되지 않아서 들쑥날쑥이구요.

"뭐, 뭐야?"

이 무슨 청천벽력 같은 소리?

―저 말고도 갑자기 능력이 떨어지기 시작한 녀석들도 몇 되는데… 어라? 모르셨어요? 그 표정을 보니 모르셨던 모양이네요. 저만 해도 정확하게 14만 8천 8십 6살 때 갑자기 힘이 떨어지기 시작해서 형태마저 많이 흐릿해져 힘을 회복하려고 숙면에 취했다가 막 깨어난 상탠데… 하지만 숙면을 취해봤자 전혀 도움이 안 되고 몸만 그럭저럭 형태를

유지할 수 있는 수준 정도예요. 참고로 말씀드리자면 전 정확하게 십칠만 년을 살았습니다.

"오호 노친네로군."

—헉! 왕, 그런 끔찍한 말을……. 정령신왕으로 친다면 전 아직 혈기 넘치는 젊은 나이라구요. 게다가 아시다시피 정령들이 느끼는 시간은 훨씬 빠르게 흐른다는 건 상식 중에 상식. 정령들의 나이로 친다면 전 아직 청년 축이라구요.

"그래그래, 노친네."

—크악! 왕!! 왜 대화가 자꾸 이런 쪽으로 나오느냔 말이에요오~

"잼있으니까."

—흑. 재미라니… 제가 홍밋거리밖에 안 되다는 말씀이세요. 흑흑… 넘하세요오~

나만 즐거우면 그만이라네… 랄라랄랄… 가 아니지. 지금 그것보다 문제는…….

"너, 본래 이름이 뭐지?"

—강진호였습니다. 꽤 오래전에 일이지만 기억하고 있었죠. 제 부모가 준 이름을 버릴 순 없지 않습니까. 나름대로 기억 속에 짱 박아뒀죠.

"좋아, 진호. 혹시 이런 현상이 정기적으로 있었나?"

—아니오. 저희 힘은 안정적이고 오히려 역대 신왕들과는 비교도 안 될 정도로 가장 강력했고 독보적이었습니다. 물론 힘은 적정 선에 이르자 멈췄지만 이런 일은 처음 있는 일입니다. 갑자기 힘이 반 이상으로 팍 줄어버린 게 영 불길해서 바로 숙면에 들어갔죠.

"처음… 처음이란 말이지."

나는 인상을 찡그렸다.

뭔가가 이상했다. 힘을 잃다니. 이 어스계에서 이런 일은 있을 수 없는 일이 아닌가.

어스계는 꿈의 공간이다. 꿈이란 무의식 속에 창조를 현실화하는 세계. 만물의 창조와 어찌 보면 만들어낸다는 것으로 볼 때 일맥상통하는 곳이라고 볼 수 있다. 꿈은 상상의 무한대요 벽이라는 것은 존재하지 않으니 더 더욱 그렇다.

현실 속의 한계가 꿈속에서 표현되지 못하는 것이 없었고 그 속에서만큼은 절대자로서의 권한을 갖는다. 당사자가 꿈을 거부하지 않는 이상 이 속에서만큼은 이계인의 능력은 다른 어떤 존재들보다 발전할 수 있으며 또한 개발시킬 수 있다.

그리고 그런 행위를 뒷받침하기 위해 이계에서의 거부감을 없애고 에너지를 공급해 주기 위해 내가 심어둔 기둥과 천부경이 있었다. 차원의 이주를 가능케 하는 이단의 신물이 끌어오는 위력이라면 위력일 터. 그런데 그 힘이 갑자기 끊겼다?

충분히 의심이 갈 만한 상황이었다. 가능성은 희박하지만 혹시 천부경에 무슨 이상이라도 생긴 건가, 아니면 내가 세운 기둥에 무슨 문제라도 생긴 건가?

딱딱하게 굳은 표정으로 차분하게, 하지만 빠르게 기둥의 소재지를 알고 있는 사신에게 시선을 돌렸다. 그리고 날카로운 눈길로 추궁하듯 크게 소리쳤다.

"기둥의 관리는 제대로 하고 있는 건가?"

"…저희들의 명예를 걸고 말하건대 절대 무사합니다."

"정말?"

“네.”

시종일관 흐트러짐없이 당당하게 내 말에 대답하며 조금의 거스를 것도 없다는 태도로 대답해 온다. 약간 반신반의하지만 저들의 모습으로 볼 때 기둥은 우선 무사한 것도 같았다. 사실 그 기둥이 부서지거나 조금이라도 흠집이 났다면 내가 가장 먼저 느꼈을 터였다.

그렇다면 남아 있는 원인은 천부경인가? 하지만…….

‘소환이 불가능하다.’

나는 입술을 깨물었다. 지금 내가 쓸 수 있는 힘은 한정돼 있고 거의 사용이 불가능하다. 당장이라도 소환해 천부경의 상황을 알아보고 싶지만 지금의 몸 상태로는 그것을 소환하기가 매우 곤란하다는 것을 알고 있었다. 물론 억지로 빼낸다면 약간의 고통이야 따르겠지만 가능할 수도 있다.

하지만 나는 그 소환을 할 수가 없었다. 뭔가 분탕질이라도 하듯 지금 내 속을 가득 메우고 휘젓고 다니는 기운도, 내 본능도 내 힘의 사용을 거부하고 있었다. 또한 무조건 몸을 낮추고 숨을 죽여야 한다고 소리치고 있었다.

나는 조금 긴장한 근육을 풀기 위해 저도 모르게 주먹을 쥐었다 폈다. 그리고 머리 속을 정리했다. 우선 확인해 봐야 했다.

나는 정령신왕에게 부탁했다.

“너, 좀 조사해 와라.”

―무엇을요?

“넌 정령신왕이라고 했으니 대륙의 모든 정령들을 움직일 수 있는 권한이 있겠지? 그것들한테 대륙에 퍼져 있는 이계인들의 상황을 알아봐서 나에게 알려줘. 최대한 빨리 조사해 줘야 돼. 뭔가 잘못된 거라면 이 세계에 넘어온 모든 이계인들이 너와 비슷한 상황을 겪고 있을 테니. 아니라면 우연히 시기가 맞아떨어져서 생긴 일시적인 현상일 거고."

─예, 왕. 걱정 붙들어매세요. 그럼 전 이만 물러가겠습니다.

"그래라."

─옙! 결과를 가지고 또 찾아뵙죠. 그동안 건강하십시오.

쯧, 내가 부탁한 것이 뭐가 그리도 기쁜지 기분 좋은 웃음을 지으며 사라지는 정령신왕과 정령들. 올 때처럼 소리없이 사라진다. 에구구, 대체 뭐가 어떻게 돌아가는 건지 알 길이 없네. 요새 는 건 한숨뿐이라니까. 에효~

꾀 주머니라라고 불리던 현무가 있었다면 속 시원히 결론을 내려줬을 텐데… 아쉽기만 할 뿐이다. 얼렁 내가 재운 현무를 깨워서 한시바삐 이 현상에 대한 실마리부터 찾아보아야겠다. 그래, 나 인간 박장수! 한다면 하는 놈이야!

"여행 경로는 조사했나?"

"네, 왕께서 원하시는 대로 최대한 보도를 이용할 테지만 우선 목적지가 사막인 이상 워프게이트를 이용할 생각입니다. 사막까지 보도로 걸어가기엔 시간이 너무 걸리니 시간을 조금이라도 줄이기 위해선 이 설산을 벗어나는 대로 워프게이트를 이용하는 것이 효율적입니다."

"그러니 왕께서는 느긋하게 여행을 즐기시면 되옵니다."

"그래?"

"예."

그리고 대화는 끊겼다. 좀 편안하게 대해주는 게 속이 편하련만 저들은 너무 딱딱하게 날 대한다. 조금 아쉽기도 하고 섭섭하기도 하다. 여전히 루시타나는 입을 다물며 침묵을 고수하고 있고, 이건 너무 조용한 파티가 아닌가. 시끌벅적한 파티를 기대한 건 아니지만 나름대로 여행의 묘미를 느낄 수 있는 대화가 있어야 할 게 아닌가.

하지만 이들은 너무나 조용했다. 차라리 혼자 여행하는 것이 더 편할지도 몰랐다.

그런 생각까지 들게 만드는 이 고요한 정적을 만들어내는 여행 맴버들을 향해 쓴웃음을 짓는 나였다. 하지만 편하게 대하랜다고 대할 이들도 없을 테고 최대한 이 무거운 분위기를 털어낼 수 있는 방도를 강구할 수밖에. 꽤나 묘한 여행이 될 것 같다는 생각만이 들고 있는 나였다. 에효~ 난 고생 운을 타고난 게 틀림없다.

어찌어찌 시간은 흘렀는지 여행 3일째.

우리는 지금 사막의 한가운데를 걸어가고 있었다. 윤의 후각에 의존해 희미한 물 냄새를 따라 사막의 오아시스를 향해 가고 있었던 것이다. 후끈후끈 달아오르는 사막의 열기가 완전 온몸을 바짝바짝 태우고 지져 대고 있었다. 정말 살인적인 열기였다.

"으드득! 좀만… 더… 가면… 오아… 시스… 마… 을이다. 오냐… 너 죽고… 나… 죽자……. 헥헥헥……."

오로지 깡으로 버텨온 사막이었다. 워프게이트로 느긋한 여행을 즐겨? 얼어죽을!!

지금 우리는 사막 왕국 푼트 국으로 통하는 가장 가까운 지름길이라고 할 수 있는 라시드 사막을 통과하고 있는 중이었다. 하지만 때를 잘못 탔는지 최악의 시기인 사막의 민족조차 힘겨워할 정도의 초

살인적인 더위를 자랑하는 '라의 진노가 내린 계절'에 사막을 통과하고 있어 더위는 사막을 지나는 우리에게 엄청난 고통을 안겨주고 있었다.

붉은 사막 위로는 뜨거운 열기로 아지랑이가 곳곳에서 피어 오르고 혀와 입술을 바싹 말라 갈증을 해소할 물기를 요구하고 있었다. 하지만 근처에 물이라곤 없었고 자연의 법칙을 거슬릴 수는 없는 법이라며 사막에서 어쩌다 한 번씩 물을 소환해 입가를 적셔주는 걸 제외하면 어떤 일체의 간섭도 하지 않는 윤 덕분에 더 열받았다.

물을 주체하는 존재라는 것에 희망을 걸고 아~무것도 준비 안 하고 사막에 뛰어든 게 실수였다.

"캑캑."

사막에 들어와서 계속 반복하는 마른기침.

헉헉… 에구구, 나 죽는다. 마법이라도 쓸 수 있었음 아이스 실드를 사용하면 되는데…….

"허억… 허억……."

'제, 젠장!!'

하지마안~! 어째서 왜 나만 비실거리냐고! 날 따라나선 사 인들은 전부터 쌩쌩한데 왜 나만… 유독 나만 더위에 찌들려서 헥헥거리는 건데. 힘만 있다면… 조금이라도 힘을 쓸 수만 있었다면 내가 이런 꼴을 안 됐을 텐데… 비참하기만 하다. 망할~!! 힘만 돌아오기만 해봐라! 다 죽었어~!! 어찔거리는 현기증은 내 자아마저 흐트러뜨릴 정도였다.

흐미… 나 주거… 헥헥… 물……. 나 괜히 현무 깨운다고 여기 왔나봐.

후회의 눈물을 주룩주룩 흘리며 쌕쌕 숨을 몰아쉬는데 마른 공기에 모래 알갱이까지 들어와 그나마 조금 남은 수분마저 없애 버려 더욱 아픔을 주었다.

으윽! 깡으로 버티는 것도 한계다. 끄응, 몸이 기울어진다. 이것이 말로만 듣던 탈수 직전의 현상. 우웃, 나… 쓰러진다. 풀썩.

건조한 모래가 바싹 마른 피부에 닿았다. 에구구, 나 죽는다. 헥헥. 조금 더 가야 되는데… 이러다가는 또 시간을 잡아먹을 게 자명했다. 하지만 이 타는 듯한 갈증은 도저히 약한 인간의 육신으로 버틸 수 있는 것이 못 됐다.

"헉헉……."

게다가 내 연약한 피부에 내리쬐이는 저 강렬한 햇볕은 이러다간 목말라 죽기 전에 타 죽는 것이 아닐까 하는 생각이 들 정도로 격심하게 그 뜨거움을 대지로 내뿜고 있어 날 더 미치게 만들었다.

뎬장… 입가가 축축해지는 걸 보니 윤이 입술에 물을 적셔준 모양인데… 그게 더 열받는닷!

제~엔장~!! 감칠맛나게 주지 말고 주려거든 화끈하게 줘! 그렇게 주니까 더 목마르잖아! 크아악~! 대체 내 팔자가 왜 이런 거야!! 첨에는 배고파서 빡 돌게 만들더니만 이번에는 더위로 날 미치게 만들어?! 날 이 상황으로 몰아넣은 이름 모를 당신! 주거뻐렷!!

"크아아아악~! 우씨! 짱난다아아아아아~ 씩씩씩. 우악! 으가아아아아악~!!"

속이 천불이 날 때마다 지금처럼 절규가 터진 것도 이번 건까지 친다면 100여 건이 넘어간다. 조금이라도 더 빨리 오아시스를 찾아 이 지친 몸을 뉠 수 없다면 난 빡 돌아버릴 것이다.

인내의 한계, 본능이 충족되지 않은 상태의 분노가 합쳐져 있던 상황에서 절규 섞인 괴성을 지름으로써 어느 정도 해소를 했지만 완전히 된 건 아니었다.

당장 이 몇 분 사이에 물을 맘껏 마실 수 없다면 난 더 못 간다. 나는 방금 물을 머금어 조금 촉촉해진 입술을 살짝 깨물었다.

"…오아… 시스… 와의 거리는?"

"조금 더 가시면 됩니다."

"…그. 조.금.만. 이 어디까지지? 벌써 반 나절째 조금 더라고 말했던 것 같은데?"

"지금까지 오셨던 거리만큼 조금 더 가시면 됩니다."

지… 금까지… 왔던… 거… 리… 라면… 하… 루……?

나는 윤이 했던 말 한마디에 뒤집어졌다.

"뜨어어어어어억~!! 거짓마아아알!!"

"전 진실만을 말합니다. 신수가 거짓말하는 것 봤습니까?"

"아니야… 거짓말이야……. 제발 거짓말이라고 해줘~ 후엉~ 난 더 못 걸어… 난 연약하디연약한 20대 청년이라고. 난 초인이 아니야. 살려줘~ 난 지쳤다구. 흑흑, 목마르고 피곤해. 더 이상 걸었다가는 사막의 고인(故人)이 되고 말 거야. 살려줘어~ 우엉… 가려거든 물이나 좀 더 주든가 좀 쉬웠다 가자~ 으응~ 윤, 류, 미르… 루시티나… 쉬었다 가자? 응? 응? 응? 나 이러다간 진짜 말라 죽을 거라구우~"

사막에서 수분을 흘린다는 게 얼마나 미친 짓인지 모르는 바는 아니지만 나는 눈물을 주룩주룩 흘리고 있었다. 하긴 지금 이 상황에서 내 눈에서 뭐가 제대로 뵈겠는가?

나는 최~대한 동정심을 유발하기 위해 사막에 주저앉아 버팅기며

다 죽어가는 목소리로 나 더 못 가. 배 째라는 포즈를 취했다.

하지만 망할 저 쌍%·&!@$·~ 같은 동료라는 것들은 눈 하나 깜짝하지 않고 일어나 사막에 주저앉은 날 두고 유유히 지나쳐 자리를 떠난다.

도, 독한 것들… 이라고 하기보다는 뜨앗! 쟤네들 정말 내 동료들 맞는 거야?! 그래도 내가 니 주인인데… 어떻게 이럴 수가 있는 거야! 동정심도 없는 것들. 늬들은 결코 곱겐 못 죽을 거다. 뿌득!

그리고 침묵… 또 침묵…….

이런 여행 동료들과 사막을 걸어야 한다는 것에 대한 불만이 솟구치는 순간이었다. 철저한 침묵 속에 앞서 나가는 일행들을 보며 나는 이를 바득바득 갈며 힘이 쫙 빠진 무릎에 힘을 주어 일어서서 그들을 뒤따랐다.

사막에 혼자 남겨질 수는 없는 게 아닌가.

크오오오… 빨랑 이 여행 끝내고 제국으로 돌아가 버릴 테닷! 나 장수! 한다며 하는 넘이라는 걸 보여주지!!

"헉헉… 뿌득… 죽… 어… 도… 가… 주마… 뽀드드드득……."

내 이름 석 자를 걸고라도 오아시스에 갈 거다. 그곳에 가서 배터지게 물 마시고 이 더러운 몸도 깨끗하게 씻어내 버릴 테닷! 뿌드득… 푹푹. 윽… 발이 모래에 쑥 들어갔다가 빠졌다.

눈 속을 헤집고 나가는 것처럼 어떨 때는 한쪽 발이 허벅지까지 푸욱 빠져 균형 감각을 잃을 뻔했지만 독한 마음을 먹은 지금 사막의 길을 또다시 걸어나갔다.

나는 무조건 걷고 또 걸었다. 아무런 생각 없이 앞서서 내 앞을 걸어가고 있는 윤들이 내가 걷는 것을 보곤 느릿하게 내 보조를 맞춰 내 사방을 점거하며 호위하듯 걸어나간다.

　…그래, 깡으로 안 된다면 악으로 버팅긴다!

　좋아. 니가 이기나 내가 이기나 해보자, 이 빌어먹을 것들아!!

〈6권으로 이어집니다〉

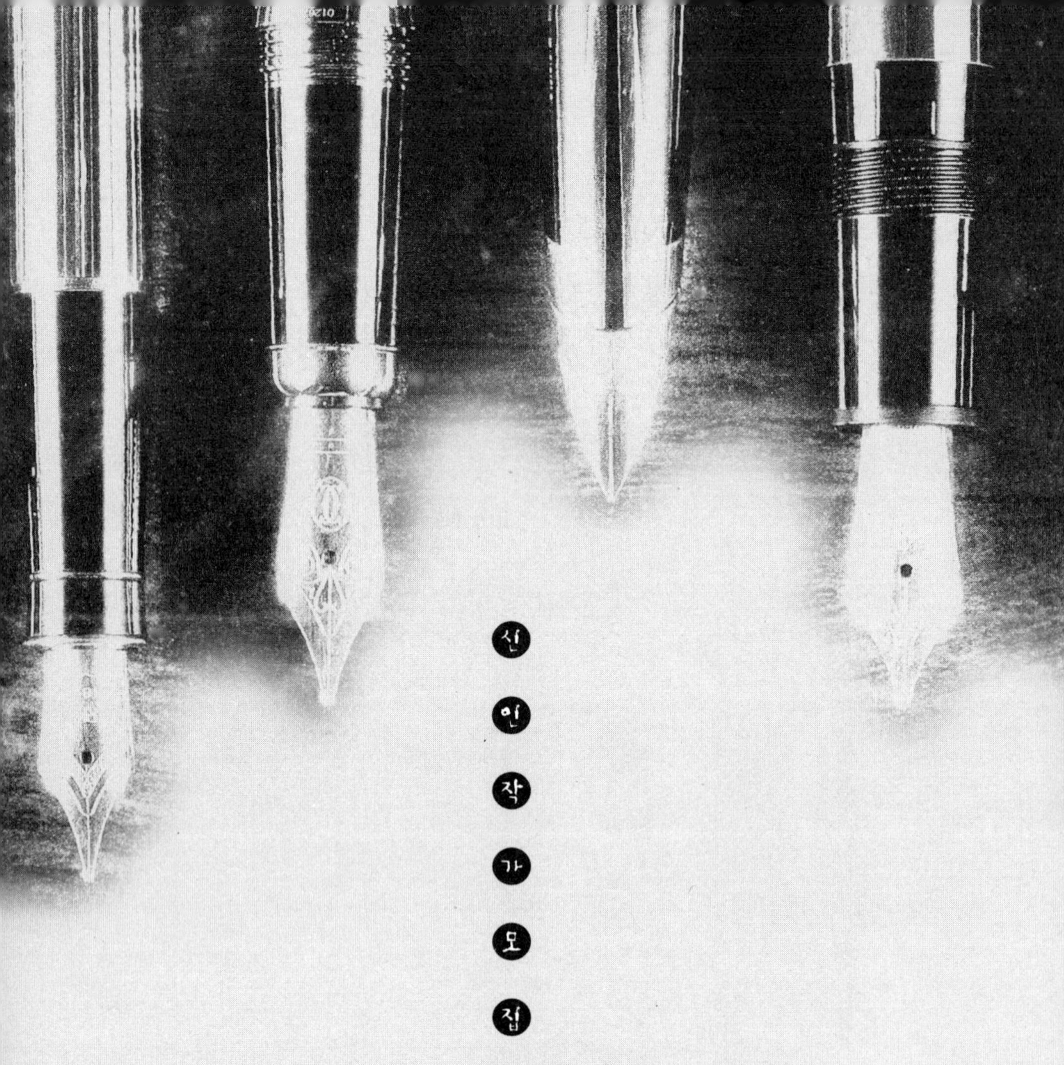

시작이 반이라고 했습니다.
작가의 길에 대한 보이지 않는 벽을 과감히 깨뜨리십시오!
청어람은 작가 지망생 여러분들의
멋진 방향타가 되어드리겠습니다.

저희 도서출판 청어람에서는
소설 신인 작가분들을 모집합니다.
판타지와 무협을 사랑하시는 분들의 많은 참여를 바랍니다.
소정의 원고(A4용지 150매)를 메일이나 우편으로 보내주시면
검토 후 출판 여부를 알려드리겠습니다.

주소:경기도 부천시 원미구 심곡1동 350-1 남성B/D 3F 우편번호420-011
TEL:032-656-4452 · **FAX**:032-656-4453
http://**www.chungeoram.com**
e-mail:chungeoram@chungeoram.com